次回作にご期待下さい

問乃みさき

角川文庫
20898

目次

CONTENTS

眞《ま》坂《さか》 崇《たかし》

月刊漫画誌の若き編集長。
困った奴らを放っておけないお人好し。

蒔《まき》田《た》 了《りょう》

眞坂の同期。天才的漫画編集者。
しかしそのやり方は破天荒でトラブルメーカー。

次回作に
ご期待下さい

自分のベッドでちゃんと寝るのは何日ぶりだろう。答えがすぐには出てこないくらいだから、とにかく久しぶりには違いない。嬉《うれ》しくて子供みたいにベッドにダイブした。
人生の三分の一は睡眠だから。呪文《じゅもん》のようにそう繰り返す、元同級生の寝具メーカー営業マンから逃げ切れず、仕方なく買った低反発マットレスに大の字になって身を預けると、疲れ果てた体から、重たい何かが溶け出していく感覚に包まれた。高かったけど買って良かったのかもしれない。うん、きっと良かった。自分に言い聞かせてすぐに、別の思いが頭に浮かんだ。でも僕の睡眠は一体、人生の何分の一だろう。そう思ったのを最後に、僕の意識はどこか知らない、深くて静かで心地いい場所へ、ゆっくりと落下し始めた。

へくしゅ！　でっかいくしゃみの音で僕の電源が入った。その瞬間に、ああ……と察した。見覚えあるコンクリートの灰色の天井。地下一階の一番奥の、太陽の光が届かないひんやりした廊下に置かれたベンチの上で、僕は目覚めた。久々の自分のベッドで深い眠りについていたのは、夢の中の僕だった。家に帰って自分のベッドで眠りたい。せっかく買った、と言うか買わされてしまったあの低反発マットレスで、買わされてしまった以上はたっぷりとその性能を心ゆくまで味わって、深く深く眠りたい。そう願う心が見せた、眠る夢。

「情けな……」

呟《つぶや》いて目をしばたく。

昨日よりわずかに軽く感じる体を起こし、今まで寝ていたソファベンチに腰掛けた。と、何かを踏んだ感触がして、慌てて足を上げると、そこにはタータンチェックのくたびれたブランケットが落ちていた。せっかく掛けてくれたのを、寝相の悪い僕が落としてしまったのだろう。

「眞坂《まさか》さん、お目覚めですか」

その声に、ブランケットを拾い上げようと伸ばした手を止めた。警備員の夏目《なつめ》さんが警備員室の窓口からこちらを見ていた。

「これ、夏目さん？」

訊《き》きつつブランケットを取って、畳み始める。まだ頭が働いていないせいか、合わせなくちゃならない角を間違えてしまった。

「ああ、そのまま置いといてください」

夏目さんが警備員室を出て、こちらへ歩いてくる。やっぱり足音は聞こえない。

「四月といっても朝晩はまだ少し冷えますからね。風邪なんかひかないように気をつけないと……」

へくしゅ！　夏目さんの話の途中で再びくしゃみが出た。

「すみません。なんか、僕の寝相が悪いせいで、せっかく掛けてくれてたのに落としちゃってたみたいで」

「では次から、眞坂さんの寝相もパトロールするといたしましょう」

夏目さんはそう言うと、ゆっくりと敬礼をしてみせた。制帽から出ている髪はもう半分は白くなっていて、三十四歳の僕よりも二回りくらい上かなと思う。かと言って、還暦を過ぎた僕の親よりはきっと若いだろう。

夏目さんはいつも足音もなく歩く。そして、淡く微笑む。夏目さんの気配はいつだってどこか幽《かす》かだ。僕は密《ひそ》かに、真夜中にこのビルを彷徨《さまよ》うと噂されている亡霊の正体は、夜間警備員であるこの夏目さんなんじゃないかと思っている。きっと徹夜仕事で疲れきった誰かが、深夜のパトロール中の夏目さんを幽霊と見間違ってしまったんだろう。

「そう言えば、さっき上の階で編集部の方が探してらっしゃいましたよ。なんだか今日は賑《にぎ》やかですね」

「ああ、ちょっとしたイベントがあるんです」

時間を確認しようと、ジーンズの尻《しり》ポケットからスマホを出した。けれど、その画面はホームボタンを何回押しても暗いままだ。うそ、電池切れ？

「今、何時ですか」

いつだって薄暗い地下フロアは昼か夜かも曖昧《あいまい》だ。だけど、まだ夜勤の夏目さんがいるのだから全然余裕のはずだった。

「午前十一時を少し回ってます」

夏目さんが指した先、警備員室の窓口のガラスの向こうに掛け時計が見えた。十一時を十分ほど過ぎている。いやいや嘘だろ。

「夏目さんいるのに⁉」

「すみません、交代の人が体調を崩して病院へ行くとかで、昼まで残ることになりまして」

両手で頭を抱えた。完全に遅刻だ。二時間だけ仮眠して仕事に戻るつもりだったのに。スマホのアラームをかけただけで安心して、電池が残り少ないことはすっかり頭から消えていた。迂闊《うかつ》だった。

ヤバイヤバイと駆けだしたその後で、あっと立ち止まり、振り返る。ブランケットのお礼を言うの忘れてた。

「夏目さん、ありがとう」

夏目さんは頷《うなず》く代わりにわずかに目を伏せて、いつものようにふわりと敬礼をした。

その顔を、僕は思わず見つめてしまう。ここで出会った以前にも、僕らはきっとどこかで会っているはずなのだ。ただ、それがいつ、どこで、どんな風にと訊かれると、何ひとつ思い出せない。

「眞坂さん？」

夏目さんがかけてくれたその声で我に返った。何やってんだ、と慌てて再び走りだす。

「行ってらっしゃい」

地上へ続く階段を上り始めた時、背後から夏目さんの声が聞こえた。エコーがかかったその声は、どこか深い谷の底から響いてくるように思えた。

「行ってきます」

大きな声で返しながら、僕は太陽の光が届く世界へと階段を駆け上がった。


僕が夏目さんと出会ったのは、半年くらい前。たしか去年の十月だったと思う。僕が会社のエントランスで見つけてしまった、落とし物がきっかけだった。

その日、仕事を終えて会社を出ようとしていた僕は、何かを蹴《け》った気がして出口の手前で足を止めた。見ると、少し先にそれはあった。あーあ、また見つけてしまった。僕は全身でため息をついた。

僕はなぜか、昔からよく落とし物に遭遇する。登校中に財布なんかを拾い、交番に届けたせいで遅刻した、なんてことが子供の頃は何度もあった。動物の毛アレルギーなのに、捨てられた子犬や子猫を見つけてしまうことも。そのたびに、大きなくしゃみを連発しながら、自分じゃ飼えないそいつらの飼い主探しをする羽目になった。

うん、見なかったことにしよう。僕は落とし物から目を逸《そ》らし、一度はそのまま通り過ぎようとした。すでに終電はなくなっている深夜。永遠に終わらないかと思われた地獄の校了作業をようやく終えて、一週間ぶりに家に帰ろうとしているところだったのだから、無理もないと許してほしい。

なにしろ、校了中はデスクにそのまま突っ伏したり、会議室の椅子を並べて作った簡易ベッドで、数時間眠れればいい方なのだ。それを一週間も続けていたのだから、体中がギシギシ音を立てそうなくらい痛かったし、瞼《まぶた》は勝手にピクついて、瞬《まばた》きひとつで今にも眠りに落ちそうだった。とにかく一秒でも早くタクシーを捕まえて、自分の部屋に帰りたい。その思いで頭の中はいっぱいだったのだ。

それでもせめて、ぜったい誰かに踏まれそうなこんな出入口じゃなく、どこかもっとマシな場所へ移してあげようと、僕はその落とし物を拾い上げた。最初、カバーのない文庫本のように見えたそれは、手に取ってみると小さめのノートだった。クリーム色の無地の表紙は少し反り返り、四隅の角がわずかに丸みを帯びていて、なかなかに使い込んでいるものだと分かる。

手にしてすぐ、僕はそれを開いてしまった。好奇心というほどのものでもなく、僕の手が勝手にやった条件反射のようなものだ。

そんな風に開いたページに目を落とし、僕はすぐに「ああ……」と後悔の声を漏らした。中を見なければ、ノートをそこら辺の安全地帯にそっと置いて、さっさとその場を去ることができていたかもしれない。なのに放っておけなくなったのは、それが誰かのアイディアノートだったせいだ。ミソ帳、ネタ帳なんて呼ぶ人もいる、僕が拾ってしまったのは何かを創造するための発想を書き記したメモだった。

　パラパラとめくってみた。筆圧の強い生真面目な文字で、あと数ページを残すところまで書き込まれている。主人公、導く者、敵対者……なんて言葉から見て、物語を創る人のアイデアノートに間違いない。

　名前など落とし主を特定するための何かを探した。だけど、どこにも見当たらなかった。こんな場所に落ちていたのだから、一番可能性が高いのはうちの会社に出入りした漫画家か漫画原作者、持ち込みに来た漫画家志望者だろう。あるいは、編集者が漫画家さんへの企画提案のために……と考えて、うちの編集部のメンツを思い浮かべた。だけど、どの顔もこんな地道な努力はしそうになく、ひとり苦笑いした。

　まあアイツなら、寝ている時でさえ夢の中でアイデアを練っていそうだけどな。一人の男の顔が頭の中を横切っていった。だけど、これは絶対にアイツのものじゃない。あの男にはこんなきれいな文字なんて書けないし、アイデアを何かに記しておくようなタイプでもない。思いついたことは全て、頭の中にめちゃくちゃに詰め込んで、脳内はまるでゴミ屋敷のようになっているはずだ。それでもアイツは、どこに何があるか全部分かってるから大丈夫、なんて言うんだろうけど。

「待てよ、うちの会社の関係者とは限らないよな」

　独り言《ご》ちて、メモ帳を手に考えた。このビルはフロアの多くをうちの会社が占めているものの、一階と地下一階には医療施設やコンビニ、飲食店などが入っているし、少ないけれど他の企業のオフィスもちらほら入居している。その中には映像系の制作会社だってあるから、落とし主はその会社の関係者であるシナリオライターやプロットライターかもしれないのだ。おまけにこのビルは、周辺のビルで働く人たちの抜け道にもなっている。こうなるともう、特定は容易じゃない。

すでに僕の心の中では、このノートをこのまま残して帰るという選択肢は消えていた。アイデアとは、僕らにとってはプライスレスの宝物だ。結果的に一円にもならないかもしれないけれど、ここに記された一行から大傑作が育つ可能性だってある。落とした人にとっては大切なもののはずだ。それに、たとえ記したアイデア全てが頭の中にも残っていたとしても、落とし主は絶対に、このノートを探すに違いないのだ。だって、アイデアなんて先に世に出した者勝ちで、誰かにこれを拾われて、使われてしまえばもう終わりなのだから。

「一番近い交番てどこだっけ」

自分で自分に問いかけて、猛烈に眠い頭で考える。昼間なら、迷わずすぐそこに見えている受付カウンターに届けてる。だけど、受付はとっくに閉まって誰もいない。なら交番に届けるべきだろう。歩いて三分もかからない場所に小さな交番があったはずだ。だけどやっぱり、落とし主は交番よりも、まずはこのビルの受付に訊《き》きに来そうな気がした。ここは一度持ち帰って、改めて出社した時に受付に届けようか。迷っている時、ひらめいた。もしかしたら警備員室で引き受けてくれるかもしれない。僕はノートを手に、地下へと続く階段を下り始めた。

打ち合わせで何度か利用したことがある喫茶店も、一度来たけど二度と来るかと誓ったヘタクソな歯医者も、真夜中だけにもちろん閉まっていて、暗く静まり返った地下フロアは知らない空間のように見えた。奥の方に、右手からほのかに青白い光がさしている。その灯りをめざすと、右側に廊下が現れた。右折して奥へと進む。足音が反響するせいで、自分しかいないはずなのに他にも誰かいるような気がして、自然と足早になった。その廊下の突き当たりに、警備員室はあった。

「すみません」

窓口で中に向かって声をかけた。返事はない。身を乗り出して覗《のぞ》き込んだけれど、中には誰もいなかった。

「すみませーん」

やけくそでもう一度呼んでみた。すると、背後で「はい」と声がした。男の声だ。振り返ると、目の前の廊下にぼんやりと人の影が見えた。薄墨の闇の中を近づいてくる、その人影に声をかけようとした時にハッと気づいた。口を開いたまま、声も出せずに凍りつく。真夜中のこのビルを彷徨《さまよ》うという黒い影、その名もエイジーナムの亡霊。入社してすぐに先輩から聞かされた幽霊話を思い出して全身に鳥肌が立つ。ゆっくりと迫ってくるその人影には——足音がなかった。

「すみません、巡回に行ってまして」

だけど目の前まで来てみると、その人は紺色の制服制帽に身を包んだ、ただの警備員さんだった。靴は濃紺のスニーカー。足音がしないのは単に靴のせいなのか。なーんだ、幽霊でも何でもないじゃないか。警備員室の窓口に立ったその人と向き合い、僕はようやく緊張から解放された。

「ああそうだ、これなんですけど」

カウンターにノートを置いた。

「落とし物ですか」

よどみなく警備員さんが言ったので、僕はホッとした。やっぱりここでも落とし物を引き受けてくれるみたいだ。

「ええ。拾ったのはついさっき、エントランスのドア付近です。落とし主の名前はありません。たぶんアイデアノートだと思います」

「アイデアノート」

警備員さんが困惑した声でリピートした。業界が違えばピンとこない人がいても当たり前だ。僕は分かりやすく説明をつけ加えた。

「物語を創るためのいろんなアイデアを書き留めたネタ帳みたいなものです。持ち主は漫画の作家か、小説か映画やドラマの脚本か、どれか分かりませんけど、きっと何かのジャンルの作家か、その卵なんじゃないかと思います。あ、ノート自体は安いものかもしれませんけど、持ち主にとっては、その……かなり価値あるものなんです、間違いなく。あ、僕はこのビルの出版社で漫画を創ってる者なので、特別そう感じるのかもしれないですけど……」

　黙って聞いていた警備員さんは、僕が説明を終えると、済まなそうに目を伏せた。

「こちらではお預かりできません」

　がっくり肩を落としてしまった僕に、申し訳ありません、と警備員さんが頭を下げる。

「いえいえ、仕方ないですし、ダメ元で来ただけですから」

　なるだけ明るく言ったけれど、本当はどっと疲労感がぶり返していた。

「僕が預かって、明日《あした》……と言うか今日ですけど、受付に届けます」

　お願いします、と警備員さんが言って、ノートを両手で僕に差し出した。僕も両手を伸ばして受け取った。その瞬間、何か既視感みたいなものに襲われた。今見たこの景色を、僕は以前にも見たことがある。いや、僕はすでに一度、この場面を体験している。だけど、それは本当に一瞬で、アッと思った時にはすでに、その感覚は消えてしまっていた。なんだ……今のは。もしかしたら、僕はこの人を知っているんだろうか。

「あの……お名前を伺ってもいいですか。あ、僕は眞坂といいます」

「夏目です」

「失礼ですが夏目さん、以前にもどこかでお会いしたことありますか」

　夏目さんはしばし考え込んだ後、目尻《めじり》に幾重か皺《しわ》を作った。

「何度もお会いしていると思いますよ。同じビルで働いているんですから」

「……そうか。ですよね。知らないうちに、このビルの中で何度もすれ違ったりしてたのかもしれない。そういう時に無意識に目に留まって、潜在意識に刷り込まれていたとか、そういうの、ありそうですよね。そう、何と言うか、科学的に？」

そう納得して見せたものの、やっぱりどこかで会ってる気がして、気になって夏目さんの顔をまじまじと見た。すると僕の視線に気づいた夏目さんが、鼻孔に指を当て、もぞもぞ擦《こす》り始めた。僕があんまりじろじろ見すぎたせいで、鼻毛でも出てるのかと思ったのかもしれない。僕は手を大きく振って、慌てて言い訳をした。

「いえ、あの、じゃなくて……さっき、ノートをこうやって出して、受け取ってもらった時に、あれ？って思ったんです。この場面、前にもあった気がして」

説明しながら卒業証書を貰《もら》う時のようなポーズをすると、夏目さんは一瞬、何か思いついたような表情を見せた。そして、静かに息を吐くように笑った。僕は不思議な気持ちでそれを見つめていた。目の前にある寂しげな笑顔の意味が、僕にはまるで分からなかった。そんな僕の視線に気づいた夏目さんが、ゆっくりと口を開く。

「もしかしたら、前世で出会っているのかもしれませんね」

その声は少しだけ掠《かす》れていた。

「さて、真夜中のパトロールの時間です」

制帽をキュッと被《かぶ》り直し、夏目さんが宣言した。僕に終了を告げている。

まあ、いいや。もしも以前に出会っていたら、そのうち思い出すだろう。そう考えて、

「では……失礼しました」と元来た方へ歩き始めた。だけどすぐに、あれッと声を上げて足を止めた。空間が暗いせいか、今の今まで気づかなかった。警備員室前の廊下沿いに並んでいる、そのベンチには見覚えがあった。

「うそ、なんで？　お前ら、こんな所にいたの？」

思いがけない再会に、黒い合皮の座面を撫《な》で、腰を下ろした。町の小さな病院の待合室にあるような、昭和レトロな趣の、固すぎず、かと言ってふかふかでもない、絶妙なクッションが効いた座り心地のいいソファベンチ。くたびれ具合を見る限り、以前、編集部があるフロアの休憩室に置かれていたものに違いなかった。

徹夜なんて珍しくもない僕の職場の休憩室には、ジュースや珈琲《コーヒー》はもちろん、パンやお菓子、カップ麺《めん》など、バラエティに富んだ自動販売機が並んでいて、ぐるりとそれらに囲まれた中央に、六台のベンチが置かれていた。それが突然、肘《ひじ》掛け付きのチェアに変わったのは、数カ月前のことだった。

僕らにとって休憩室のベンチたちはずっと、クタクタなのに帰って休めない時の休息の場だった。会社側も「二、三時間の仮眠程度なら」と、黙って見逃してくれていた。だけど、このベンチでの寝泊まりを毎日のように繰り返す編集者が現れて、さすがに問題となり、総務部から「休憩室での宿泊禁止令」が出されたのだ。嘘かホントか分からないけれど、規則を破れば減給されるという噂を聞けば皆、従うより仕方ない。にもかかわらず、誰とは言わないが約一名、どこ吹く風で休憩室に棲《す》みついたままのヤツがいて、ついにベンチたちは強制撤去となってしまったのだ。

「そのベンチ、以前は上の休憩室にありましたよね。こんな薄暗い地下へ左遷されるなんて、一体何をやらかしたんでしょうね」

夏目さんが警備員室から顔を出して笑っていた。

「やっぱり、お前らかあ。会いたかったぞー」

条件反射とは恐ろしいもので、思い出深いベッド……もといベンチとの再会に、僕は自然と座面に横になっていた。そして言うまでもなく、その一瞬で眠りに落ちた。

結局その日、帰宅することなく午前十時過ぎにベンチで目覚めた僕は、受付カウンターに落とし物のノートを届けてそのまま出社した。ベンチを去る時、警備員室を覗いてみたけれど、その時にはもう夏目さんはいなかった。

それからちょくちょく、僕は真夜中の地下フロアへ足を運ぶようになった。仕事が山積みなのにもう体が限界で、束の間の眠りにありつきたい時。やっと仕事から解放されたのに、もうクタクタで、家までたどり着ける気がしない時。僕はふらふらとここへやって来た。するといつも、真夜中の警備員室には夏目さんがいた。訊《き》くと、夜間勤務の契約だという。

「すみません……ちょっとだけ眠らせてもらっていいですか」

拝むポーズで言う僕に、夏目さんは笑って「お好きなだけどうぞ」と答える。そして僕は、ベンチでひとときの眠りを得る。だけど本当は、仮眠するためだけに通っているわけじゃなかった。やっぱり気になっていたのだ。

あの時感じた既視感の正体は、一体何なのだろう。


大会議室のドアを開けると、ちょうど僕の前の登壇者が締めの言葉を言い終えたところだった。ギリギリセーフと胸を撫で下ろし、地下からダッシュしてきたせいで上がっている息を、深呼吸して整えながらステージへと向かう。すでに遅刻はバレバレらしく、僕の姿を見つけた司会役が明らかにホッとした顔をした。笑顔を取り繕ってはいるけれど、その目は全く笑ってなくて、僕は小さくなりながら壇上へ登った。

僕が働くこのエイジーナム出版は、社名が漫画のローマ字表記の逆から読みで、その名の通り創業から今までずっと、漫画しか創っていない非総合出版社だ。まあ、漫画に限定すれば業界四位という、親戚《しんせき》の叔母《おば》さんに言わせれば「たいそう立派な」位置につけているけれど、老舗《しにせ》の総合出版社である上位三社との差はそれはもう歴然で、ちょっとやそっとじゃ追いつけそうにない。

「では次に、月刊ゼロ編集長・眞坂崇《たかし》より発表がございます」

紹介を受けてマイクの前まで進み、客席に一礼した。会議机を取っ払ってこしらえた授賞式会場は、思ってたより多くの人で賑《にぎ》わい、ありったけを並べた椅子はほとんどが埋まっていた。その会場から「編集長だって」「うそ、いくつ？」と女の子たちの声が聞こえた。よく童顔と言われる僕は、三十四になったというのについ最近も大学生に間違われたばかりだ。苦笑いしながら、僕は会場を埋めている人々の顔を見渡した。

今日ここで行われているのは、エイジーナム新人漫画大賞の授賞式だ。新人賞はこの会社が出している八つの漫画雑誌それぞれで開催されているけれど、こうして年に一度、各誌新人賞の全入賞作品から年間最優秀新人賞を選んで表彰するのだ。

この式典の来場者は、受賞者にとっては授賞式終了後に行われる添削会に参加する漫画家志望者たちが大半を占めている。受賞者にとっては拍手は盛大な方がいいだろうし、漫画家をめざす人たちには、授賞式を間近に見ることで「いつかは自分も」と励みにしてほしい。授賞式と添削会の同時開催には、そんな思いが込められている。

そして今日、僕は彼らを前に、新たな賞の設立を発表することになっていた。もちろん、八誌それぞれの誌面でも告知する予定ではあるけれど、それに先駆けて、この場で発表しようと部長の一声で決まったのだ。

「月刊ゼロの眞坂です」

名乗ったところで、壇上から嫌でも目に入る対面奥でグルグルと手を回している進行係が見えた。時間がないから巻きで行けと訴えている。きっとまた、最初の社長の挨拶《あいさつ》が大幅に押したんだろう。社長の挨拶はいつも脱線しまくりで、果たしていつかは終わる時がくるのだろうかと心配になるほどだ。だけど今日、僕がこうしてギリギリこの場に間に合ったのは、その長すぎるスピーチのおかげに違いない。社長に感謝だ。

僕が気づいていないと焦ったのか、進行係がグルグル回す手を高く振り上げた。こういう場が苦手な僕は、もちろんできる限り簡潔に終わらせるつもりだったけれど、こくんと小さく頷《うなず》いて進行係に了解の合図を送った。伝わったようで、進行係が合掌してみせている。

「エイジーナム出版は本年度より、八誌合同で新人賞に新たな部門を設けます」

こちらを見つめるたくさんの漫画家志望者たちに向けて、その名称を告げる。

「長期連載部門です」

一瞬の沈黙の後、フロアが微《かす》かにざわめいた。ここにいる彼らなら分かっているはずだ。漫画界には連載前提の作品で審査される新人賞はないに等しい。新人賞のほとんどは、数十枚の読み切り形式で募集されている。たとえ作者の頭の中に、その先の先の先まで壮大な物語が出来上がっていようとも、数十枚というわずかな枚数の中に起承転結を盛り込み、完結した物語にして応募しなければならない。なぜなら、それがベストな審査方法だからだ。枚数が多いほど、応募作品を描く側も審査する側も大変になるし、数十枚もあれば作者の技量は大体分かる。

なのに今回、長期連載部門を設けることになったのは、この授賞式のための選考会で一人の編集者が発した、こんな一言がきっかけだった。

「ここ数年、全体的にレベル上がったよね。でもなーんか、こぢんまりしてない？　なんて言うかさ、ちょっといい話……みたいな」

選考会の会場にいた全員が同感だった。そして、時代のせいだとか、ゆとり教育の結果では、などと原因追究が始まって、「そもそも読み切りだからこぢんまりしてても仕方ないんじゃないの」だの、「俺たちがこぢんまりを選びすぎてるんだ」「この読み切りの中にこれから爆発する可能性を見出《みいだ》すのが私たちの仕事なんじゃないの」「型破りな新人や天才タイプはみんな最大手三社に応募してるんだ」などと、会議というより言いたい放題が続いた末に、「じゃあ試しに長期連載部門を設けてみれば？」となったのだ。それで僕らの度肝《どぎも》を抜くような作品や新人が現れるかどうか、試しに一度やってみよう。そう決定して拍手が湧いた。その場にいた編集者全員、なんだか怖いくらい目がらんらんとしていた。この時すでに明け方で、みんな疲れて少々ハイになってたせいだ。だけどきっと、原因はそれだけじゃないだろう。編集者という生き物は、やっぱり出会ってみたいものなのだ。興奮するほどの才能というものに。

　こうして、やると決まった長期連載部門だけれど、その旗振り役を、なぜか僕がやることになってしまった。「じゃあ試しに長編部門とかやってみたら？」と最初に言ってしまったせいだ。

　おまけに部長が「うちみたいな後発の中小は、こういう風に大手と違う事をしないと永遠に勝てっこないですからね。どうせやるなら今度の授賞式で発表して、すぐにでも始めてしまいましょう」なんて言いだして、僕の仕事は一気に増えた。要項の草案作りに始まって、審査方法や賞金額の詳細まで。まずは各誌の編集長らと意見をまとめて、それを上に了承を取って決定まで持っていくとなると、予算が絡むのもあって、気づいた時にはけっこうな大仕事になっていた。このところ、校了期間でもないのに何日も家に帰れない日々が続いていたのはそのせいだ。だけど、そんな大変だった日々もこのステージを下りたら一旦《いったん》終了だ。今夜こそは、家に帰って休めるはずだ。

「えー、長期連載部門は、物語の設定とコミックス数巻分程度のあらすじ、主要登場人物のキャラクターデザイン、そして第一話の完成原稿で募集します」

応募規定を読み上げた後、賞金額の発表に移る。期待賞や佳作の後に、文句なしの優勝である大賞の賞金額を読み上げると、会場が大きくどよめいた。無理もない。その額は、漫画の新人賞にしては破格の数字だ。もちろん、こんな大金がかかっているということは、そう易々と大賞は渡せないということでもあり、「該当作なし」が続く可能性だってある。

だけど、簡単にこの賞で大賞を出せない理由は、高い賞金額よりもむしろ、これから説明に入る正賞にあった。

「そして長期連載部門と銘打っている通り、大賞受賞作品は賞金の授与だけでなく、正賞として弊社のいずれかの雑誌での連載をお約束します」

会場がざわめいた。さっき賞金額を発表した時の、はしゃぎ半分のどよめきとは違う、内なる興奮を秘めたような声の波に僕は嬉《うれ》しさを覚えた。この正賞の価値を、ここにいるみんなはちゃんと分かってる。

フロアの中央でスッと高く手が挙がった。「どうぞ」と促すと、学生服の少年が立ち上がった。皆の視線の集中線の真ん中で、少年が声を張る。

「長期連載ってどれくらい続けさせてもらえるんですか」

ほら来た。やっぱり気になるのはそこだよな。その答えは、訊《き》かれなくてもこの後、説明するつもりでいた。

「連載漫画が生き続けるための、たったひとつの条件。皆さん、それは何だと思いますか？」

僕の問いかけに再びフロアがざわめいた。たくさんの声が、それぞれに答えを呟《つぶや》いている。その答えひとつひとつははっきりとは聞こえないけれど、彼らはきっと分かっているはずだ。

「そうです。物語の続きを、読者に求められるということです。連載漫画が他のエンターテインメントと大きく違うのは、連載漫画の多くが、尺や期間を決めないままにスタートするという点です。そして、読者に求められれば連載を続けることができるし、求められなくなったら……」

打ち切り！　と後ろの方から誰かの声が飛んで、会場から笑いが起きた。

「そうです。求められなくなった物語は死ぬしかない。それが連載漫画です」

一瞬で会場が静まり返る。僕は、この正賞の価値は分かっていても、その怖さはまだ知らない、たくさんの若い瞳《ひとみ》に向けて続ける。

「なので、さっきの質問の答えはこうです。連載期間は読者に求められる限り！　数カ月で終わるかもしれませんし、何十年も続くかもしれない。皆さん、永遠に求められ続ける作品をめざして描いてください！　僕は新人の漫画家さんや漫画原作者さんと連載漫画を立ち上げる時の打ち合わせで、最終回はこんな風に考えています、なんて口にする人にはこう言っています。始まる前から最終回のことなんて考えなくていいんです！　連載漫画なんだから、永遠に求められ続ける、終わらない物語をめざすべきなんです！　そう、もうこの際、最終回なんてどうでもいい！」

拳《こぶし》を高く突き上げてしまった後、アッと我に返った。やってしまった。しかもこれは、国民的名作漫画に出てくるカリスマ的人気の敵キャラが、辞世の名台詞《めいぜりふ》を叫んだ時の、あのポーズじゃないか。慌てて右手の拳を引っ込めると、会場からドッと笑いが起きた。恥ずかしくて耳まで熱くなっている。きっと顔が真っ赤に違いない。僕はどうにも、漫画のことになると頭に血がのぼりやすいのだ。

すぐにでも逃げ出したい気持ちを抑え、ひとつ咳《せき》払いして「でも」と話を再開する。

「もし、皆さんが思い描くラストシーンや最終回があるのなら、そこまで意地でもたどり着いてみせるという意志を持ってください。どんなに苦しくても、どんなに辛《つら》くても、そのゴールまで完走してみせると誓ってください」

易々と大賞をくれてやるわけにはいかない。その最大の理由は、読者に続きを求められなければ生きられない、連載漫画の宿命ゆえだ。一年で一体いくつの新連載が始まり、そのうち五年を超えて続く作品はどれくらいあるか。十年を超えて続いた作品は、最後まで描き切ったと作者が思えるところまでたどり着けた作品は、どれほどあるか。僕らはその答えを知っている。たくさんの、いや、ほとんどと言っていい作品が、道半ばで消えていくのだ。僕らはそれを、この目で見ている。一番近くで。だからこそ、これならば長く読者に愛されると信じられる作品にしか、大賞は渡せない。

「おそらく、皆さんが想像している以上に、簡単なことではありません。それでも、何がなんでもやってやるぜと、そんな闘志を燃やす方々のご応募をお待ちしています」

なんとかかんとか話し終えて、そそくさと壇上から降りた。大きく湧いた拍手が余計に恥ずかしく、あたふたと出口へ急ぐ。だけど心には確かに、会場の彼らときっと同じだろう熱い何かが、脈打ちながら満ちていくのを感じていた。

扉に手を掛けた時、「これより添削会に移ります」というアナウンスが聞こえた。この後の添削会はすでにローテーションが組んであり、僕がいなくてもうまく回るようになっている。と言うより、月刊ゼロのブースは若手中心で仕切っていて、僕が自分の受け持ち希望時間を出したら「今回から眞坂さんはやらなくていいです」と締め出されてしまったのだ。「眞坂さん、時間も忘れて添削しちゃうから、時間割が狂っちゃうんですよね」と文句まで言われる始末だ。

もう慣れたはずなのに、ふと空しくなった。編集長という名の管理職にある僕にとって、漫画家の卵と向き合える添削会は、ただの漫画編集者に戻れる数少ない機会だった。そんな楽しみを部下に取り上げられて、しかも、彼らに何も言えずにすごすご引き下がるしかないなんて。僕は自分を憐《あわ》れみながら、扉を押して会場を出た。喧騒《けんそう》が一気に遠ざかる。その直後、頭の真後ろでアイツの声がした。

「あーあ、ひどいよね、眞坂さんは」

振り返るとすぐ目の前に、社内の女子から「無駄にイケメン」と言われている蒔田《まきた》の顔があった。しょうゆ顔でも塩顔でもなく、「なんか白飯って感じだよね」と言われてしまう味気ない僕の顔とは正反対の、三角刀で彫ったようなくっきりと大きな目が、推定十五センチの至近距離で恨めしげに僕を見ている。

「背後霊はやめろ」

軽く突いて蒔田を離し、さっさとエレベータへと急ぐ。ちょうど扉が開いていた空のエレベータに乗り込み、行先階のボタンを押そうとした時、追ってくる蒔田が見えた。忘れてた、コイツも添削会から閉め出されてる一人だった。慌てて「閉」のボタンを連打する。しかし、子供の頃にゲームで鳴らした高速連打の腕も空しく、閉まりかけた扉の隙間からするりと蒔田に乗り込まれてしまった。

「ほんと、ひどいよ。最終回なんてどうでもいいなんてさ……こっちはこれから、田島《たじま》工務店《こうむてん》先生の所へ行って、『にんけん!だもの』の打ち切りの話しなくちゃなんないのに」

蒔田がしょんぼりと、小石か何かを蹴《け》るような振りをしてみせる。三十半ばにもなった男がやってもちっとも可愛くない。だけどまあ、そんな小芝居はしていても、蒔田の憂鬱は嘘じゃない。打ち切りを告げるのは、漫画編集者の仕事の中で最も辛いものだ。

できることなら避けたい仕事だ。作家はもちろんのこと、担当編集者にとっても、打ち切りは敗北なのだから。

　さらに、打ち切りを告げる相手があの田島工務店先生なのだから、蒔田だって憂鬱にもなるだろう。田島工務店先生は何と言うか、ちょっと困った漫画家さんなのだ。

　僕の漫画編集者人生なんてたかだか十数年でしかないけれど、それでも経験から言わせてもらえば、なぜかギャグ漫画家には暗い人が多い。描いているものと本人とのギャップに、驚いたことが何度あったか。

　例えば、電車の中で絶対に読んではいけない（公衆の面前で爆笑して恥ずかしいことになるからね）と言われている某ギャグ漫画を描いている先生は、ひどい対人恐怖症で、打ち合わせに訪ねて行ってもずっと障子越しで話さないといけなかった。だから僕は、その先生の顔を見たことがない。見たことがあるのは、先生が障子に開けた小さな穴から時々こちらを覗《のぞ》く、充血した目だけだ。あれは何度思い出しても、けっこうホラーな体験だった。

　ギャグ一筋のベテラン漫画家・田島工務店先生も、そんな暗ーいギャグ漫画家さんの一人だ。だけど暗いだけじゃない。被害者意識の塊なのだ。どう見てもコミュニケーション能力に長《た》けているとは思えない五十代のオッサン（失礼しました）なのだが、女子高生並みにSNSなんてコミュニケーションツールが大好きで、担当編集者への不平不満は全てネット上に書き連ねるのだ。そんなんだから田島工務店先生は、何度となく担当編集者に逃げられてきた。それはもう、次々と。

そんな田島工務店先生に唯一、対抗できるのはこの男、蒔田しかいないだろう。蒔田は僕と同期入社で、一緒に月刊ゼロを立ち上げた創刊時からのメンバーだ。それまで蒔田はエイジーナムの全編集部を渡り歩き、各誌で経験を積んできた。と言えば聞こえが良いが、たらい回しにされてきた、というのが残念ながら正解だ。漫画家さんからの「担当を替えてくれ」というクレーム数がぶっちぎりナンバーワンだからだ。

蒔田は〝面白い〟を生み出すことしか頭にない。そのためには一切、躊躇《ちゅうちょ》というものがない。つい最近も、ある漫画家さんと喫茶店で打ち合わせをしていて、極悪非道な敵キャラのデザインに悩んでいた時、ちょうど通りかかったプロフェッショナルの怖い人をつかまえて「あ、いたいた、こんな感じ。ねえ、ちょっとモデルになってくんない？」と声をかけるというトラブルを起こしたばかりだ。

運良くと言うべきか、運悪くと言うべきか、その怖い人は大の漫画好きで、ご親切にも職場へ連れていってくれて、「さあ漫画家先生、好きなだけ描いてやってくださいよ」とお弟子さんをズラリと並べてくれたらしい。漫画家さんは二時間も、プロのコワモテさんたちを前に震える手でキャラデザを続けたそうだ。

さらに、蒔田はそんなプロ怖さんたちに、「あ、そうだ。せっかくだし、何かアイテム見せてよ、アイテム」と銃刀法にばっちり引っかかるであろうアレコレを構えてのポーズまで要求したというから最悪だ。様々なアイテムの登場に、生きた心地がしなかったと漫画家さんは電話口で泣きじゃくり、言うまでもなく、担当を替えてほしいと僕に訴えてきた。

　そんな蒔田が田島工務店先生の担当について四年になる。

「ねえ、見てよコレ。朝の三時半だよ。ん？　三時半だから夜？　ねえ、眞坂さん、三時半って朝？　夜？　どっちだと思う？」

「どっちでもいいよ、好きにしろ」

　エレベータには僕ら二人しか乗ってないのに、操作パネルの前にいる僕のすぐ横に密着するように陣取った蒔田が、ズイッと目の前にスマホの画面を突き出してきた。

「近すぎ」

　僕が言うと、蒔田が「もう老眼？　早くない？」とスマートフォンの画面を離す。

「お前が近すぎなんだって」

　蒔田の手からスマホを取って、エレベータ奥へと避難した。壁に背中を預けて画面を見る。表示されていたのは、田島工務店先生のＳＮＳだった。アイコンが、月刊ゼロで連載中の『にんけん！だもの』のヒロインだ。やっぱりいいな、先生の画《え》は。何度見てもそう思う。

　田島工務店先生のデビューはとてもセンセーショナルだった。当時のギャグ漫画のイメージを一新したと言っても過言じゃないはずだ。少なくとも、中学生だった僕にとって、それは大きな衝撃だった。今流行《はや》りの原宿系《はらじゅく》ファッションを、先生は二十年以上も前のあの頃すでに描いていた。他の誰とも違うキャラクターデザインは、衣装のジッパーひとつに至るまでなんだかとても洒落《しゃれ》ていて、先生の漫画のページを開くといつも、ゼリービーンズなんかの外国のカラフルなお菓子でできた不思議の国に迷い込んだような気持ちになった。田島工務店作品は、そんな鮮やかな魔法の世界に読者を誘《いざな》い、キラキラとした夢を見せてくれたかと思うと突然、予測不能な笑いを次々に炸裂《さくれつ》させて、ゲラゲラと笑わせてくれるのだ。

「夜か朝かも分からない三時半に、そんなこと呟《つぶや》く？」

蒔田が、さも傷ついたように大げさにため息をついてみせた。アイコンの下に綴《つづ》られている本文に視線を落とす。全て目を通し終えた後で、僕はわざと声に出して読んでやった。

「エイジーナムの担当M氏から、明日《あした》来るとメールがあった。どうせロクな話じゃない。俺が描けなくなったのは、担当された漫画家がみんな逃げ出す極悪編集者に四年も耐えてきたせいかもな」

最後の「な」で笑いそうになって、なんとか堪えた。

「よく言うよね。俺が担当する前にも長いこと休載したことあるくせに。極悪編集者って何？　まるで俺が担当してる漫画家に次々逃げられてるみたいな言い方じゃん。歴代担当が次々逃げ出して、うちの会社だけでも俺で十人目の田島工務店先生こそ極悪漫画家じゃない？　ねえ眞坂さん」

「まるで俺が……って、実際お前は次々と担当作家に逃げられてるだろ。こないだも、蒔田さんに担当に憑《つ》かれてから夜も眠れなくて、お願いですから担当を替えてくださいってクレームのメールがきたばかりだぞ。憑かれてが憑依《ひょうい》の憑……って単なる変換ミスとは思えなかったよ。お前は確かに、お祓《はら》いでもしたくなるレベルだ」

僕の愚痴を見事にスルーして、蒔田は「それにさあ」と不満げな声を出した。

「つまんないって言いたいんだろ」

「え、スゴイ。何で分かんの？　さすが眞坂さん、俺の一番の理解者に認定しようかな」

「辞退するよ。お前を理解するより相対性理論を理解する方が百万倍簡単だ」

「そうなんだよね、そこなんだよね。呟きがさー、ウルトラつまんないの。ギャグ漫画家のくせに、何でもっと面白いこと言えないのかなあ。やっぱり、まだスランプなんだよねえ」

蒔田の言葉の最後はため息に化けた。

毒をもって毒を制す。なんて社内でも言われている田島工務店×蒔田のコンビは、三年半前に『にんけん！だもの』というタイトルのギャグ漫画を立ち上げ、連載を続けてきた。

芸術大学を舞台に、忍術研究会の面々と夜間警備員ズが死闘を繰り広げる、馬鹿馬鹿しくも懸命な日々が綴られている『にんけん！』は、ファンの間では田島工務店最高傑作の呼び声も高い。田島先生の漫画はキャラデザ、特に衣装デザインが個性的なだけに、コスプレイヤーの人気の的だけれど、なかでも『にんけん!』のコスチュームは魅力的で、コスプレイベントに行けば、ヒロインである女頭《くのいちがしら》の聖《ひじり》や副頭《ふくかしら》の黄桜《きざくら》をはじめ、忍び組の面々とあちらこちらで出会うことができる。

だけど『にんけん!』はここ半年余り休載が続いている。

分かってる。田島工務店先生はサボってるわけじゃない。一番描きたいのは先生だ。なのに描けない。作家や作品にもよるけれど、一般的にストーリー漫画に比べたら、ギャグ漫画や四コマ漫画は、作画の苦労よりネタを考える苦労の方が圧倒的に大きい。ギャグ漫画家や四コマ漫画家で、ネタ創りに苦しんだことがない人なんて、きっと一人もいないだろう。本のおまけについてくる栞《しおり》ほどの小さなスペースを埋める、たったひとつのネタのために、何日も苦しんで、のたうち回ることだってある。

面白いネタを生み出すためにはまず、面白い状況を生み出せる舞台設定やキャラクターが必要で、キャラ同士の関係性は特に大切だ。『にんけん!だもの』はその点、うまくできている。僕はそう思っていた。それでも凝縮した笑いが求められるこのジャンルでは、どんなに完璧《かんぺき》な設定とキャラをもってしても、停滞してしまうことがある。珍しいことじゃない。だから僕も蒔田も最初は、「連載を始めてそろそろ三年、ネタ切れしやすい頃だよな」なんて、それほど重くは受け止めていなかった。すぐに、蒔田の提案で新たな展開や新キャラを投入し、一気に盛り返す手を打った。だけど、変わらなかった。田島工務店先生が、どうしても描けないのだ。

「俺のせいかな」

沈黙の後、蒔田が訊《き》いた。僕は正直に答える。

「かもな」

蒔田はこれまで、たくさんの漫画家に逃げられてきた。だけど、ごくごく少数ながら、蒔田じゃないとと言う人もいて、だから何とか漫画編集者を続けてこれている。蒔田とうまくやっていける漫画家は、蒔田と同じく漫画への情熱の温度が沸点を超えているようなタイプ。つまり、イカレた漫画バカだ。だから僕は四年前、田島工務店先生の担当に蒔田をつけた。それは大成功だった、と最初は思えた。でもやがて失速し、完全に止まってしまった。何かが、ブレーキをかけてしまった。その何かとは、皮肉にも二人の漫画への熱ではないかと気づいたのは、打ち切りを決めた後だった。

「自分とよく似た漫画バカの蒔田が担当になってさ、きっと田島工務店先生は描くことが何倍も楽しくなったんじゃないかな。同時に、ハードルを上げてしまった。漫画バカのお前を、漫画に関して嘘が吐けないお前を、うん！と言わせたくて、笑わせたくて、知らないうちに自分に厳しくなりすぎたのかもな」

「じゃあ、どうすりゃ良かったのさ！」

怒ったように蒔田が訊いた。僕は答えられなかった。もっと気楽に、なんて緩い漫画創りができる二人じゃないことは分かってる。蒔田はどうすれば良かったんだろう。僕はどうすれば良かったんだろう。正解は、何だったんだろう。

「田島工務店先生、泣くかな」

小さく蒔田が呟いた。僕は言うべき言葉を探したけれど、何も思い浮かばなかった。

だけどひとつ、はっきり分かっていることは、打ち切りを告げられて、平気な漫画家なんていない。たとえ編集者の前で泣かなくたって、笑顔を見せたって、どこかホッとした顔をしたって、平気な漫画家はいない。もし、いたとしたら、僕はその人とは仕事をしたいと思わない。

僕はいつもこう感じている。漫画家や漫画原作者は、描きながら、自分が描いているその世界の中に生きている。その世界の中に生きるからこそ、その世界を描いていける。彼らにとっての打ち切りとはつまり、自身が生きる世界の終わりだ。

漫画界では日々、打ち切りという名の世界の終わりが起きている。この世で日々、誰かが死ぬのと同じくらい当たり前に。そして、新しい違う世界が生まれる。現実世界で新しい命が誕生するのと同じように。

生と死なんて、俯瞰《ふかん》で見れば単なる新陳代謝でしかないだろう。人の生き死になんて、長い人類の歴史を思えば、ごくごく小さな出来事で、漫画作品の生き死になんてなおさらだ。打ち切りがあり、新しい作品が始まることで、漫画雑誌はその健康が保たれる。

僕ら漫画編集者は、どこかでそう割り切っていかないと先には進めない。だけど——

やっぱりそんなに、簡単じゃない。

「眞坂さんさあ」

蒔田が呆《あき》れたようにため息をついた。

「いつになったら行先階のボタン押すの？　エレベータずっと止まってるんだけど」

言われてやっと気がついた。

「早く言え！　て言うか、気づいてたんなら押せばいいだろ」

「俺と話したいのかなと思って」

「話したくない！」

その直後にドアが開いた。最悪だ。よりによって、開いたドアの向こうには、藤丸紗《とうまるさ》月《つき》が立っていた。藤丸の狸みたいな垂れ目と目が合う。キョトンとしたその表情に「やった、セーフか」と抱いた淡い期待は、直後に見事に砕かれた。藤丸の顔が、見る間に真っ赤に上気していく。やっぱり……この女が聞き逃すワケがなかった。

「ハナシタクナイ……そうですかそうですか、いやいやいやいや、それはそれは」

満足そうに頷《うなず》きながら藤丸が乗り込んで、編集部がある階のボタンを押した。

「違うから！　離したくない！じゃなくて、話したくない！だからッ。ドン・ワナ・スピークの方だから！」

必死に説明したけれど、再び扉が開くと、藤丸は僕らに向かって「ごちそうさまでした」と手を合わせて降りていった。ふんわりウェーブがかかったセミロングの髪を弾ませて、スキップしながら編集部に入っていく。その浮かれた後ろ姿に、「うあああああ」

と頭を抱えた。本当に最悪だ。

藤丸紗月は僕らの五つ下になる月刊ゼロの編集部員で、「この世の全ての少年漫画や青年漫画は、本質的にはBL漫画」と主張する、いわゆる腐女子だ。小学校低学年でBLに目覚め、五年生でカミングアウト。社内の男は新入社員から社長や役員に至るまで、そういう目でしか見ないというから筋金入りだ。今も彼女の頭の中では、僕と蒔田がものすごいコトになっているに違いない。

「あんな変人がいると眞坂さんも大変だよね」

お前が言うなと蒔田に返す元気もなく、ぐったりしながら編集部に入ると、ほとんどが添削会に駆り出されているせいでフロアはガランと広く見えた。時間を確認しようとジーンズのポケットからスマホを出す。ああ、そうだった。思い出した。こっちもエネルギー切れだった。

席に着いてスマホを充電器に繋《つな》いだ。それから、デスクのパソコンに貼られた色とりどりの付箋《ふせん》に目を通し、一枚一枚剝《は》がし始める。出社するといつも、僕のデスクトップパソコンは連絡事項が書き記されたカラフルな付箋で埋め尽くされて、オシャレな蓑虫《みのむし》と化している。この蓑虫の蓑を剝《む》いてやるのが、僕の出社一番の仕事だ。それが終わるとパソコンの電源を入れて、メールチェックを始める前に、机上の端に積まれたチェック物の山にため息をつく。今日もまた、その一連の儀式を終えたところで、重そうな鞄《かばん》を斜め掛けした蒔田がデスクの前へやって来て、肩まで伸びたボサボサの髪を後ろでキュッと縛り上げた。

「んじゃ、田島工務店先生んとこ行ってきます。今日もまた夜か朝か分かんない時間に呪いの呪文《じゅもん》を書き込まれると思うけど」

「それで気が済んで、またやる気出してくれるなら、好きにすればいいよ」

「俺もいくつか企画考えてるの提案したりしてくるし、まあ大丈夫だと思うけどね」

打ち切りを告げる。漫画編集者にとって一番辛《つら》い一日だ。だけど蒔田ならきっと大丈夫。ちゃんと乗り切るだろう。んじゃねー、とふらふらと歩いていく蒔田の猫背が頼もしく見える。よろしくお願いします。僕は小さく言って、その背中に頭を下げた。

蒔田が見えなくなると、入れ替わるように鳥飼《とりかい》部長がやって来るのが見えた。僕はこの人と出会ってから、常に笑顔であることは無表情と同じなのだと思い知った。いつだって見えているのか心配になるほどに、目を細めて笑ってるから感情がまるで読めない。

慌てて、さっきの壇上での発表を頭の中で五倍速で再生した。マズイ発言とか、してないはずだけど……。心配しながら腰を上げると、部長は僕の前に到着するなり、いきなり人差し指と中指を立てた手を突き出してきた。

「長編部門、いい感触じゃない。みんな目をキラキラさせてたし、まずは勝利勝利」

勝利のVサインだと分かり、ホッと胸を撫《な》で下ろす。

「それに、月刊ゼロから初のアニメ化も出ましたし」

部長が僕の後ろに視線を移した。これまでアニメ会社オリジナル作品の漫画化《コミカライズ》や、エイジーナムの他誌で連載されているアニメ化作品のスピンオフは掲載してきたけれど、創刊四年にして、ついに月刊ゼロのオリジナル作品がアニメ化されて、来期放送予定となっている。僕の背後の窓には、そのポスターがずらっと貼られているのだ。

けど、喜んでばかりもいられない。長生きが難しいのは、何も漫画作品だけじゃない。漫画雑誌だってそれは同じだ。長い歴史を持つメジャー誌の陰で、たくさんの雑誌がひっそりと消えていく。そのひとつにならないために、越えなきゃいけない最初のハードルをやっとクリアしただけのことだ。その先には、越えるべきいくつものハードルが延々と続いている。

「ここからです」

「うん、そうですね。引き続き、頑張って」

鳥飼部長はひょいと手を上げて踵《きびす》を返し、ちょっと行って振り返った。その顔はやっぱり笑顔で、だけどいつにも増して細い、繊月のような目をしていた。

「ね、間違ってなかったでしょう。君は絶対にいい編集長になるし、蒔田くんは君の下でなら、きっといい仕事をしてくれると私には分かってましたよ」

部長が再び、僕の背後のポスターを見た。月刊ゼロ初のアニメ化作品は、蒔田が立ち上げたものだった。

ふっふっふ、と部長が満足げな笑いを漏らして去ってから、脱力するように椅子に座った。何が分かってましたよ、だ。創刊編集長なんて大役、こっちは引き受ける気なんか微塵《みじん》もなかったんですよ、だ。そう言ってやりたい背中はもう見えない。

六年前、まだ二十八歳だった僕に、重すぎる荷物を背負わせたのは鳥飼部長だった。少年誌や青年誌、少女漫画誌といった昔ながらの性別や年齢による括《くく》りではない、幅広い層に向けた新しい漫画雑誌を創りたいから、その雑誌の創刊編集長をこの僕にやれと言ってきたのだ。しかも、蒔田を相棒に。僕は即座に断った。理由は簡単。その時の僕にはまだ、自分がこの手でヒットさせたと言えるものが何もなかった。

このエイジーナム出版では暗黙の了解として、編集長は直接の担当を持つことができないことになっている。それが許されるとしたら、誰にも何も言わせないくらいの結果を出してから。あるいは、必ず結果を出すと宣言した上で、になる。

だから、僕は辞退した。編集長より、ただの漫画編集者でいたかった。自分で担当した作品をヒットさせたい。その気持ちがとにかく強かった。それに、全編集部をたらい回しにされている蒔田となんて最悪だ。

なのに結局やる羽目になった。辞退した僕に「正式な返事は一ヵ月後に聞きます。よく考えてみてください」と部長が押し付けてきた猶予期間。その最後の日に、そういうことになってしまった。それも全て、蒔田のせいだ。もうどこにも居場所がなくなる蒔田のことを、僕は放っておけなかった。落とし物を見つけたせいで遅刻したり、動物の毛アレルギーなのに、捨てられた犬や猫をほっとけなくて飼い主探しをしてしまう。子供の頃からの損な性分は、大人になっても変わらないみたいだ。

そんなこんなで二年間の地獄のような創刊準備期間を経て、四年前に月刊ゼロを創刊。以来、僕は一度も直接の担当作品を持たず、編集長としての仕事に集中してきた。やりがいは、有り余るほどにある。初のアニメ化が決まった夜のビールは、たまらなく美味《うま》かった。なのに、今もまだ僕の心の真ん中には、あの思いが出て行くことなく居座っている。

少し早いけれど、僕はパソコンに昼寝を命じて席を立った。ボードにメシとだけ書いて、外に出る。でも、本当は昼飯じゃなく、行きたい場所があった。

会社の前のせわしなく車が行きかう道路を渡り、路地に入る。すると、途端にカキン、カキンッという小気味いい音が聞こえ始めた。僕が向かっているのは、会社から歩いて数分のバッティングセンターだった。風俗店やキャバクラ、ホストクラブが軒を連ねる新宿歌舞伎町《しんじゅくかぶきちょう》の外れにあり、昭和の面影どころかタイムスリップしたかと思うくらい古臭い建物内は、入った途端に煙草の匂いと緩々とした時の流れに包まれる。

僕はよくここへ来ては、一人黙々とバットを振り続ける。

小学生の頃、僕は少年野球に入っていた。監督になりたくて野球を始める少年なんていないように、編集長になりたくて漫画編集者になるヤツなんていない。ホームランを夢見て僕は野球を始め、大ヒット漫画を世に送り出すことを夢見て漫画編集者になった。なのに、ヒット一本打つことなく監督という役割を背負うこととなり、今の僕は打席に立つことすらできないでいる。

十以上あるブースは大方埋まっていた。男子大学生の二人連れ、旅行者なのか在住の外国人なのか分からないが白人の男女四人組、ホスト風の男、サラリーマンらが、平日の真っ昼間のバッティングセンターで快音を響かせている。ちょうど、いつも使っている球速の打席が空いて、出てきた大学生と入れ替わり中へ入った。コインを入れて、バットを構える。LEDが映し出すピッチャーが大きく振りかぶった。

ヒットを打ちたい。漫画の世界の試合に出て、大ヒット……いや、でっかいホームランを打ってみたい。その思いをかき消したくて、僕は思いきりバットを振った。


翌日、校了期間に突入した月刊ゼロ編集部の一番奥にある僕のデスクでは、また、あの世にも恐ろしい祭りが開催されていた。編集部のみんなが、僕が出社してきたのにも気づかずに、校了紙に加えてネームや企画書、会社が漫画家さんと交わす出版契約書など、編集長チェックが必要なものを僕のデスクに次々と積み上げながら、氷川《ひかわ》きよしのズンドコ節を歌い踊っているのだ。ただし、歌詞がオリジナルとは全く違ってる。

「つん！　つんつん！　積んどけタカシ！　つん！　つんつん！　積んどけタカシ！」

五年目の編集者で、委員長と呼ばれている眼鏡女子・宮瀬《みやせ》優佳《ゆうか》がノリノリで歌い踊って表紙の色校を積み上げる。

「積んどけタカシ！」

僕の三年下になる副編集長で、いつも担当作品のイベント用に作ったピンクの法被を着ているお祭り男・矢代《やしろ》くんがそれに続く。

「積んどけタカシ！」

半年ほど前に入ったばかりの契約社員、姫系男子のパンダくんこと半田《はんだ》くんまで、その輪に加わり積み上げる。

「積んどけタカシ！」

編集部のヤツらが陰で僕をタカシと呼び捨てにしていることは、うすうす気づいていた。それでも、初めてこの祭りを目の当たりにした時は呆然《ぼうぜん》とした。みんな疲れているのだ、徹夜続きの毎日が、みんなの心を狂わせているのだと、僕は自分に言い聞かせ、知らん顔して我慢してきた。だけど、今日はさすがに頭にきた。これ以上、ヤツらの憂さ晴らしの種にされてたまるか。咳《せき》払いしようとしたその時、横でアイツの声がした。

「みんなひどいな」

いつの間にか蒔田が隣に立っていた。

「眞坂さんの気も知らないでさ」

「蒔田……」

心が弱っているせいか、なんかジンときた。けれど次の瞬間、蒔田が抱えていた分厚いネームの束を見せて、「さーて、これもぜーんぶ積んでこよーっと」とスキップで祭りの輪に入っていくのを見て、地獄のズンドコ…いやどん底に突き落とされた。僕のデスクに高い高い山が出来上がっていく。しばらく家には帰れそうにない。昨夜、久々に我が家でたっぷり眠ったはずなのに、今日からの一週間を思った瞬間、急激な眠気に襲われた。心と体がタッグを組んで、この恐ろしい現実から逃避しようと頑張っている。

「やめろーお前ら」

僕の一声で、積んどけ隊はサアーッと蜘蛛《くも》の子を散らすみたいにみんなどこかへ行ってしまった。誰もが何事もなかったみたいに、宮瀬は電話を受けているし、矢代くんは何時間も前からここでこうしていましたという顔でパソコンのキーボードを叩《たた》き、パンダくんは一心不乱にコピーを取っている。なんてヤツらだ。

「眞坂さん、おかえりー。お疲れ様でーす」

白々しい。何がおかえりーだ。一番ひどいのは、お前だ蒔田。睨《にら》みながら自分の席へ着いて、尻《しり》に馴染《なじ》んだ椅子に腰を下ろした途端、積まれた山の高さにため息が出た。仕方がない、やるか。いつものように、用件を確認しながらパソコンを覆いつくした付箋《ふせん》を剝《は》がし、メールの返信を終わらせると、チェック物の山の中から大至急と書かれた付箋が覗《のぞ》いている書類を取り出した。これから先は無心になることが何より大事だ。よし、と赤ペンを握る。

数ページ分、チェックを終えた辺りでふわりと、甘い匂いが鼻をくすぐった。見るとデスクの端に紙コップの珈琲《コーヒー》が置かれている。

「そう言えば蒔田、昨日どうだった？」

赤ペンを握る手を動かしつつ、去っていく犯人らしき背中に訊《き》いた。だけど、返ってきた答えは驚くほどにそっけない「何が？」のひと言だけだった。

「何がって、決まってるだろ」

「ああ、田島工務店先生？　話したよ、話したけど……」

「話したけど何？」

「あっそう、だって」

「あっそう？」

話しながらもせっせと動かしていた赤ペンを置いて、蒔田を手招く。すると、何か解せないと言いたげな、滅多に見せない思案顔で、蒔田がデスクの前に来た。

「何それ、どういうことだよ」

「田島工務店先生んちで話したんだけどさ、打ち切りの件、切り出したら黙って聞いてて、話し終わったら、あっそう……って。悪いけどこの後、ちょっと出掛けるからまた今度、これからのこととか連絡事項はメールしといてくれる？　だって」

「あのオッサンが？　そんなあっさり？」

「うん、あのオッサンが、超あっさり」

どうも変だ。何かがおかしい。あの人が、そんな簡単に了承するわけがない。

「なあ蒔田、それちょっと……」

言いかけた途端、蒔田が「やっぱ変だよね！　ありえないよね！」と思いきり被《かぶ》せてきた。本当はたまらなく気になっていたくせに、今まで蓋《ふた》をしてきた不安が一気に噴き出したようだ。デスク前から回り込み、僕のすぐ横までやって来ながら、蒔田がマシンガンみたいに喋《しゃべ》りだす。

「そう！　ありえないんだよ。俺もそう思ってさ、あれから何度も先生の呟《つぶや》きチェックしてんだよね。でも、更新すらなし。沈黙してんの。いつもはどーでもいい思いっきりつまんないこと一日平均三十回は呟くあのオッサンがだよ？　まさか死んでないよね？死んでないよね、眞坂さん！」

「顔、近い」

僕は目の前まで迫った蒔田の顔を除《よ》けながら、「死ぬわけないじゃん」と呆《あき》れて言った。だけど、言ったそばから真逆の思いも頭を横切る。田島工務店先生ならあるかもしれない。打ち切りを苦に……そういう選択。何せ、暗いのだ。被害者意識の塊、いや、被害者意識を弱火でとろとろ煮詰めていって、最後の最後に底に残った、被害者意識の結晶みたいなオッサンなのだ。

「行くぞ、蒔田！　田島工務店先生んとこ」

席を立ち、ジーンズのポケットを叩いて財布とスマホが入ってるのを確認した。そのタイミングで、ニャーと近くで声がした。え？　猫？　動物の毛アレルギーの動物好きだけに、条件反射で辺りを見回す。

「あ、田島工務店先生が呟きを更新した！」

蒔田がスマホの画面を突《つつ》き始めた。さっきのニャーは、田島工務店先生がＳＮＳを更新した時の通知音だったようだ。

「田島工務店先生、ちゃんと生きてるじゃん。全く、毎度毎度お騒がせすぎなんだよ、先生もお前も。じゃ、こっちは仕事に戻るんで、後はよろしく」

席に座ってさっきの続きに取りかかろうとしたその時だった。蒔田の妙に甲高い叫びがフロアに響き渡った。

「田島工務店先生が殺害予告キターーーーーーッ」

聞いた途端、脱力した。次に、勘弁してよ、という思いがふつふつと湧いてきた。

「いつかこんな日がくると思ってたんだよ。田島工務店先生さ、SNSに向いてないもん。ちょっとくどい絡み方してきた読者にもいちいち嚙《か》みついて、大人げなく何時間もやり合ったりして。あの人には誰かが一度、SNSとの付き合い方をレクチャーしてあげた方がいいんじゃないかな。蒔田、取り急ぎ法務に知らせてさ、殺害予告してきた相手にすぐ取り下げるよう働きかけてもらって」

以前にも一度、連載作家がSNSで殺害予告を受けたことがあって、その時、こういう場合の対処法は一通り学んでいた。あの時は、若い読者が好きな漫画家に構ってほしくてつい書き込んだだけだったから、すぐに事態は収拾した。今回も大事にならなければいいのだけど。

「それと、あくまで念のためだけど、田島工務店先生をホテルにでも保護しとく？」

訊くと、蒔田が首を傾げた。

「田島工務店先生を保護すんの？　眞坂さんじゃなくて？」

何言ってんだコイツ。と思った次の瞬間、何かがおかしいと気がついた。さっきの蒔田の「キターーーーーーーッ」を頭の中で大急ぎで巻き戻す。それを再生しないうちに蒔田が言った。しかも、さらっと、「何言ってんの？」とでも言うように。

「田島工務店先生に殺害予告じゃないよ。田島工務店先生が！　殺害予告だってば」

「その殺害予告された相手って……」

「うん、眞坂さんだよ」

は？の形に大きく口を開けたまんま動けないでいる僕に、蒔田は「じゃあ、読むね」と殺害予告の全文を読み上げ始めた。

「昨日、月刊ゼロの担当Mがやって来て、『にんけん！』を打ち切ることになったと言った。編集長の眞坂が決めたそうだ。眞坂が聖を殺すってよ。黄桜も殺すってよ。忍び組のみんなに死ねってよ。なら、俺はその前に眞坂を殺す！　みんなが殺される前にやってやる。眞坂崇に殺害予告だ！」

何を言ってるんだ、あのオッサンは。半年も休載してるのはアンタじゃないか。そこまで言うなら、描けばいいじゃん……描けばいいんじゃん！　大体なんで蒔田が匿名イニシャルで、僕は実名フルネームなんだよ。大人げない怒りがマグマの如く湧きあがる。

その僕の目の前で、蒔田が軽快にスマートフォンの画面を突っついて耳に当てた。

「もしもし先生……あ、留守電だ、居留守かな」

田島工務店先生に電話したらしい。当然だ。こんなふざけたマネは今すぐやめさせろ。そんな僕の思いも空しく、蒔田は留守電にこう吹き込んだ。

「えー、お世話になってます、月刊ゼロの蒔田です。先生、さっきの呟きですけど……今までで一番、面白かったです。それでは今後ともよろしくお願いします」

人はあまりに信じがたい状況に陥ると笑ってしまうと聞いたことがある。わりと疑っていたその説は、どうやら本当らしい。僕は棒立ち棒読みで、なぜか「あはは」と笑っていた。

「ともかく良かったよね、これで安心。じゃあ眞坂さん、俺は昼飯行ってきまーす」

「ちょっと待て蒔田！」

行こうとしていた蒔田の首根っこを摑《つか》んで引き戻した。

「これで安心て何？　こっちは殺害予告されてんのに！」

僕が言ってることは、極めてまっとうなはずだ。何もおかしい点はない。なのに、蒔田は不満げに口を尖《とが》らせてみせた。

「眞坂さん昨日言ってたじゃん、田島工務店先生の気が済んで、それでまたやる気出してくれるんなら好きにすればいいって」

「好きにするにも程があるだろ！　殺害予告だよ？　それに何？　昼飯？　その前に行くとこがあるとなぜ分からない」

「え、どこ？」

「田島工務店先生のところだよ！」

他にどこがあると言うんだ。よし決めた。放出だ、放出だ、放出だ！　蒔田を他誌の、誰でもいいから誰かとトレードに出してやる。………まあ、応じてくれる編集部なんて、ひとつもないと分かってるけど。

ぐったりしながら、僕は会社を出た。どこか楽しげな顔の蒔田を連れて。


久しぶりに降り立った吉祥寺《きちじょうじ》は、知らない駅で降り間違えたかと思うくらい、僕の記憶とは違っていた。JRの南口改札を出て辺りを見回すと、駅ビルも、隣接する井《い》の頭《かしら》線の吉祥寺駅も新しく生まれ変わり、今時の洒落《しゃれ》たセレクトショップやコーヒーチェーンが構内の特等席を占めていた。それでも前方の公園口と表示がある方に目をやると、その向こうには僕の記憶と変わらない古い雑居ビルの通りが見えて、どこかホッとした気持ちになった。

「あ、こっちこっち」

井の頭公園方面となる公園口へ歩きだした僕を、蒔田の声が呼び止めた。JRの切符販売機の向こうに見える北口出口の表示を指し、はしゃいだ様子で僕を手招いている。全く、遠足の子供か。ボヤキながらも蒔田のナビに従い、ぐるりと回って北口に出た。

すると目の前に、記憶の中と変わらない景色が現れた。大きなアーケード街に、戦後の闇市が始まりだというハモニカ横丁もまだ残っている。よく遊びに来ていた学生時代を思い出し、ぶらぶら散歩でもしたい気分になった。

吉祥寺は昔から、漫画家が多く暮らす街として知られている。なんでも昔、美大生向けの美術道具の専門店があり、漫画の作画に必要なものが揃っていて便利だからと、自然と漫画家が移り住むようになったのだと聞いたことがある。もうずいぶん前にその店もなくなり、今や作画に使う道具はネット注文ですぐに届く時代になった。漫画を描きあげる大変さも、パソコンの作画ソフトの登場でずいぶん変わった。でも、やっぱり手描きはいい。線一本にドラマがあり、点ひとつにも美しさが宿っている。

時代が変わるとともに、吉祥寺に暮らす漫画家も少なくなった。月刊ゼロに最近描いてもらっている漫画家さんたちも、ここに住んでいたり仕事場を持っているのは、思いつく限り二人しかいない。その一人が、田島工務店先生だ。デビュー時からずっとこの街に、と言うか同じアパートに暮らし続けているらしい。

「あ、そうだ、思い出した。眞坂さん、あそこ見てよ、あそこ！」

駅を出て、右手へ数十メートルほど歩いた交番の前で、急に蒔田が大きな声を出した。道路を挟んだ通りの向こうを指している。

「あそこって？」

「去年、田島工務店先生が入院したじゃない？」

「ああ、足を骨折した？」

「あん時のケガ、あのチェーン越えようとしてコケたんだって。あれ越えられないってどうなの？　地上二十センチだよ」

蒔田が腹を抱えて笑っている。指さした先には、ぽつんぽつんと大人の尻《しり》くらいの高さの石柱が立ち、その間に渡されたチェーンで歩道と車道が区切られている。垂れたチェーンの一番低いところは、蒔田の言うように地上二十センチほどの高さしかない。

「担当作家の不幸を笑うな。ほんと、お前はそういうとこ編集者失格だからな」

言ってる途中で信号が青に変わり、蒔田は僕のお説教を置き去りにして横断歩道を渡り始めた。もう言うのもアホらしくなり、黙って蒔田について歩きだす。蒔田のナビに従って、横断歩道を渡ってすぐに右に進む。大学生の頃に半年だけ付き合ってた子と来たことがある映画館が、当時と変わらない姿で現れて、気恥ずかしさに俯《うつむ》いて足早に通り過ぎた。

と、ふと気がついた。右手に見える横断歩道を渡るとそこは、吉祥寺駅の公園口だ。僕らはうんと遠回りしたことになる。何が「あ、そうだ。思い出した」だ。あの田島工務店先生がコケたチェーンを見せるために、わざわざ出口を変えたくせに。なんてヤツだ。思った途端に、前を歩く蒔田が振り返った。

「この商店街を抜けたとこだよ」

その顔を見て、思い出した。こんな風に先生を馬鹿にして笑ったりしていても、あの時「骨折したのが足で良かったよね。手じゃなくて本当、良かったよね。漫画描けなくなったら大変だもん」と、一番心配したり世話を焼いたりしていたのも、他ならぬ蒔田だった。

ああ、先生ぽい。末広《すえひろ》通りというこぢんまりした商店街を数分歩いてひょいと左折した路地にある、田島工務店先生のアパートにたどり着いた瞬間、しみじみ思った。何と言うか、妙に納得したのだ。古い木造二階建てのアパートは、ボロいけど荒《すさ》んではいない。人間に例えれば、優しいお婆ちゃん、といった風情だった。

全く売れてない訳じゃないから、豪邸とはいかなくても、もう少し今時なマンションにも暮らせるはずだけど、あの人にはここが快適なんだろう。使い込んで薄くなったクタクタのタオルケットが一番気持ち良く眠れるような、ああいう感じ。

それに、描けなくなったのは今回が初めてじゃないし、原稿を落とす――締め切りまでに入稿できずに掲載されない――ことも少なくないから、これくらい質素な暮らしでないとちょっと心配かもしれない。

それでも、1Kか広くても1DKしかないだろうこの小さなアパートが、仕事場も兼ねているというのには少し驚く。まあ、先生はギャグ漫画というジャンルだけに、一回ごとのページ数は多くないから、アシスタントなしでやっていくのは不可能じゃない。いや、むしろあんな性格じゃ、一人で全部やるよりも、アシスタントとうまくやっていく方が百倍大変かもしれない。どうせ一人なら、住まいと仕事場が同じ方がきっと楽なんだろう。

そんなことを考えながら、手すりが錆《さ》びついた階段をきしませながら二階へと上った。二階の共用廊下を奥へ歩きながら周囲を見回すと、隣近所にも同じような古い木造アパートが並んでいるのが見えた。

「田島工務店先生、極悪編集者の担当Mですけどー。今日は眞坂も一緒ですー」

蒔田がノックもそこそこに、ドアの新聞受けの隙間から呼びかけると、ドアの向こうから明らかに動揺したようなガタガタという物音が聞こえた。その後、しん……と静まり返る。僕と蒔田は目を合わせ、同時に頷《うなず》いた。居留守、確定。すぐに素直に出てくるとは思ってなかったけど、これは長期間の籠城《ろうじょう》もあり得るな。そうなるとお手上げだ。兵糧攻めする時間の余裕はこっちにはない。

「先生、眞坂です。さっきのツイートの件で来ました。お話をさせていただけませんか」

ドアの向こうに耳を澄まして、しばらく待った。物音ひとつ聞こえてこない。居留守を続行するらしい。

「先生、お願いします。少し話をさせてください」

もう一度、待った。やはり、反応はなかった。

「あ、忘れてた。あれがあったんだ」

足元にしゃがんで新聞受けの隙間から中を覗《のぞ》き込んでいた蒔田が、素《す》っ頓狂《とんきょう》な声をあげて立ち上がった。斜め掛けにした鞄《かばん》の中に手を入れて、ガサゴソ何かを探している。

「あった！　じゃじゃーん」

蒔田が高く掲げたのは、一本の鍵《かぎ》だった。それって……と言って、続きを心で打ち消した。だけど返ってきたのは、僕が打ち消したその通りの答えだった。

「うん、合鍵」

「合鍵？　なんで？　なんでお前がそんなもん持ってんの？」

「貰《もら》ったんだよ、あのオッサンに」

「あのオッサンて……」

「中で居留守こいてるオッサンだよ」

「バカ、オッサン言うな、聞こえるってば。で、なんでそんなもん」

「こんなの要らないって断ったのに、無理やり渡してきたの。居酒屋で飲んでた時に、孤独死が怖いって、オッサンが、泣きながら」

はあ……なんだか力が抜けた。でも、田島工務店先生ならやりそうだ。泣きながら。

「でも、さすがにそれはやめとけ」

合鍵を鍵穴に差し込もうとしていた蒔田の手を摑《つか》んだ。

「じゃあ何のためにこんなもの貰ったのさ。まさにこの時のためでしょ」

僕の手を振り払って、蒔田がガチャガチャと鍵を差し込んだ。

「やめろって」

蒔田の手を摑んだその時、ドアの奥からバタバタと足音が響いた。その音に気を取られ、思わず手を離した。その隙に、蒔田がすかさず鍵を回す。ドアが開いた！　と思ったら、十センチほど開いたところでピタリと止まった。隙間から、開けられまいとドアノブを引っ張る必死の形相の田島工務店先生が見えている。

「絶対、開けてやる！」

蒔田が思いきりドアを引く。

「帰れー、この極悪編集者どもめ」

向こうで負けじと田島工務店先生もドアを引いている。まるで綱引き状態で、ドアが少し開いて、また閉じてを、バタン、バタンと繰り返す。一体なんだ、何なんだこれは。どうにも情けない気持ちになって、僕は全身ででっかいため息をついた。

その時、ん？と異変に気づいた。くん、と鼻を鳴らす。何かにおう。風に混じって、微かに何かが焼け焦げたような……。ハッとして振り返った。隣接したアパート二階の一番奥、田島工務店先生のアパートの真向かいの部屋の向こう側から、細く煙のようなものが立ち上っていた。隣のアパートはこちらにベランダが向いている。玄関はその反対側で、キッチンもおそらく玄関側になるだろう。煙はキッチンの窓か、換気扇から出ているんじゃないだろうか。

「蒔田、火事だ」

「ふん？」

バタン！　蒔田がドアノブから手を離して振り返った途端、ドアが閉まった。ガチャリ、中から鍵がかかる。遠くで小さくサイレンが鳴っている。ああ、やっぱり火事だ。

間違いない。サイレンは、だんだんボリュームを上げている。こちらに向かっているのだ。

周囲の家々を見回すと、ドアや窓から何事かと顔を出す人々が見えた。どこからか、火事だと慌てふためく声も聞こえている。立ち上る煙は、あっという間にさっきより太く濃くなっていた。

「先生、火事だ。早く逃げなきゃ！」

蒔田が激しくドアを叩《たた》く。どんな時もふざけてるとしか思えない男の、こんな顔は初めて見た。

「早く、ここ開けて！　逃げないとマジでヤバインだってば！」

「そんな嘘には騙《だま》されないぞ。開けられるもんなら開けてみろ！」

悲鳴のようなサイレンが、すごいスピードでこっちへ近づいてくる。一台じゃない。何台も、火事だ火事だと叫びながらこっちへ向かっている。やっとその音に気がついたのか、ドアの向こうから田島工務店先生のおどおどした声が聞こえた。

「火事？　本当に本物の火事？」

「うん、本当の本物。消防車の音、聞こえてる？　すぐ隣のアパートが燃えてんの。早く避難した方がいい。ここ開けて」

中でバタバタと慌てふためく足音がした。消防車のサイレンがどんどん近づいて、すぐ近くで止まった。たぶん、このアパートに面した狭い路地には消防車が入ることができず、路地を出た商店街の通りに停車したのだろう。何を言っているかはっきりとは聞き取れないけれど、外では消防士だろう大きな声が飛び交い始めている。

「蒔田、先生はまだ⁉」

「中でバタバタしてんだけど、出てこないんだよ！」

「鍵を開けろ！　何のための合鍵だよ！　まさに今この時のためだろ！」

蒔田が鍵を開け、二人してなだれ込むように中へ入った。靴も脱がず、冷蔵庫とコピー機が並ぶ小さなキッチンを靴も脱がずに奥へと進む。

「オッサン、何してんの！　早く逃げなきゃ！」

奥の和室に見えた田島工務店先生の背中に、蒔田が叫んだ。でも、先生が何をしていたか分かった瞬間、ああ、そうかと胸が詰まって、僕らは何も言えなくなった。

足元に落ちているそれを一枚、拾い上げる。田島工務店先生は、描きかけの原稿を持ち出そうとしていた。僕らが来るまで『にんけん！だもの』の――打ち切りが決まった作品の、原稿を描いていたのだ。打ち切りを撤回させるくらい、意地でも面白いものを描こうと思っていたのか。最高に面白くして幕を下ろそうと思って描いていたのか。僕には分からない。だけど先生はここで、打ち切りになる漫画の原稿を描いていた。一人で。たぶん、泣きながら。

蒔田も僕も知っている。先生が描けなくなるのは、〝面白い〟を真剣に追い求めすぎるからだ。「描けた」と「ダメだ」のボーダーラインを絶対に下げないからだ。〝面白い〟を生み出すことしか頭にないから、〝面白い〟とは何なのか、考え過ぎて、時々何も分からなくなる。

僕や蒔田が拾い上げた分も受け取り、描きかけの原稿を全てまとめた先生は、愛《いと》おしそうに胸に抱えた。蒔田がそんな先生を、抱きしめたい目で見つめていた。僕は、そんな蒔田もまとめて、全部を両手で抱きしめたい気持ちになった。

「もう、何してんのさ。先生、早く逃げるよ」

僕の視線に気づいた蒔田が、ごまかすように急《せ》かしてみせた。なのに田島工務店先生は動かない。いや、動けなかった。

「何？　先生、立てないの？　うそ！　腰抜かしてんの？」

思わず笑ってしまった僕と蒔田を、先生がイジケたような目で見上げている。僕はしゃがんで、先生に手を差し出した。

「その原稿を貸してください。蒔田が預かります。大丈夫、たとえ火の海を潜り抜ける途中でちょんまげに火が点《つ》いても、コイツが絶対に守りますから。な、蒔田」

「うん。ちょんまげが燃えてなくなっても、原稿は燃やさない」

子供みたいな目をして蒔田の顔をしばらく見た後、田島工務店先生が原稿を蒔田に渡した。受け取った蒔田がウンと頷く。

「じゃあ先生、行きますよ。しっかり摑まっててください」

僕は田島工務店先生を背中におぶり、立ち上がった。

アパートから脱出した僕らは、消防士の誘導で路地を抜けて、商店街の通りまで避難した。同じように避難してきた人たちと、野次馬らしき人々が入り交じった群れに入り、きつく僕の首に腕をまわしてしがみついている田島工務店先生に、「先生、もう大丈夫です」と声をかける。早く放してくれないと、首が絞まって窒息死しそうだ。「原稿も無事、ほら」と蒔田が原稿の束を見せると、先生が安堵《あんど》のため息をついたのが背中越しに伝わった。

ひと安心した僕らはそのまま、三人並んで消防士の活躍を眺めていた。緊張状態から解き放たれた安心感で、少しばかり放心状態に陥っていたのだと思う。そんなぼんやりとした視界の端で、それは起きた。白い綿シャツにベージュのチノパン、レジ袋を提げた一人の男が、野次馬たちの群れをかき分け、規制エリアに躍り出たのだ。規制線の外の人々の視線がその瞬間に男に集中した。男は路地の入口へと向かっていく。すぐに一人の消防士が、入らないでくださいと鋭い声で制止した。けれど男は必死の形相で、止めようと駆け寄る消防士の手をすり抜けて、路地の奥へと消えてしまった。

夏目さんだった。警備員の制服姿しか見たことがなかったから、一瞬分からなかった。だけど、男は間違いなく、あの夏目さんだった。

避難民も野次馬も、誰もが男の、夏目さんの消えた先を見つめていた。ありゃ馬鹿だねぇ、焼け死んだりしなきゃいいが。火よりも煙が怖いのよ、煙が。あんな必死になって、あれは家族を助けに行ったんじゃない？　そんな声があちこちから聞こえてくる。

「いや、あの人は一人暮らしだよ。火事の部屋のひとつかふたつ、手前の部屋じゃなかったかな。単身じゃないと入れないから、うちのアパート」

その声に振り返った。火事になっているあのアパートの住民らしい若い男が話している。その若者に、板前の恰好《かっこう》をした男が応《こた》える。

「一体、何しに行ったんだろうね。無事に戻ってこれりゃいいけど。命より大事なもんなんてないんだからさ」

夏目さん。一体、なんでそんな危険な真似を……。僕は祈るように路地の入口を見つめ続けた。どれくらい待っただろうか。一人の消防士さんが、後ろを振り返りながら路地から出てきた。その誘導で、夏目さんが姿を現す。わっと声があがり、拍手が起こった。申し訳なさそうに丸めた背中が、消防士さんの後に続いて人々の間をかき分けて行く。

「夏目さん！」

僕の前を通った時、思わず声をかけた。夏目さんは一瞬、僕の方を見て目を見開いたように見えた。だけど、すぐにさっと目を逸《そ》らし、背中を縮めるようにして、そのまま向こうに待機していた救急車に乗り込んで見えなくなった。

火事の中へ飛び込んでいった男の生還に、誰もが安堵の声を漏らした。ほっとして、男がなぜ、あんな無謀な真似をしたのかという疑問はすっかり忘れてしまっていた。だけど僕は違った。夏目さんが一瞬こちらを向いた時に、見てしまったのだ。

　夏目さんは路地に入っていく時に持っていたレジ袋ではなく、鳩尾《みぞおち》の辺りに別のものを抱いていた。大事そうに。背中を丸めているように見えたのは、それを守っていたせいだろう。一瞬しか見えなかったけれど、間違いない。夏目さんが抱いていたのは、一冊の古い漫画雑誌だった。


　結局、火事はボヤで済み、大事には至らなかった。その後もちょくちょく田島工務店邸に顔を出している蒔田の報告によれば、火元となったアパートには翌日まで消防署員が入れ代わり立ち代わり出入りし、出火原因の検証など後始末に追われていたけれど、田島工務店邸にはすぐに日常が戻ったようだ。

　僕の方はと言えば、あの直後、至急戻れのメールが山のように届いてるのに気づいて、大慌てで社に戻らなければならなかった。それから今日まで一週間、やってもやっても終わらないチェック物の山に気を失いそうになりながらも、無心で赤ペンを握り、校了作業に追われてきた。だけど、それも今日でひと息つく。ゴールはもう、すぐそこだ。僕が完走した五日後には月刊ゼロの最新号が刷り上がり、一週間後には全国の書店にどーんと並ぶのだ。いや、どーんと並べてほしい。なにとぞよろしくお願いします。

　ふと、古い漫画雑誌を鳩尾に抱いた夏目さんの姿を思い出した。夏目さんとはあれから会っていない。火事の二日後、一度仮眠のために地下フロアに行ったけれど、夏目さんはいなかった。警備員室を覗《のぞ》いて、「夏目さんは？」と訊《き》いたら、学生バイトっぽい警備員さんが眠そうな目を瞬かせながら、しばらく休む予定だと教えてくれた。復帰予定は明日《あした》のようだ。

夏目さんはなぜ、あんな危険をおかしてまで、あの古い漫画雑誌を取りに行ったのか。考えているうちに、初めて出会った時に覚えた既視感を思い出した。つくづく、ミステリアスな人だ。夏目さんは一体、何者なんだろう。

ぼんやりしていると、やっと山から丘になってきたチェック物の上に、新たな書類がひとつ載っけられた。いけない、今は集中しなくては。僕は再び赤ペンを握りしめた。

次に一段落ついて赤ペンを置いた時には、もう夕方になっていた。校了作業はまだ少しだけ待ち状態のものが残っているものの、それも今夜遅くにはあがる予定だ。終わりが見えてきたし、ようやく行けるな。僕は予定表にメシと書き込むと、誰にも見つからないよう、そっと会社を抜け出した。

「怪しい。怪しすぎる」

都営新宿線の車内に乗り込んで、空いている席に腰を下ろし、三駅ほど過ぎた辺りだった。頭上から聞こえた声に、ギクッとして顔を上げると蒔田が立っていた。

「なんでお前がいるんだよ」

僕が言うより早く、密着するように隣に陣取った蒔田が、僕の脇腹を肘《ひじ》でクイクイ押し始める。

「メシってどこまで行くつもり？　まさか眞坂さん、校了の合間にいそいそ会いに行くような女でもいるの？　どこの誰よ、教えてってば」

「お前には教えない」

「いないくせに、見栄張っちゃって。眞坂さん、モテないもんね。いつだって、いい人止まりの行き止まりだもんね」

「お前が何知ってんだ」

他の乗客がこっちを見て笑ってる。コイツの土俵に乗ったら負けだ。ここは我慢して、他人のフリをしなくては。僕は蒔田を無視することに決めた。

「ねえねえ、どこに行くのさ」

無視。

「俺もついて行っちゃおうかな」

また無視。

「先生、眞坂くんが僕を無視しますぅ」

あくまで無視。

「無視は陰険なイジメですぅ」

それでも無視。だけど、蒔田の次のひと言は無視できなかった。

「ほら、着いたよ。神保町《じんぼうちょう》」

僕らが訪ねたのは、古本屋街として知られる神保町にもそれほど多くない、漫画専門の古書店だった。入ってすぐに出迎えてくれたショーケースには、日本の漫画史にしっかりと刻まれた名作たちが飾られていて、僕はついガラスに張り付くように見入ってしまった。なかには、けっこうな値段が書き込まれたものもある。

「眞坂さん、ほら見てよ」

蒔田が覗き込んでいた別のショーケースには、僕らが子供の頃に大人気だった漫画が表紙の雑誌が二冊、仲良く並んで飾られていた。一冊はその表紙の作品の連載開始号。もう一冊は最終回掲載号だ。だけど表紙の画《え》は、同じ作者の同じ作品でありながら、タッチも、線の印象も、完成度も、並べて見ると全然違う。

「連載開始から最終回までの十二年で、こんなに進化してるんだよね、スゴイよね」

「ああ。その物語の中のキャラクターと一緒に、それ描いてる漫画家も成長していくもんなんだよな」

その漫画の作者は現在、別の作品を連載中で、大ベテランとなった今も、まだまだ進化し続けている。

「俺たちも置いてけぼり食わないように、ちゃーんと成長しないとね」

本当にそうだ。漫画家が成長するなら、編集者だって成長していかないと。だって、漫画編集者は漫画家の伴走者なのだから。なんてことを思ったけれど、感動や感慨などというものを蒔田と共有するのが気恥ずかしく、僕は何も言わずに目的のコーナーへと足を向けた。

　だけど、そのお目当ての雑誌コーナーはちょっと期待外れだった。ごく小さなスペースしかなく、これじゃ探してるものは見つかりそうにない。がっくりきていると、棚の向こうから蒔田がひょいと顔を出した。

「ここにはないみたいだね。行こう、眞坂さん」

　棚に並ぶ雑誌を見もせず、すたすたと蒔田が店を出る。え？　そんな簡単に？　後を追い、狭い階段を足早に下りる。通りに出て蒔田に並び「諦《あきら》めるのは店員さんに訊いてからでも」と言おうとした時、あくびでもするみたいに蒔田が口を開いた。

「あっちの店なら、たぶん絶対あると思う」

　たぶん絶対って、自信があるのか、それともないのか。分からないまま、神保町のメインストリートから細い横丁に入った。途端に人気《ひとけ》がなくなった道を、ふらふら歩いていく蒔田について奥へ奥へと進む。そうしてたどり着いた小さな雑居ビルは、今にも音を立てて崩れ落ちそうに古かった。

　エレベータなんて洒落《しゃれ》たものは見当たらず、この四階だと言う蒔田を追って、狭くて急な階段を上った。しかも階段の半分は、紐《ひも》で括《くく》られた漫画雑誌が無造作に積み上げられていて、大人一人がやっと通れる幅しかない。ないと言えば、看板もなかった。ビルの外にも、ドアの前にも、どこにも看板らしきものが見当たらないのだ。なのに蒔田は四階に着くと、何の表示もないドアを、ノックもしないで躊躇《ちゅうちょ》なく開けた。

「ごめんはいらないので漫画雑誌くーださーい」

蒔田に続いて中に入った、瞬間に驚いた。そこはまるで、漫画雑誌でできた迷路だった。ぎっしりと漫画雑誌が詰まった棚で仕切られた、細い通路が何本も並んでいる。

「よく知ってたな、こんなとこ」

「うん、前にも来たことあるんだ。どうしても読みたいヤツが見つかんなくて。ねえ、店長」

僕らを迎えてくれたドレッドヘアの年齢不詳の店主は、ここは本当は店舗じゃなくてネットやカタログ販売専門の古書店の倉庫で、一般客は入れていないのだと、困ったように笑った。蒔田とは、漫画好きが集うイベント会場で行われた漫画トリビア試験で出会って以来の知り合いらしい。蒔田と同点一位を分け合ったというから、この店主も相当な漫画好きだ。

「こっからここまでが週刊少年トップだから、適当に探してみてよ。オイラは隣の部屋で梱包《こんぽう》やってっからさ」

店主が指した位置を目で確認し、「ありがとうございます、探してみます」と頭を下げる。

僕は夏目さんが抱えていた古い漫画雑誌のことが気になって、この神保町に同じ雑誌を探しに来たのだ。だけど、まさか蒔田も同じことを考えていたとは気づかなかった。

「実はあの火事の現場で、俺も気づいちゃってたんだよね。アレ見ちゃったら、やっぱり気になるよ。死ぬ覚悟で取りに行ったのが、古い漫画雑誌なんて」

神保町で電車を降りると、蒔田はあっさり白状して、「謎はこの蒔田了《りょう》が解き明かす」と、名探偵を気取ってみせた。単なる好奇心からの探偵ごっこで、僕を尾けてきたわけだ。

だけど実際、蒔田はかなり優秀な探偵だった。なんせ僕ときたら、雑誌名の一部がチラッと見えて、それが十年前にリニューアルされる前の少年トップのロゴだったから、夏目さんが抱いていたのが古い少年トップだということには気づいたけれど、同じトップはトップでも、あれが週刊なのか月刊なのか増刊なのかは分からなかった。だけど蒔田ははっきりと、あれは間違いなく週刊少年トップだったと言い切ったのだ。

「ロゴがさ、週刊と月刊と増刊じゃ、ちょっとだけ違うんだよね。ほら、俺ってトップ派だったから」

そう語る蒔田は、なんだか誇らしげだった。僕らが子供の頃、いや、それは今だって変わらないけれど、少年たちは愛読している漫画雑誌でトップ派とジャック派に分かれていた。僕も、蒔田と同じトップ派。ジャック作品で好きな漫画もいっぱいあったけれど、小遣いは限られていたし、どちらかひとつ選べと言われたら迷わずトップで、週刊も月刊も読んでいた。だから、ロゴが微妙に違うなんてことは、もちろん僕だって知っている。ただ、蒔田の動体視力が野生動物並みにスゴイというだけだ。

そのアニマル蒔田は驚いたことに、表紙のイラストが『みるくクラウン』だったとまで主張した。夏目さんはあの雑誌を抱え込むように持っていたから、表紙はほとんど見えなかったはずだ。だけど蒔田は、ううん、絶対にあれは『みるクラ』だったと譲らなかった。キャラの頭が少しだけ見えて、栗色ベースにピンクのハイライトが入っていたから絶対だと言うのだ。確かに、『みるくクラウン』のヒロインの髪は、カラーページだとそんな着色だったけど……。僕は、蒔田に乗ってみることにした。だって、蒔田は大迷惑な変人だけど、漫画に関してだけは知識も情熱もずば抜けた、何しろ漫画バカなのだから。

「さーて、じゃあ始めるか」

「『みるクラ』が連載されてたのは俺たちが小三から高二のだいたい八年なんだよね」

『みるくクラウン』はラブコメの王道作品で、女の子キャラがとにかく可愛かった。連載当時にアニメにもなって、さすがに今じゃ映像に粗さを感じるけれど、それでも何度も再放送を繰り返している人気作だ。

僕と蒔田は古い方と新しい方に分かれ、両端から『みるくクラウン』が連載されていた八年分の週刊少年トップをチェックしていくことにした。表紙をチェックするだけだからすぐ終わる。そう高を括っていたのに、僕らはついつい懐かしさに手を止めて、結局その作業に一時間もかかってしまった。

「これ！　これだよ、これだった」

表紙が『みるくクラウン』のものは、全部で十七冊あった。そのうちの一冊を、蒔田は迷いなく手に取った。確かに。一瞬見ただけだし、はっきりとは言えないけれど、色はこんな感じだったかもしれない。だけど、絶対これかと訊《き》かれたら、言い切れる自信はない。確信が持てない僕をよそに、すでに蒔田は他の号を棚に戻し始めている。そして最後に残った一冊を僕の前に差し出すと、力強く頷《うなず》いた。

「絶対これに間違いないから」

蒔田がそう断言した一冊は、二十年前の春に発行されていた。

二十年前の漫画雑誌の値段は、当時の価格のちょうど倍で、意外に安くて拍子抜けした。店長さんにお詫《わ》びとお礼を言って、駅へ急ぐ。きっと漫画の迷路から帰りたがらないだろうと踏んでいた蒔田は、なぜか素直について来た。その理由は帰りの電車の中で分かった。

「で、眞坂さんとあの男はどういう関係なワケ？」

電車の中で唐突に、蒔田が訊いてきた。あの時、僕が夏目さんに声をかけたのを蒔田は見ている。知り合いであることを隠せば、コイツのことだ、ますます怪しんで今日みたいな尾行を繰り返すに違いない。僕は正直に話すことに決めた。なぜなら、帰宅ラッシュの時間帯に突入し、電車は来た時とは比べ物にならないくらい混んでいて、人波に押し流されるように乗り込んだその結果、蒔田の顔がすぐ目の前にあったのだ。こんな状況で嘘が吐けるほど、僕は器用な人間じゃない。

「警備員さんだよ。一度、真夜中に落とし物を拾って届けたことがある。でも、警備員室じゃ落とし物は引き受けてないって言われた」

「ふうん。それで?」

蒔田が僕の目を覗《のぞ》き込む。それだけだよ、と言いたかったけれど、それで解放してもらえるとは思えず、観念して打ち明ける。

「どこかで会ったような気がするんだけど、思い出せない。夏目さんにも、同じビルで働いてるから知らないうちに顔を覚えていたんじゃないかと言われた。だけど、僕はとても気になっている。以上、おしまい」

できるだけ簡潔に告白を終えた。詳細を話して、例のベンチのことがバレてしまうのは何としても避けたかった。だって、ベンチが撤去されたのは、蒔田が休憩室に棲《す》みついたせいなのだ。あのベンチたちが地下一階に引っ越してるとコイツが知ったら、今度は絶対あそこに棲みつく。僕の聖域を侵されてなるものか。

「なるほどね」

蒔田はそう言ったきり、それ以上は何も追及してこなかった。

その後、僕は会社に戻った途端に残りの校了作業に追われ、二十年前の週刊少年トップを開くことができたのは、校了作業を全て終えた翌日になってからだった。

いつもなら、校了明けは一目散に逃げるように家に帰る。なのに僕は、ほとんどの人が帰った後のしんと静かな明け方の編集部で、二十年前の週刊少年トップを開いた。

経てきた年月を感じさせる褪《あ》せた表紙を、ドキドキしながらそっとめくる。懐かしい。いちページ、いちページ、めくるたびに記憶が蘇《よみがえ》る。僕が十四歳、中学二年生の頃に読んだ漫画たちだ。あの頃、自分が将来、漫画編集者になるなんて思ってもみなかった。漫画ばっかり読んでないで勉強しろ。親父によくそんな風に怒られたけれど、結果、漫画ばっかり読んでいたからこんな仕事ができてるわけで、人生は何が起きるか本当に分からない。そんなことを考えたりしながら、僕はその週刊少年トップをゆっくりと読み進めていった。

そして、ふと気がついてしまった。この漫画も、この漫画も、大好きだったのに、これを描いてた漫画家さんの名は、今どの雑誌でも見ることがない。漫画の世界で生き続けることの過酷さを思い、先日の授賞式の壇上で自分が言った言葉を振り返った。求められなくなったら死ぬしかない。連載漫画の、それが宿命。日頃から身に染みて分かっていたつもりでいたのに、二十年前の雑誌をめくってタイムスリップしたせいで、僕が思っていた以上に現実は残酷なのだと思い知らされた。

だから、今でも活躍している漫画家の名前を発見すると、なんだかホッとしたし、今やベテランとなった人気漫画家の名前を新人賞発表のページに発見した時は、ドクドクと速度を上げて全身に血が巡るのを感じるほどに興奮した。いつの間にか僕は、夏目さんのことを忘れ、夢中でページをめくっていた。

そして、それは唐突に僕の目の前に現れた。雑誌の一番最後に掲載されていた、その作品を見つけた僕は、思わず呼吸を止めた。

「無限大少女《むげんだいしょうじょ》アスカ」

タイトルを声に出した。それは、小学生の僕が初めて夢中になった漫画だった。人生で初めて買ったコミックスもこの作品だ。それから——

僕の頭の中に、ある情景が浮かんだ。そうか、そうだったんだ。僕はぎゅっと両目を閉じた。その記憶を、繰り返し心に映し出す。

「何か分かった?」

目を開けると、デスクの正面に莳田が立っていた。

「帰ってなかったんだ?」

日付が変わる頃に姿が見えなくなったから、てっきり帰ったものだと思ってた。そう言う僕に、莳田はへらへら笑いながら、こう答えやがった。

「ん? 寝てたの。地下にある警備員室の前のベンチで」

あああ……終わった。僕の安眠の地が、聖域が、この世から消えてしまった。絶望に目を閉じ、天井を仰ぐ。

「何か謎を探るヒントはないかなーって、警備員室へ行ってみたら、偶然、見つけちゃったんだよね。懐かしくってさ、ついついスリスリしてたら、いつの間にか寝ちゃってた」

そう言って莳田は大きく伸びをした。僕はガックリ肩を落とす。

「ねえ、何か分かったの？」

開いたままの雑誌を蒔田へ差し出した。受け取った途端に蒔田が目を見開く。

「あーッ、『無限大少女アスカ』！　しかも、この号が最終回じゃん！　へええ」

蒔田が懐かしそうにページをめくる。

「で、何か答えは出た？」

雑誌を閉じて蒔田が訊いた。僕は答える。

「うん、たぶんね。今からそれを確かめに行く」


「あんた会社はどうしたの。クビになったんじゃないわよね」

突然、平日の午前中に実家へ帰ってきた僕に、母さんは目を丸くした。校了作業中は何日も徹夜仕事なんだとか、休める時に休まないと一生休めないんだとか、フレックスタイムがどうのとか、前にも説明したことがあるけれど、何度言っても覚えてくれないから、「有給だよ、有給休暇」と僕は答えた。

「ああそう、有給休暇」

すぐに納得して、母さんが冷蔵庫を確認し始める。

「朝は食べたの？　お昼はどうする？」

「うん、適当でいいよ、あるもんで適当で」

「本当に適当なものしかないわよ、こんな急に帰ってきたら困っちゃうわよ」

母さんは文句を言いつつ、僕のための朝食を作り始めた。嬉《うれ》しそうに鼻歌なんて歌っている。僕はなんだかくすぐったい気持ちになって、そそくさと二階の自分の部屋へと階段を駆け上がった。

正月以来になる自分の部屋に入り、カーテンを開けると、古い家々が立ち並ぶ昔ながらの住宅街が見えた。僕の実家は東京の西、およそ東京らしからぬ、のんびりとした時間が流れる町にある。僕はこの町で生まれ育ち、大学までこの家に暮らしていた。

漫画編集者という仕事に就いてからは、さすがに会社まで片道一時間半以上はキツイとあって、通勤に便利な街に部屋を借りた。今は正月くらいしか、実家に泊まることもない。それでも母さんは、この部屋を掃除し続けてくれている。こんな風に急に帰ってきてもほら、埃《ほこり》だらけじゃないのがその証拠だ。

押入れの襖《ふすま》を、グイッと奥に押しながらスライドさせた。建て付けが悪く、こうしないとなかなか開かないのだ。押入れは上下段とも、大小いくつもの段ボールがパズルみたいにうまく組み合わされて隙間なく並んでいる。小さい頃からベッドで寝ていた僕にとっての押入れは、寝具を収める空間ではなく、入っているのは本ばかり。中に詰まっているのは漫画の単行本、いわゆるコミックスがほとんどだ。嵩張《かさば》る漫画雑誌は、たまるといつも「処分しろ」と親父に怒られていたから、今は一冊も残っていない。

上段の手前に置かれている段ボールを畳の床に運び、記憶を頼りに奥の方に現れた段ボールから蜜柑《みかん》のマークが描かれたものを引き出した。

「たぶん、この中にあったはず……」

段ボールの上までぎっしり入れられているコミックスを、一冊一冊、取り出す。と、半分ぐらい外に出して現れた中程に、やっぱりあった。『無限大少女アスカ』第十五巻。手に取って、表紙をめくろうとした、その時にドアが開いた。

「ごはん、できたよ。あら、昔の漫画なんて出して。ほんとにあんたは漫画が好きねえ」

母さんが畳の上を占領している段ボールを見て呆《あき》れている。

「ちゃんと仕舞っておいて。あ、でもその前にごはん、食べちゃいなさい」

「分かった、すぐ行くよ」

僕は大急ぎで段ボールを元通り押入れに収めると、『無限大少女アスカ』の十五巻を鞄《かばん》に入れた。

その日、僕が出社したのは夜の九時を過ぎてからだった。母親が作ってくれた朝飯を平らげた後、気がついたらリビングのソファで寝落ちして、最悪なことに帰宅した親父の声で目が覚めた。親父は数年前に定年退職した後、元の会社の関係企業に再就職して今もまだ現役だ。

「こんな平日に突然帰ってきたって、お前、会社をクビになったんじゃないだろうな」

母さんと同じセリフに苦笑した。この二人にとって、漫画なんてよく分からないものを創っている僕の仕事は、真っ当とは少し外れた心配のタネでしかない。

「クビになんかなってないよ。ここんとこ徹夜仕事で自分の部屋にも帰れなかったから、有給取ったんだよ、有給」

親父に分かる言葉で説明した。なのに、「家にも帰れないなんてどんな会社なんだ」と、もうブツブツ言い始めている。また始まった。こんなことなら、親父が帰ってくる前にとっとと去っとくんだった。会社からの電話がかかってきたのは、そんなタイミングだった。ちょっとしたトラブルが発生したらしい。対応は明日でも良かったのだけど、これを言い訳に僕は退散することにした。

「ごめん、会社に戻らなきゃ。お説教はまた今度聞くよ」

玄関の外まで見送りに来てブックサ言っている親父と、「そんな風に怒るから崇は家に寄り付かないのよ」と繰り返す母さんに、また近々帰るからさと守れそうにもない約束をして、僕は実家を後にした。

駅に着くと、ちょうど新宿方面行きの電車がホームに入ってくるところだった。夜だけに、都心に向かう電車はガラガラだ。その電車の中で、僕はさっそく『無限大少女アスカ』第十五巻を開いた。押入れいっぱいに詰まったコミックスのなかで、一番思い出深い、僕にとって特別な一冊。この半年間、抱え続けてきた疑問の答えは、この表紙の裏にあった。

トラブル処理は一時間もかからずに終わった。その後もそのまま、デスクでパソコンをカタカタ言わせていると、帰り支度を終えた藤丸紗月が声をかけてきた。

「眞坂さん、まだ帰んないんですか。あんなの明日で大丈夫だし、校了明けなんだから今日くらい休めば良かったのに」

いろいろとあるんだよ、とだけ答えてキーボードを叩《たた》き続ける。それは全くの嘘じゃなく、書類の作成など校了作業中にはできなかった細々とした仕事が山積みになっていた。領収書も溜《た》まりに溜まっている。このままじゃ、経理に時間切れを言い渡されそうだ。あー、めんどくさい。思わず言って気がついた。デスクの前にまだ、何か言いたげな顔で藤丸が立っていた。

「最近、なんか二人でコソコソやってますよね。眞坂さんと蒔田さん」

言った途端に、もう顔を赤らめている。また始まった、藤丸の妄想劇場。

「昨日も、二人で揃っていなくなったし」

「飯食いに行っただけだけど」

「でも二人とも、帰ってきてから腹減ったーって呟《つぶや》いたりしてましたよね」

デビルイヤーか。全く、油断も隙もない。

「ということは、二人は食事に行ってない。二人で何を隠してるんですか」

「教えてもいいけど、そうすると藤丸がつまんないだろ」

「よくお分かりで」

お疲れ様ですの代わりに、ごちそうさまでしたと言って帰っていく藤丸の弾んだ後ろ姿を見送りながら、本当に不思議なもんだなと笑ってしまった。アイツはあれで、漫画家さんにはけっこう頼りにされている。妄想癖にさえ目を瞑《つぶ》れば、意外といい編集者なのだ。

「あ、そうだ藤丸！　蒔田のヤツ、どこ行ったか分かる？」

編集部のドアを出ていく寸前の藤丸を呼び止めて訊《き》いた。さっきタイムカードを見たら退出時間が印字されてなかったから、まだ帰ってはいないはずだ。僕らのことを、と言うか社内の男たちの行動を何かと観察している藤丸なら、知っているかもしれない。

案の定、その読みは当たっていた。

「また蒔田さん、スケジュールボードに行先書くの忘れてる。田島工務店先生のところですよ。次のネームがもうあがったらしいって、嬉しそうに出掛けて行きましたから。たぶん直帰じゃないですか」

藤丸が言いながら、蒔田の行先を書き込む。これまで蒔田は、一度も行動予定表に書いて出掛けたことがない。蒔田の予定をボードに記入するのは、すっかり藤丸の仕事になっている。

「蒔田さんと田島工務店先生かあ。あの二人ってなんか……あ、ごめんなさい。眞坂さんの気持ちも考えず」

「お気遣いなく。お疲れ」

藤丸の姿が見えなくなると、僕はホッと胸を撫《な》で下ろした。良かった。今夜、蒔田は会社にいない。ここから先は、アイツに見つかるとちょっとばかり面倒だ。

一人、また一人、お先です、お疲れ様ですと帰っていく人を見送る度、目の前のパソコン画面の右下に目をやって時刻を確認した。すっかり誰もいなくなった頃、僕は静かにパソコンの電源を落とした。振り返ると、窓の向こうに広がる街はすでに青白い朝の色に変わっている。僕は、この夜が明けるのを待っていた。

帰り支度をして、部屋を出た。タイムカードを押しながら、自分に問いかける。何も言わずに僕の胸にしまっておくべきなんじゃないだろうか。だけど、やっぱり確かめたかった。僕は誰もいなくなった編集部を後にすると、エレベータを降り、エントランスのある一階奥の階段を、朝の光が届かない地下一階へと下り始めた。

夜色の制服から、あの火事の日に見たのと同じベージュのチノパンと白い綿シャツに着替えた夏目さんが、警備員室に一礼して出てきた。廊下のベンチから立ち上がる僕を見つけると、夏目さんは淡く笑った。そして、まるで約束でもしていたみたいにこう言った。

「お待たせしてすみません」

数分後、僕は夏目さんと無機質な机を挟んで向かい合って座っていた。月刊ゼロの編集部があるフロアの通路沿いに並ぶ、三人も入れば狭苦しい、小さな打ち合わせ室の一室だ。ここは主に、原稿の持ち込みに来た人の対応に使っている。他にもっと広い会議室もあるけれど、午前中は大体、営業部が使うことが多い。始業までまだ時間はあるけれど、もしも誰かが話の途中で入ってきたらと、使うのを躊躇《ちゅうちょ》した。ここなら、絶対に邪魔されることはないはずだ。

「体調はもう大丈夫なんですか。一週間もお休みだったから心配してました」

僕が言うと夏目さんは、心配しすぎた上司が有給を取って休めと言うので甘えさせてもらったのだと、小さな声で説明してくれた。

「そうだったんですか」

「ええ」

ふいに沈黙が訪れ、僕はそれを機に『無限大少女アスカ』第十五巻を鞄から出して、机上に置いた。

「『無限大少女アスカ』。僕が子供の頃、大好きだった漫画です。初めて買ったコミックスは、アスカの第一巻でした」

ありがとうございます。夏目さんはそう言うと、どこか遠い目で微笑した。

「やっぱり、直木《なおき》ナツメ先生だったんですね。ナツメさんて、夏の目の方で苗字なのかと思ってました」

「間違いではありませんよ。夏目漱石《なつめそうせき》の夏目に、日直の直、樹木の樹で夏目直樹《なおき》が本名です。ペンネームは、その逆さまで字を変えただけ」

なるほど、と言って笑った。夏目さんはそんな僕を目を細めて見ていた。

「あの夜に言ったと思いますけど、僕は夏目さんと初めて会った時、何か既視感みたいなものに襲われました。それがずっと気になっていたんです。その正体が、やっと分かりました」

僕は『無限大少女アスカ』第十五巻の表紙をめくった。表紙の裏には、マジックでサインが書かれていた。古い日付と、アスカの小さなイラストも。僕が初めて夢中になった漫画も、初めてコミックスを買ったのも、初めてサイン会というものに参加してサインを貰《もら》ったのも、全部この『無限大少女アスカ』だった。漫画を大好きになり、やがて漫画編集者となった、僕の言わば原点だ。

「落とし物のノートを届けるために警備員室を訪ねて、夏目さんから返されたノートを受け取った時、前にもこれと同じ光景を見たことがあると感じたんです。僕はこの場面を、すでに一度体験しているって。あれは、子供の頃に直木先生にサインしてもらったこの『アスカ』十五巻を、こうやって受け取った時の記憶だったんですね」

卒業証書を受け取る恰好《かっこう》で言った。

「まだこうして持っていてくれる人がいたんですね」

そう言った夏目さんの声には、嬉《うれ》しさよりも寧《むし》ろ、困惑めいたものが滲《にじ》んでいた。

夏目さんはあの時すでに、この答えに気づいていたんじゃないですか。心にある、その問いを吐き出すことを僕は躊躇《ためら》い、黙り込んだ。もちろん僕だって、サインをしてあげただけの少年の顔を覚えてくれてただなんて、夢みたいなことを考えてるわけじゃない。だけど、夏目さんはあの時すでに、ノートを受け取った時のポーズと、どこかで会ったことがあるはずという僕の言葉、その僕の職業が漫画編集者であることから、もしかしたら……と察していたんじゃないだろうか。そして、僕がいずれそのことに、気づいてしまうだろうことまで。

だからあの時、僕にこう言ったのだ。もしかしたら、前世で出会っているのかもしれませんね――あれは、ここにいる私はもう直木ナツメではない、直木ナツメは死んだのだという宣告だったんじゃないだろうか。

一年間で新たに生まれる漫画家の数はどれくらいだろう。そのなかで、一生、漫画家でいられる人はどれくらいいるだろう。それが現実だ。その現実の小さな欠片《かけら》が、今、目の前にいる夏目さんだ。そんなの分かってる。夏目さんだって、そんなこと分かってる。だから、自分で言ったんじゃないか。直木ナツメは前世だと。なのに、分かっているのに、分かっていながら、ではそろそろ……と腰を上げた夏目さんに、僕は訊いてしまっていた。

「もう漫画は描かないのですか」

このところの蒔田はやけに楽しそうだ。ファックスで送られてきた田島工務店先生のネームに目を通しては一人でゲラゲラと笑い転げ、いい企画が思いついたとはしゃいでは、やっぱり俺って天才だよねえ、などと独り言にしてはデカすぎる声を発したりしている。断じて言っておくけれど、僕は別にアイツに構ってほしいわけじゃない。浮かない日々が続いている僕には、なんとなく楽しげな蒔田が面白くないだけだ。

夏目さんに、もう漫画は描かないのですかと訊いてしまってから、今日で十日になる。夏目さんはあの問いに、こう答えたのだ。

「私はもう、漫画家じゃあ、ありません」

その後はもう、何も言えなかった。夏目さんが去った部屋で途方に暮れ、それから激しい自己嫌悪に陥った。分かっていたのに、どうして言ってしまったのか。あれからずっと、僕は後悔し続けている。

ああ、早く校了期間に突入しないかな。普段なら絶対に思うはずがないことまで、僕は願い始めていた。校了作業に入れば、否《いや》が応でも目の前のチェック物に集中しなくてはならないし、少しでも時間が空けば記憶を失うように机に突っ伏して眠れる。地獄の、という修飾語と常にセットである校了期でさえも、後悔に押し潰《つぶ》されそうで眠れない今よりは、ずっとマシに思えるのだ。

そんな状態の僕に、神の救いの手のように一本の電話がかかってきた。僕と蒔田の同期で、五年前に大手出版社の悠遊社《ゆうゆうしゃ》に引き抜かれて移籍した山根《やまね》からだ。

「今日の今日で悪いんだけどさ、眞坂って今夜ヒマ？　ちょっと出てこられないか」

少し前にも同じような電話をもらって、「実は会わせたい人がいるんだ」と言われていた。会わせたいって誰だろうと気にはなったものの、ちょうど校了期間に突入したばかりだった僕は、しばらく無理だと断ったのだ。

「なあ、こないだ言ってた会わせたい人って誰だよ」

受話器の向こうの声が「驚くなよ」ともったいぶる。そして、「実は今日も一緒に飲む予定なんだけどな」と告げてきたその名前に、僕は思わず叫んでいた。

「行く！　今すぐ会わせてくれ！」

山根に呼び出されたのは、なぜか神泉《しんせん》駅に近い渋谷《しぶや》の小さな居酒屋だった。山根も、ぜひとも会いたいその人も、会社はもっと東寄りだ。二人の最寄り駅でも僕の会社近くでもなく渋谷の外れとは何だろう。なんとなく腑《ふ》に落ちないまま、僕はスマホに送ってもらった地図を頼りに、その店に急いだ。

山根の名前を告げて案内された二階の個室には、久々に顔を見る山根と、その人が待っていた。

「やあどうも、初めまして。会いたかったよ、眞坂くん」

差し出された大きな手と握手した。神様の手は、グローブみたいに固く分厚く、温かかった。神邊比呂《かんべひろ》。その名は漫画編集者なら知らない者はいない、いや、業界人でなくても漫画好きなら多くの人が知ってる、漫画界きってのヒットメーカーだ。何しろ、日本の漫画で最も売れた作品ベストテンのうち、上からふたつが神邊さんの担当なのだ。

たとえ小ヒットであろうと、ヒット作なんてそう簡単に出せるもんじゃない。ヒット作に共通する要素はいくつもあるけれど、じゃあその要素を詰め込めば作品がヒットするかと言えば、そうじゃないから難しい。

売れるための絶対の方程式なんて、たぶんない。なのにこの神邉比呂という人は、大ヒット作品をいくつも、さらにその上をいくメガヒットまでいくつか世に送り出し、そのうちふたつは漫画史に燦然《さんぜん》と輝くウルトラメガヒット作品という、奇跡のような人なのだ。

そんな漫画編集者の神様、神邉さんは写真で見たのと同じ、いやそれよりも、何人かの漫画家さんが作中に登場させた時のキャラクターデザインそっくりな、岩のようにゴツイ顔と体で豪快に笑う人だった。

「今な、漫画編集者に一番必要なのは何か聞いてたんだよ」

僕の箸《はし》や取り皿をテキパキと揃えながら、山根が話す。

「答え、何だと思う」

僕が考えるより先に、「美意識だってさ、美意識。創造的美意識な」と答えを明かしつつ、山根は僕の分の追加注文まで終わらせた。こいつと一緒に働いたのはたった五年だったけど、僕や蒔田と違って何でもスマートにこなすヤツだったな、とその仕事ぶりを思い出した。もし、山根が大手に移っていなかったら、僕はたぶん編集長にはなってない。きっと山根が選ばれていた。そしたら僕は、いち編集者として伸び伸びと、漫画創りに没頭できていたはずだ。

「僕も神邉さんに教えていただきたいことがあります」

乾杯を終えた途端に、切り出した。もう待っていられなかった。

「夏目……直木ナツメ先生のことです。先生が漫画家を辞めた理由を、神邉さんならご存知ですよね」

神邉さんが驚いた目で僕を見た。

「どうしてそれを知りたいの？」

「僕が初めて夢中になった漫画が『アスカ』でした」

夏目さんの漫画家時代の担当編集者は神邉さんだった。もちろん、『無限大少女アスカ』に夢中だった子供の頃は、そんなことは知らなかった。漫画編集者になってから、神邉さんの功績を紹介する記事の担当作品一覧の中に『アスカ』を見つけて知ったのだ。

「半年くらい前、うちのビルの夜間警備員さんと知り合いました。つい最近になって、その人が直木ナツメ先生だと気づきました」

苦しげに眉根《まゆね》を寄せた神邉さんに、もう漫画は描かないのかと夏目さんに訊《き》いてしまったこと、夏目さんはもう自分は漫画家じゃないと答えたことを打ち明けた。

「まさかお前、それ訊きたくてここへ来たワケじゃないよな」

山根が呆《あき》れた顔をした。すみませんと正直に認めて頭を下げると、神邉さんは構わないよと手を振って許してくれた。そして、眉間《みけん》に深い皺《しわ》を刻んでしばらく考え込んだ後、重い口を開いた。

「直木くんはね、『アスカ』に負けたんだよ」

『アスカ』に負けた？

「それはどういう意味ですか」

神邉さんは大きな背中を丸め、時々、沈黙を挟みながら、二十年前に起きたことを話してくれた。

「直木くんにとって、『アスカ』は初めての連載でね。それが、あれだけヒットした。描き始めてから五、六年は、そりゃもう夢中で描いてたよね。アニメにもなったことで、さらに人気も出た。連載は十年続いたけど、最後は勢いが消えて失速してきていたし、物語としての完成度を取れば、立て直して踏ん張るよりも、ここらできれいに終わる方がいいと判断しての最後だった」

ここまでの神邉さんの話は、聞かなくても漫画から想像がついていた。確かに『無限大少女アスカ』の後半は、なんだか作者自身が迷路の中を彷徨《さまよ》っているような感があった。中学生の僕にも、それはなんとなく分かった。いやむしろ、ただの読者にこそ、それは敏感に悟られてしまうものだと、漫画編集に携わってる今は思う。

「だけど僕は、直木くんはまだこれからの人だと思っていたし、次の作品で本当のヒット……それこそメガヒットを狙うつもりでいたんだよ。直木くんも、そのつもりでいたはずだった。なのに、描けなかった。いや、新しい設定とかキャラクターとか、何もアイデアが出なかったわけじゃないんだ。それはたくさん出てきた。わりといいアイデアもあったんだ」

だけどね。神邉さんはそう言うと、本当になぜなんだろうという顔で首を捻《ひね》った。

「『アスカ』ほど良くはないんだな、全部」

二発目のジンクス、という言葉が頭に浮かんだ。スポーツ界では、一年目に活躍したルーキーが二年目になった途端に不調となることを、二年目のジンクスと呼ぶ。同じように漫画の世界でも、大ヒットを飛ばした漫画家のその次の作品が振るわないなんて珍しいことじゃない。一発目よりさらに大きな二発目をかっ飛ばしてみせたい。誰もがそう思って次の作品に取り組むはずだ。なのに、それが叶《かな》わない理由は何なのか。ある人は、最初のヒット作で燃え尽きてしまったのかもしれない。またある人は、売れてしまったことで金銭的にも精神的にも満ち足りて、無から何かを生み出すのに必要な、ある種の爆発的なエネルギーを失ってしまったのかもしれない。

『アスカ』に比べると、なにか物足りない。僕の口からハッキリとそうは言わなかった。だけど、直木くん自身が気づいてしまってた。次の連載に向けての打ち合わせで会う度に、『アスカ』のような、っていう言葉をよく言うようになっていたんだ。このキャラクターでは『アスカ』のような共感が得られない、これじゃ『アスカ』のような疾走感が感じられない、このキャラクターデザインは『アスカ』から脱却できてない……

そんな風にね」

夏目さんの二発目のジンクスは、一体何が原因だったのだろう。夏目さんの消え入りそうな笑顔を思い出した。ひとつヒットして慢心するような人とは思えない。そんな単純な原因じゃないはずだ。

「連載が終わって半年、一年くらいまでは、ちょくちょく会って、新連載に向けての打ち合わせをしていたんだ。でも、だんだんとね、電話してもなかなか出てくれなくなってきて。全く連絡が取れなくなったのはいつだったかな。『アスカ』が終わって五年は過ぎてたな……。とにかく心配になって行ってみたら、そこにはもう知らない人が住んでいた」

神邉さんのグラスは、とっくに空になっていた。なのに気が利く山根でさえも、ビールを注ぎ足すのを忘れ、話の続きを待っていた。

「実家に電話してみたりして、探してね。ようやく見つけ出した時には、まるで風貌《ふうぼう》も変わっていた。目から光が消えてしまって……いや、どう説明していいか……とにかく別人だった」

神邉さんが言いたいことは理解できた。だからこそ、僕もすぐには直木ナツメ先生だと分からなかったのだから。

子供の頃に僕が会った直木先生は、真夏の太陽のように笑う明るい人だった。日に灼《や》けていて、全身からエネルギーを発しているような人だった。だけど、僕があの真夜中の地下一階で出会った夏目さんは、亡霊かと思うくらいに生命の輝きを失っていた。

「その光が消えた目で……」

神邉さんが呻《うめ》くように言った。

「訊かれたんだ。僕はまた描けますか。僕はまだ漫画家ですか、と」

背筋がすっと凍った。

「一瞬、答えに詰まった。その一瞬で、彼は悟ったんだな。僕の答えを」

直木ナツメは何も言わず、その場を去っていったという。今からもう十五年も前の話だ。『アスカ』が終わって二十年。生まれた子供が成人するほどの年月が、すでに過ぎてしまっている。夏目さんが、もう漫画家じゃないと言うのも当然かもしれない。

「漫画編集者やってれば、見たくなくても見てしまうよな。漫画家から元漫画家になってくの。切ない現実だよ。まあ何の世界も厳しいんだろうけどな」

山根が言って、ところでと話を変えた。山根の仕切りで本題に入ってようやく僕は、今日呼び出されたのが、誰の最寄り駅でもない渋谷だったのか理由が解った。なるほど、これは出版社がひしめく地帯じゃ話しづらい。

そこからは、まるでジェットコースターに乗せられたような気分だった。神邉さんは長年勤めた出版最大手を辞めて、新たに立ち上げる出版社で漫画事業部の責任者に就任するらしい。しかも、その新しい出版社はウェブもやるけど紙の雑誌がメインだというから驚いた。そんなの、出版業界の人間ならば、半分は「このご時世に？」と呆れるだろうし、残り半分は「浪漫ですなあ」とうっとりするだろう。出版界は今、ものすごいスピードでウェブ時代へと移り変わっていってるのだから。

「ウェブの時代になってくのは避けられないよね。縦スクロールが当たり前って、漫画の読み方も知らない子供たちが出てきてるくらいだしね。でも、そんな時代だからこそ、紙の雑誌やコミックスの役割はまだまだ終わりじゃないどころか、その重要性はますます高まってくると思うんだよ」

そう言って神邉さんは背筋を伸ばした。僕も山根も、つられるように姿勢を正し、話のその続きを待った。

「とにかく手軽に短時間で読めるようにとか、読者の評価に即時に応《こた》えて次のネームを変えていくとか、そんな風に創っていく漫画は、果たして進化していけるのか。いや、都合のいい暇つぶしとしての進化しか、もうできなくなっていくよね。

僕らは、漫画にアッと驚かされてきたし、登場人物の言葉に強烈なビンタを食らったような気持ちになったこともあるだろう？　そう、漫画に育てられてきた気がするんだよ。僕はね、やっぱり暇つぶしじゃなく、夢中にさせる漫画を創りたいんだ」

夢中にさせる漫画。その言葉に、子供の頃に好きだった漫画のキャラクターが次々と心に浮かんできた。そしてやっぱり、その中心にいたのはアスカだった。

「このまま都合のいい暇つぶしとしての進化が進めば、才能や志を持った漫画家や原作者は海外へ流出し始めるだろうね。幕末から明治にかけて海を渡り、日本人が驚くほどの高値で取り引きされた浮世絵みたいにね。アッと気づいた時はもう遅くて、日本人は輸入された漫画を読むことになるんだよ。海外の出版社が出した、日本人漫画家の傑作漫画をね」

日本へやって来る外国人には、漫画やアニメをきっかけに日本に興味を持ったという人が少なくない。それが変わる。日本は漫画の国じゃなくなる。今まで、漫画界の才能の海外流出について、一度も考えなかったわけじゃない。だけど、目の前の神邉さんのように、リアルに迫る危機として感じたことはなかった。

「だから、紙の役割は終わるどころか高まっていく。漫画を生み、育てる場として。漫画家や漫画原作者を生み、育てる場として。漫画文化を護《まも》り、さらに進化発展させていくために、まだまだ紙の雑誌やコミックスはなくしちゃいけないんだ」

聞きながら、ふと高校生の頃に流行《はや》っていた漫画を思い出した。坂本龍馬《さかもとりょうま》を中心とした幕末のヒーローたちの生き様が描かれたあの作品は、読むたびに熱い何かが胸に点《とも》った。神邉さんはなんだか、あの漫画から飛び出てきたキャラクターみたいだ。そう言えば、見た目も西郷《さいごう》どんに似ているような……。そんなことを考えていると、神邉さんがいきなり僕の目を見た。

「眞坂くん、僕の仲間になってくれないか」

え？　思いがけない言葉に、ビックリしすぎて声も出なかった。何で僕なんだ。自慢じゃないが、僕には大きな実績なんて何もない。一人の漫画編集者としてヒット作を世に送ることなく編集長なんてものになってしまったし、その編集長としてだって目下、大苦戦中だ。あまりに信じられなくてつい、「なぜ僕なんか」と卑屈な問いを投げてしまった。

「月刊ゼロは創刊号から読ませてもらってるんだよ。心ある雑誌づくりをしていると、ずっと思っていた」

　絶句した。漫画編集の神様が、創刊号から月刊ゼロを読んでくれてたなんて。嬉《うれ》しいよりも激しくうろたえてしまった。顔から火が出そうだ。そんな僕に神邉さんは、「それに」と笑ってこう続けた。

「君は、二十年も何ひとつ描けていない漫画家のことを訊《き》くためにここへ来たんだろう。今、僕がこうして一緒に仕事をしようと口説いている間も、君はずっと直木くんのことを頭のどこかで考えていた。君と働きたいと思ったのはなぜか、その答えはたぶん、眞坂くんがそういう人間だからだろうな」

　全然意味わかんないです。そう言っても、神邉さんも山根も笑っているので、仕方なく僕も笑った。

「てことは……山根も？」

「ああ、俺はもう決めてる。神邉さんの下で働く」

　意外だった。山根は出世欲の強いキャリア志向だとばかり思っていた。そりゃあ漫画編集者なら誰もがきっと、神邉さんから何かを学べるなんてこれはチャンスと思うだろうし、さっきみたいな話をされれば誰だって、気分はすっかり坂本龍馬に違いない。だけどこの男が、大手の悠遊社を辞めて、今より規模が小さい新会社に移ってでも、そういうチャンスや浪漫に手を伸ばすタイプだとは全然思っていなかった。思わず山根の顔を見る。

「何だよ。俺のこと出世欲にまみれた俗物だとでも思ってたか。残念だけど……その通りだ。俺は計算ずくでこの話に乗るんだよ。十年後、二十年後、この新会社は間違いなく、悠遊社よりデカくなってる……はずだ。そして、俺はその会社の社長になり、経済誌の表紙を飾る計画だ」

不敵な笑顔に、やっぱり山根だと嬉しくなった。経済誌の表紙なんて、どこまで本気か分からないけど、山根はやっぱりこうでないと。

「で、眞坂。お前はどうする」

僕はすぐには決められず、少しだけ考えさせてくださいと頭を下げた。その後は、漫画の話で盛り上がった。酒も入って、誘われるまま二次会にも行き、久しぶりに下手なカラオケなんか歌ったりした。神邉さん行きつけのスナックは、ママが芸人さん並みに喋《しゃべ》り上手で、山根も僕も腹を抱えて大笑いして、翌日は腹筋が筋肉痛になってたくらいだ。

なのに、その間もずっと、僕の頭の中からは、あの言葉が離れなかった。

僕はまた描けますか。僕はまだ漫画家ですか。

警察からの電話がかかってきたのは、神邉さんと会った数日後の昼過ぎのことだった。蒔田がまた、やらかしたのだ。呼び出された吉祥寺の交番へ駆けつけると、蒔田だけでなく、田島工務店先生まで一緒にカウンターに座らされていて、僕の顔を見るなり蒔田が「保護者が来たよ、保護者が」とはしゃいだものだから、僕は思わず怒鳴ってしまった。

「お前、今度は何やった！」

　まあまあ、まあまあ、落ち着いて。大変ですねえ、編集長さんも。お巡りさんはそう言って僕に椅子を勧めると、事件の経緯を説明し始めた。

　なんと、蒔田はアパートのゴミ置き場で、捨ててあった女物の下着を漁《あさ》っているところを近隣の住民に目撃され、通報されたという。お巡りさんにその場で取り押さえられた蒔田は、自分は漫画編集者で、担当する田島工務店先生が大事な契約書を間違えてゴミに出してしまったと言うから、慌てて探していたのだと釈明したそうだ。

「そうか、なるほど。でも一応念のために、その漫画家さんに確認するね」

　お巡りさんは蒔田を伴い、田島工務店先生のアパートのドアを叩《たた》いた。ところが、田島工務店先生がキョトンと「契約書？　何のこと？」と訊いたものだから、蒔田の嘘はすぐにバレた。なのに、焦った蒔田はこともあろうに田島工務店先生の首を絞め、「先生、契約書を捨てたかもって言ったじゃん！　言ったよね！　言ったと言って！」と口裏合わせを強要。何となく事態を察した田島工務店先生が、「はい、確かに捨ててしまったかもと言いました。間違いありません」といかにも棒読みの下手な芝居を打ってきたので、ますます怪しい、これはグルかもしれないと、先生も容疑者の仲間入りをしてしまった……という顚末《てんまつ》らしい。

「蒔田さんね、あなたの言ってることはまるで辻褄《つじつま》が合わないよ。何で、田島さんちのアパートじゃなくて、隣のアパートのゴミを漁ってたの。ゴミ袋からこの下着が見えてたからじゃないの」

お巡りさんが証拠品であるベージュのでっかいパンツとブラジャーを手に、蒔田の顔を覗《のぞ》き込む。蒔田が漁っていたのは、例の火事があったアパートのゴミ置き場らしい。

なんだ、そういうことか——僕はこの馬鹿げた事件の真相に気づいてしまった。蒔田のヤツ、神保町の後、珍しく何にも言ってこないと思っていたら、一人でこっそり探偵ごっこを続けていたのか。

「あの……不審に思われるのはごもっともです。ですが、先生が契約書を捨てたかもって、蒔田があたふた出掛けて行ったと他の編集者も言ってましたから、たぶん話は本当なんです。ただ、二人とも奇人変人で有名でして、常日頃から言動が怪しさ満点なアレなもんで……僕も日々このように迷惑こうむっている次第でして……誠に申し訳ありませんでしたッ」

直角に腰を折って頭を下げた僕に、お巡りさんはひどく同情してくれて、二人は間もなく解放してもらうことができた。自由の身となれた二人を連れて、交番を出ると駅へと歩く。

「ねえ、眞坂さん」

後ろをついて来る蒔田が、しゅんとした声で呼びかけてきた。さすがに今回は反省したらしい。当然だ。とんだ迷惑をかけた上に、僕のおかげで自由の身になれたのだから、ありがとうやごめんなさいのひとつぐらい言うのが大人の常識ってもんだ。だけど、蒔田にそれを望むのは土台無理な話だった。

「奇人変人て、あれ何？　ひどくない？」

「おまけに、言動が怪しさ満点？　今この場で、殺害予告を取り消すを取り消すぞ！」

田島工務店先生までそんなことを言いだす始末だ。助けてやるんじゃなかった。牢屋《ろうや》にでもぶち込んどいてもらった方が、僕の日常はぜったい平和だ。ふと、塀の中の住人になった二人を想像した。この二人は塀の中でもこうやって、バカみたいなことを言い合いながら、やっぱり漫画を創るんだろうな。そう考えたらまた、夏目さんが神邉さんに訊いたという、あの言葉を思い出した。

僕はまた描けますか。僕はまだ漫画家ですか。

僕なら何と答えただろう。いや、やっぱり何も答えられない。胸の奥がきゅっと疼《うず》いた。

駅前で二人と別れ、電車に乗った。新宿へ向かう午後三時の中央線は、人もまばらで、座席は八割がた空いていた。だけど、なんとなく座る気になれず、僕はドアの脇に立ってぼんやりと流れていく景色を見ながら、今までのことを思い返していた。

夏目さんと出会った夜のこと。『無限大少女アスカ』のコミックスにサインしてくれた直木先生の笑顔。「もう漫画は描かないのですか」と訊いた僕の前から、去っていく夏目さんの後ろ姿。頭の中にいろんな思いが、浮かんで消えて、また現れる。気がつくと、電車は新宿駅に滑り込んだところだった。

ホームから改札階へと昇っていくエスカレータに運ばれながら、あの場所に行こうと決めた。このまま会社へ戻っても、仕事なんかできそうにない。

ひっきりなしに客引きに声をかけられながら、歌舞伎町を早足で抜ける。連なるように続いていた風俗店が途切れ、ホストクラブの巨大な看板が並ぶエリアを通り過ぎた辺りで、カキンッと胸のすくあの音が聞こえ始めた。だけど、いつもならもっと間断なく響く音が、まばらにしか聞こえてこない。今日は客が少ないみたいだ。

思った通り、バッティングセンターの打席は半分も埋まっていなかった。空いていたいつもの打席に入り、料金投入口にコインを三枚、放り込んだ。バットを構え、LEDの光が映し出すピッチャーを睨《にら》む。ヒュッという音とともに白球が見えた。カキンッ。大きく振り抜いたバットが弾《はじ》いた球は、ビルにトリミングされた小さな空へ飛んでいき、緑のネットに捕《つか》まって落ちた。

「かっ飛ばせー、マ・サ・カ！」

その声に振り返った。

「なんでいるんだよ！」

グリーンのネットで区切られた隣の打席で、蒔田がバットを構えていた。

「眞坂さんて、野球やってたんだっけ」

訊《き》きながら、蒔田が空振った。ひどいへっぴり腰だ。バットを振るというより、バットに振り回されている。

「キャプテンだったでしょ？」

答えずに、蒔田に背を向けバットを構えた。答えなかったのは、正解だったからだ。

「眞坂さんて全人類のキャプテンて感じだもんね」

蒔田が言う通り、僕は少年野球をやっていた頃も、野球部だった中学時代も、補欠で、なのにキャプテンだった。社会人となった今も、似たようなもんだと思う。ヒット作もないまま、編集長なんてやってんだから。

「今度また探偵ごっこで騒ぎを起こしたりしたら、そん時はもう知らないからな」

打ち返した球を見送ってから言った。

「探偵ごっこって？」

後ろから、バットに振り回される気配とともに、蒔田の呑気《のんき》な声が聞こえてくる。

「あの火事で、夏目さんがなぜ危険を冒してまで、古い週刊少年トップを持ち出そうとしてたのか。そのヒントを探そうとしてたんだろ」

「何言ってんの？　眞坂さんは本当に馬鹿だなあ」

その声に、構えていたバットを下ろして振り返った。ネットの向こうでは、相変わらず蒔田がバットに踊らされている。

「そんなの、とっくに答えが出てるよ。俺がゴミ置き場を漁ってたのは、別の理由」

蒔田が大きく振り抜いた。その勢いでくるりとその場で一回転する。ふざけてるとしか思えない。

「警備員の夏目氏は、直木ナツメだったんでしょう。それくらい分かるよ、奇人変人で怪しさ満点でも、馬鹿じゃないからね」

蒔田が今度は二回転した。回りながら「ビックリした？」と笑ってる。僕は「別に」と素っ気なく返した。実際、蒔田がその事実に気づいていたことは、別に意外でも何でもなかった。蒔田は変人だけど馬鹿じゃないことは、僕が一番分かってる。

「じゃあ何？　お前が野良猫みたいな真似をしたのは、どんな理由があるんだよ」

蒔田はクルクルと、楽しそうにバットの舞いを続けながら僕の問いに答える。

「あのアパートのゴミ置き場を漁ってたのは、資源ゴミの日だったからだよ。だけど、古い衣類も資源ゴミだからね。適当にゴソゴソやってたら女の下着とか出てきちゃってさ。下着は資源ゴミに入れちゃダメなの、知らないのかな。しかもさ、なんじゃこりゃって、でっかい肌色のパンツとブラジャーを掴んだ瞬間を、近所のオバさんに見られてたなんて、ほんとツイてないよね」

「お前が下着泥棒に間違われた経緯《いきさつ》なんて、そんなのどうだっていいんだけど。それよりこっちが訊きたいのは……」

蒔田が急にバットを下ろして、僕を見た。

「火事が起きた時、夏目氏はなぜ、自身の作品である『無限大少女アスカ』の最終回が掲載された週刊少年トップを命がけで取りに行ったのか。俺の答えが正解なら、今日ゴミ置き場にあるかもしれないなと思って。だから探しに行ったんだよね。それを探して確かめないといけないからね。だって誰かさんは、動物の毛アレルギーのくせに犬や猫を拾ってしまう人だから」

言ってる意味が分からなかった。コイツの意味不明はいつものことだ。なのに、なぜだか今日は違った。僕を見ている蒔田の目は、なんだか怒ってるように見えた。

「意味が分かんないんだけど」

苛立《いらだ》つ僕の言葉も無視して、蒔田が続ける。

「可哀そう、だけで抱き上げちゃいけないの。飼えないなら、見つけても、気づかない振りをして、通り過ぎなきゃなんないの。眞坂さんは、そんなことも分かんないから。だから、俺が判断しないといけないんだ。それが抱き上げていいワンコかどうか。そのために、今日あのゴミ置き場へ行ったんだワン」

ふざけた言い方に、思わず小さく舌打ちした。僕らが打つべき球たちが、一定のリズムで飛んできては、ネットにぶつかり、空しく足元を転がっていく。

「だから、意味不明なんだって。ちゃんと分かるように説明しろよ！」

最後はちょっとけんか腰になった。なのに蒔田は、こんなことを言って、さらに僕を困惑させた。

「まあ、夏目氏が命がけで取りに行ったのが、なぜ、コミックスじゃなく最終回が掲載された雑誌だったのか。その答えがまだ分かんないようなら、何も心配することなかったね」

「え？」

「答えは教えてあげないからね。眞坂さんが自分で考えて」

蒔田が再びバットを構えた。ピッチングマシンの下の球数表示が残り1となっている。最後の一球が、投げられた。快音が響く。蒔田が振り回されながら振ったバットは、最後の球を高く空へと弾き返した。……なんでだよ。


夏目さんが火事のなか、命がけで取りに行ったのが、なぜ、コミックスではなく、『無限大少女アスカ』の最終回が掲載された雑誌だったのか。

僕は会社に戻ってからも、その問題の答えをずっと考え続けていた。おかげで、握った赤ペンがしょっちゅう止まって、仕事が進まないのなんの。

そうなんだよなあ、どうしてコミックスじゃなかったんだ。最終話に何か特別な思い入れでもあるのか？　だけど、それならコミックスの最終巻でいいはずだ。ああ、もうワケが分からない。こんなんじゃ、どうせ仕事もはかどらないと、僕は外に出ることにした。別に腹が減ってるわけじゃない。『アスカ』最終回が掲載された週刊少年トップを持って、どこか落ち着ける場所へ行きたかった。誰にも邪魔されない場所で、答え探しをしたかったのだ。会社じゃ集中できそうにないし、何より蒔田に見つかって、「まだ答え分かんないんだ？」なんて馬鹿にされたくなかった。

僕は周囲に蒔田がいないのを確認すると、鞄《かばん》に古い週刊少年トップをしのばせて、会社から少し離れた喫茶店へ向かった。薄暗いビルの地下二階という場所柄か、新宿といっても目立ったショッピング施設から離れているせいか、この喫茶店はいつ来ても空《す》いている。

その一番奥の席に陣取って、僕は二時間考え続けた。だけど、やっぱり答えは出てこなかった。スマートフォンには藤丸からの「今どこですか」「急いで帰ってきてくださ い」のメッセージが十五分おきに入っている。どうやら仕事が待ってるらしい。仕方なく、僕は何の収穫もないまま会社に戻った。そしてエレベータ前でまた、うっかり見つけてしまった。そう、落とし物だ。

ため息が出た。せっかく目の前で、乗る予定だったエレベータのドアが開いているのに……。だけど、放っておくわけにはいかない。僕はその華奢《きゃしゃ》な指輪を拾い上げて、エントランスホールへと引き返した。色はシルバーだけど、もしかしたら艶《つや》消しのプラチナか何かで、結婚指輪かもしれない。それに、高いものじゃなかったとしても、届けないわけにはいかない。値段に関係なく、誰かにとっては宝物かもしれないし。

受付カウンターには、名前通りの肉食系と噂の受付嬢、ウルフこと大神《おおがみ》さんがいた。

「落とし物ですね」

僕が落とし物のおの字を発するよりも先に、大神さんが拾得物の書類を出した。僕と言えば落とし物。このビルの受付では、すでにそう認識されているらしい。

「はい……なんか、どうも僕、落とし物を見つけてしまう性質《たち》みたいで」

僕は書類に記入して、拾った指輪をその上に置くと、大神さんの方へ滑らせた。その書類に目を通しながら、大神さんが「たぶん、それ」と素っ気なく言う。

「本当は、他にも気づいてる人たくさんいるけど、みんな気づかなかった振りをして、通り過ぎてるだけですよ」

「えっ、そうなの」

驚いた。初めて知った。今までずっと、自分は目ざといから落とし物を見つけてしまうのだと思ってた。

「そうですよ。眞坂さんは放っておけない男だからって、蒔田さん言ってました」

出て来た名前に耳を疑った。大神さんと蒔田……一体どういう関係だ。まさか蒔田と？　ウルフが？　書類に受付印を押している顔をついまじまじと見ていたら、大神さんが急に顔を上げた。

「あ、でも拾ったのがこの時間で助かった。一度、受付が閉まってる真夜中に落とし物を拾っちゃって、どうしようかと本当に困ったことがあって。じゃあ、落とし物、よろしくお願いします」

バッチリ合ってしまった目を慌てて逸《そ》らし、ごまかすように言って去ろうとした時、大神さんの問いに呼び止められた。

「あの人、どっかおかしいんですか」

「え？」

「おたくの蒔田さんです」

ウルフの目にごうと燃え盛る怒りの炎が見えた。嫌な予感がする。黙って静止していれば、蒔田はなかなかいい男だ。そのせいか、いつもくたびれたジーンズに変なTシャツだし、髪も輪ゴムで縛ったボサボサのちょんまげ髪なのに、ちょっとオシャレに見えなくもない。だから時々、蒔田に惚《ほ》れる奇特な女が現れたりするのだ。

「アイツが何か……」

「今度どっか連れてってくださいよーって言ったら、うん、いいよーって。でも、連れていかれたのはレストランでもバーでも、そういう場所でもなくて……」

その続きは聞かなくても分かった。

「漫画家さんの仕事場に連れて行かれて、セーラー服とかで作画モデルをやらされたんですよね。すみません」

僕が小さくなって頭を下げると、大神さんは目を吊《つ》り上げて、カウンター上に置いた拳《こぶし》をふるふる震わせた。

「セーラー服？　それならまだいいです。スクール水着ですよ、スクール水着！　それも水着になぜか白い三つ折りソックスって何なんですか。そんな姿であれこれポーズを要求されて、挙句の果てに、じゃあ後はお願い。俺、会社戻んなくちゃ、って漫画家か何か知りませんけど、初対面の男の部屋に置き去りにされたんですからね！　しかも帰り際に、あ、ウルフ、先生を襲わないでよって言い残して！」

　それはひどい。さすがの僕も啞然《あぜん》とした。

「おまけにです。翌日、何考えてんのよって文句言ったら、こう言い返されました。大丈夫だって言ったのに、あんたってホント男を見る目がないよね。あの先生はたとえ裸の女が目の前にいてもひゃくパー手なんか出せないんだってば。だってほら、三次元のおっぱいなんかを揉《も》んだ手には、決して描けないおっぱいというのがあるじゃない。先生のおっぱいはそれだよね。先生は一生、三次元のおっぱいを揉んだりできない男だからこそ、あんな国宝級おっぱいが描けるのに、なんで分かんないかなあ。って、そんなの分かるワケないでしょ！」

　大神さんの怒りはもっともだ。だけど、大神さんには男を見る目がないという点だけは、激しく莳田に同意する。そもそも莳田と付き合いたがるなんて、この人はどうかしている。

「アイツには僕からもきちんと言っておきますので」

　僕はコメツキバッタと化した。それでも大神さんは怒りが収まらないらしく、固めた拳をまだ震わせている。

「さっさと逃げたから無事でしたけど、あのままいたら、きっと水着も脱げとか言われてました。危ないところだったんですからね！」

「あ、それはないです。うちは基本、見えそうだけど見えないように、を心がけてますから。ほら、エロにもやっぱり品は大事だし、モロに見えてるものにはあんまりそそられ……」

ついつい語ってハッと気づくと、大神さんがすごい目で僕を睨《にら》んでいた。

「エロとかモロとか、何なんですか」

「……すみません」

ウルフが再び吠《ほ》え始めないうちに、早々に退散した方が良さそうだ。

「じゃあ、落とし物の方はお願いします」

僕はそそくさとその場を離れ、エレベータホールへ向かった。でもまたすぐに、大神さんの声に呼び止められた。

「あ、眞坂さん。落とし物は受付が閉まっている時には、地下の警備員室へ届けてください。後で受付が開いたら持ってきてくれることになってますから」

え？　一瞬、頭の中が真空になった。警備員室でも落とし物は引き受けてくれる？　だけどあの夜、夏目さんは、確かに言ったはずだ。こちらではお預かりできません。そうだ、はっきりそう言った。

「それって本当？　警備員さんはみんな知ってる？　夏目さんは知らないとかない？　知ってたとしても、最近までは知らなかったとかもない？」

受付に駆け戻り、カウンターに身を乗り出して訊《き》いていた。大神さんがのけ反って、訝《いぶか》しむ目を僕に向ける。

「ごめん、変なこと訊いて。でも、大切なことなんだ」

僕が真剣だと分かってくれたのか、みんな知ってるはずだけど……と大神さんは考え込んだ。そして、奥の棚から紐《ひも》で閉じられた書類を取ってきて、カウンターに置いた。一番上に「拾得物預かり証」とある書類の束をめくり始める。

「夏目さんて、夜間の人じゃないですか？　知らないはずないと思います。だって……」

これとこれと……と数えながら、全部で三枚の書類をカウンターに並べた大神さんは、「ほら、ここ」と書類の一番下を指した。艶《つや》やかなピンクに塗られた爪の先にあったのは担当者欄で、三枚全てに夏目さんの名前が書かれていた。

「一番古い日付はこれです。去年の八月。この時点で、夏目さんは落とし物を警備員室で預かることを知っていたということになりますよね」

大神さんが書類の日付と夏目さんの署名を交互に指す。八月……ということは、僕があのノートを届けた十月に、知らなかったはずがない。なんで、夏目さんはあんな嘘を吐《つ》いたんだろう。どうして警備員室では預かれないと……あ。突然、答えが見えた。そうだ、きっと、僕が持ち込んだ落とし物を、夏目さんが預かることができなかったのは、それが――

「そうだったんだ……やっと分かった」

後はもう簡単だった。ひとつの答えが、別の問いの答えも教えてくれた。蒔田が言ってた、あのワケの分からない言葉の意味まで。

「大神さん、ありがとう。助かった！」

言うより早くエントランスホールを奥へと走りだしていた。地下への階段を降りきってようやく、こんな時間じゃ夏目さんはまだ来てないと思い出した。それでも逸《はや》る気持ちを抑えきれずに、警備員室に着くなり訊《たず》ねる。

「すみません、夏目さんは何時に入られますか」

窓口にいた知らない顔が素っ気なく答えた。

「その人なら、たしか昨日で辞めましたよ」


こないだ蒔田に北口から案内されたせいで、吉祥寺駅を北口から出てしまってから南口の方が近いことに気がついた。だけど戻れば余計に遠くなりそうで、そのまま遠回りになる道を、夏目さんのアパートをめざして走る。

午後の日差しに照らされて、町全体がうすい黄色のフィルターを通しているように見えた。ランドセルを背負った小学生たちとすれ違う。夕方と呼ぶにはちょっと早い商店街は人通りも少なくて、走る僕の行く手を遮るものなんて何もない。だけど、それでも気持ちにスピードが追いつかないのがたまらなくもどかしかった。

夏目さん、夏目さん、夏目さん！　あの火事の中、なぜ、あなたは、コミックス最終巻じゃなく、最終回が掲載された雑誌を取りに行ったのか。その答えが、やっと分かりました。だから僕は、あなたに言いたいことがあります。言いたいことが、あるんです！　夏目さんに伝えたい言葉を、胸に抱いて僕は走った。

あの路地を曲がり、息を切らして夏目さんのアパートの前に立った。階段入口の壁に張り付いている郵便受けを確認する。上段の五つ並んだちょうど真ん中の箱に褪《あ》せた「夏目」の文字を見つけて階段を駆け上り、息を整えるのもそこそこに塗装のはげたドアを叩《たた》く。

「夏目さん、僕です、眞坂です」

返事はなかった。そっとドアノブを捻《ひね》る。鍵《かぎ》が開いていた。ああ、と呟《つぶや》いて天を仰ぎ、僕はゆっくりとドアを引いた。

予感した通り、部屋は空だった。ドアを開けたまま、僕はそこに立ち尽くした。やけに日当たりのいい小さな畳の間に、キラキラと埃《ほこり》が舞っていた。遠くを走る電車の音と、小学校が近いのか、車に気をつけて早くお家《うち》へ帰りましょうのアナウンスが聞こえてきた。

夏目さんがいた痕跡《こんせき》を探すように、ドアを閉めて中へ入った。『アスカ』が終わって二十年間、夏目さんは描けない時間を生きてきた。漫画家じゃない僕にも想像ができる。夢中で描いてる十年と、描けない十年では、時の長さがきっと違う。夏目さんの二十年は、ながい、ながい、孤独な二十年だったろう。奥の六畳間に足を踏み入れた。その瞬間に、あっと声をあげた。玄関からは見えなかった部屋の隅、日焼けした壁に紙の手提げ袋が立て掛けてあった。上から、漫画雑誌が見えている。僕らが神保町で見つけたのと同じ二十年前の週刊少年トップだ。手に取って、あのページを開いた。夏目さんが守ろうとしたものに、そっと指で触れた。

と、ドアが開き、誰かが入ってくる音がした。夏目さんだった。提げたスーパーの袋から箒《ほうき》らしき柄が顔を出している。

「ごめんなさい、勝手に入ってしまいました。もうどっかへ行ってしまったのかと思って……」

慌てふためく僕に少し驚いた顔をした後、夏目さんは僕が手にした雑誌を見て、いつものように淡く笑った。

「よろしければ、公園でも歩きませんか。くたびれてしまったので、掃除は明日に延期するとします」

そんな風に誘われるまま、僕は夏目さんと井の頭公園を訪れた。学生の姿が目につく夕方の公園を、ゆっくりと池の周囲に沿って、ほとんどを黙ったままで、時々どうでもいい話をしながら、僕らは歩いた。

水質を改善したり、外来魚を駆除して生態系を回復するために、池の水を抜く掻《か》い掘《ぼ》りを見た話や、風が強いとすぐにボート乗り場が営業停止になる話。公園の中にある弁財天の本尊は秘仏となっていて、十二年に一度の御開帳でしか見られない話や、その女神像は多くの人がイメージする弁天様の美麗な姿ではなく、少女のように可愛らしいと聞くけれど、まだ目にしたことがないという話なんかを、夏目さんはまるで遠い遠い昔のことのように話してくれた。

池の周りをすでに一周してしまったことに気づいた頃、僕の少し先を歩く夏目さんが池にかかる橋を渡り始めた。稲妻みたいに、途中でジグザグと折れた形をした細い橋だ。池へと大きくせり出した木々の枝が、おじぎするように目の前で揺れている。その枝をよけて、夏目さんの後に続く。

橋の真ん中辺りで、夏目さんが立ち止まった。欄干に両手を置いて、池の向こうをじっと見ている。視線の先には噴水と、その奥に木々の間から朱色の弁天堂が見えている。僕は夏目さんの隣に立って、同じ景色を見た。噴水の飛沫《しぶき》が夕方の陽に照らされて、金色に光って散っていく。

「夏目さんは、僕に嘘を吐きましたね」

同じ方向を見つめたまま、僕は独り言のように言った。

「警備員室では落とし物は預かれないって。あれは嘘です。受付で言われました。夜間は警備員室に届ければ引き受けてくれるって。受付で拾得物届の書類も何枚か見せてもらいました。警備員室で預かった落とし物の担当者欄に、夏目さん、あなたの名前がありました」

夏目さんは黙って聞いていた。何も言い訳しなかった。ただ、すみません、とぽつり言って、また沈黙した。

「夏目さんが、僕が届けた落とし物を預かれないと言ったのは……」

夏目さんを見た。僕の視線を受けても、夏目さんは黙って前を向いていた。弁天堂の朱《あか》い色を真っすぐ見ている、その横顔に僕は続ける。

「あれが誰かのアイデアノートだったからではないですか。あなたはあのノートを預かることが怖かった。ノートの中を見てしまうことを怖れたんです。だって、あなたは二十年間苦しんだから。描けないことに苦しんだから。その長い年月の間には……誘惑についい手を伸ばしそうになったことも、きっとあったんだろうと思います。だけど、あなたはその誘惑に背を向けてきたはずです。それでも自分の心の中に、弱さがあるのも分かっていて、だからあなたは、あのアイデアノートを持ち込んだ僕に、預かれないと嘘を吐いた。あのノートに書かれたアイデアを、自分が盗もうとしてしまわないように。違いますか」

夏目さんは「半分だけ」と言って、また口を閉じた。そして、細く静かに息を吐いて、自分にとってのたったひとつの、本当の正解を探すみたいに、途切れ途切れ、もう半分の理由を語り始めた。

「半分だけ、合っています。もう半分は、違います。おっしゃる通り、私はアイデアノートと聞いたから、あのノートを預からなかった。もちろん、あのノートの中にどんな素晴らしいアイデアを見たとしても盗作など絶対にしない……なんて自信は、私にはありません。でも、もしも、そんな自信があったとしても、やっぱり、私は預からなかった。他人のアイデアなんて、見たくなどないからです。そのノートの持ち主が、当然のように、あると信じている可能性とか、未来とかいうものが、自分には、もうなくなってしまったと、私が思っているからです。終わってしまった人には、これからの人が眩《まぶ》しすぎる。

私は、終わってしまった花火です。新しい花火は、火を点《とも》せば花を咲かせる。終わってしまった花火は、いくら火を点けても、灰になっていくだけですから。

嫉妬《しっと》です。眞坂さんが持ってきた、アイデアノートの、顔も知らない持ち主に、私は卑屈な思いを抱いていました」

ずっと弁天堂の一点を見つめたままの夏目さんの横顔に、僕は自分の単純さを激しく恥じた。僕が思っていたよりも、もっと、ずっと、複雑な迷路の中で、夏目さんは生きてきたんだ。そう思うと、次の問いを口にするのが怖くなった。だけど、訊《き》かないといけない。僕は覚悟して、ここへ来たはずだ。だから、訊かないわけにはいかない。

「火事のなか、なぜあんな危険を冒してまで、夏目さんはあの古い漫画雑誌を取りに行ったのか。気になって調べているうちに、夏目さんは直木ナツメ先生なんだと気づいて、あの警備員室で感じた既視感の正体も分かりました。

だけど、じゃあなぜ、コミックスじゃなく、雑誌だったのか。その疑問が残りました。

『アスカ』最終話に思い入れがあったとしても、それならコミックスの『アスカ』最終巻でもいいはずです。なのに、あの時、夏目さんが火事のなかを取りに行ったのは、コミックス最終巻じゃなく、『アスカ』の最終回が載った週刊少年トップでした。それは、なぜか」

強く風が吹いた。木々が大きくざわめいている。

「雑誌には、コミックスにないものがあったからではないですか」

瞬《まばた》きもせず弁天堂を見つめ続ける夏目さんの横顔に、僕はそう問いかけた。コミックス最終巻にはなくて、雑誌の最終話だけにあるもの。それは何か――その答えを口にしようとした僕より一瞬早く、夏目さんが呟いた。

「直木ナツメ先生の、次回作にご期待下さい」

夏目さんが僕を見て、諦《あきら》めたように笑った。ああ、やっぱり。思った通りだった。火事のさなか、消防士の制止を振り切ってまで取りに行ったもの、夏目さんが命の危険を冒してまでも、失いたくなかったもの。

それは――あの古い漫画雑誌の中に綴られた「直木ナツメ先生の次回作にご期待下さい。」という一行だった。

次回作にご期待ください。それは、連載漫画の最終話の、最後のページに、僕ら漫画編集者が入れる決まり文句だ。〇〇〇先生の、次回作にご期待ください。最終回には必ず、その言葉が添えられる。

「僕は今まで、そのフレーズを、連載お疲れ様でした、の花束のようなものだと思っていました。何の思いも込めてなかったわけじゃない。だけど……今まで思ってもみませんでした。受け取ったその花束を、何十年も抱きしめ続けている人がいるなんて」

言いながら思った。夏目さんが二十年、抱きしめていたその花は、生き生きと咲いたままなのか、それとも枯れてしまっているのか。ミイラのように朽ち果てて、色を失くした花束を抱く夏目さんの姿が浮かんだ。それはとても哀しく、なのになぜだか美しくも映った。

「夏目さんにとって、そのたった一行が、生きる支えになっていたのだと僕は思いました。また新たな作品を、次回作を描くための支えに」

夏目さんはゆっくりと首を振った。そして、それも当たりは半分だけです、と力なく笑うと、僕の目を見て言った。呪いの呪文《じゅもん》でした、と。

「直木ナツメ先生の次回作にご期待下さい。あの言葉を見る度に、自分には次がある、そう思えました。次の作品を、いつか描く、いつかきっと描ける。何度も自分に言い聞かせました。でも、こうも言えるんです。あの言葉は、呪いの呪文でした。あの呪文の魔法にかからなければ、もしかしたら私は、漫画を諦めることが、できていたかもしれません。描けないままに、二十年もの時間を、苦しまなくても済んだかもしれません。そんな風に、思わないこともないんです。こんなもの早く捨ててしまいたい、早く楽になりたいと、願う気持ちがいつも心のどこかにありました」

最後にひとつ、小さく息をつき、途切れ途切れの告白を終えると、夏目さんは僕の横を過ぎ、元来た方へと歩きだした。去り際に、こんな言葉を残して。

「眞坂さんと出会えて良かった。これでようやく、あの雑誌を捨てられる……本当に終わりにできそうです。ありがとうございました」

僕を置いて、夏目さんが去っていく。どこか僕には分からないところへ。夏目さんはきっと、あの雑誌を置いて部屋を出て行くつもりだろう。真夜中の地下フロアを訪れても、もう夏目さんに会うことはできないのだ。そう思ったら、急に周囲の音が消えた。さっきまで聞こえていたはずの噴水の音も、木々が大きく揺れているそのざわめきも、全てが消えた無音の中に僕はいた。

ジーンズの尻《しり》ポケットで、スマートフォンが震えている。きっと仕事が溜《た》まってるんだろう。帰らなきゃ。稲妻みたいなジグザグの橋を、夏目さんが去ったのとは反対に歩きだした。橋を渡りきり、木々の繁る遊歩道を抜けると、十字路に出た。右に行けば吉祥寺駅だと行先表示が指している。

だけど、その十字路の真ん中で、僕の足は止まってしまった。もう漫画は描かないのですか。なんで、あんなこと訊いたんだろう。あんなことを訊かなければ、夏目さんはあの真夜中の地下一階から、住み慣れたこの街から、出て行かなくても良かったのに。僕はどうして、あんなことを訊いてしまったんだろう。僕はなんで……

自分を激しく責めたくなった時、ふっと気づいた。僕が夏目さんにあんなことを訊いたのは、もう漫画は描かないのですかと訊いたのは、それは――

答えがはっきり分かった瞬間、僕は叫んでいた。

「こんな最終回、僕は嫌だ！」

ダッと稲妻橋へと駆け戻った。橋を駆け抜け、一緒に歩いてきた道を、夏目さんの姿を探して走る。今ならまだ間に合うはずだ。いつの間にか日が落ちてしまった公園を、夏目さんの名を呼びながら僕は走った。こんな最終回じゃダメなんだ。直木ナツメという漫画家の、これが最終回なんて、そんなの絶対ダメなんだ！　心で繰り返しながら、全力で走る。そして、僕はやっと、井の頭公園駅が見える遊歩道に夏目さんの背中を見つけた。

「待って下さい、夏目さん！」

夏目さんが振り返って、苦しそうな顔で僕を見た。息が切れて言葉が出ない僕に、夏目さんは静かに首を振った。もう何も言わなくていいと言っているように見えた。

蒔田の言葉がふと頭をよぎった。誰かさんは、動物の毛アレルギーのくせに犬や猫を拾ってしまう人だから。可哀そう、だけで抱き上げちゃいけないの。飼えないなら、見つけても、気づかない振りをして、通り過ぎなきゃなんないの。眞坂さんは、そんなことも分かんないから。だから、俺が判断しないといけないんだ。それが抱き上げていいワンコかどうか。

分かってるよ、蒔田。お前はあの日、資源ゴミの中に夏目さんの原稿を探してたんだ。

失敗して捨ててしまったネームでもキャラデザでも何でもいい。お前は夏目さんにプロとしての作品を再び描ける可能性があるのか、もう諦めるべきなのか、それを確かめようとしてたんだろう？　僕が間違って、諦めなきゃならない人の背中を押してしまわないよう。その人を今よりもっと、苦しめてしまわないよう。

「神邉さんに会いました」

まだ上がっている息で、ヒリつく喉《のど》で、僕は話し始める。大切なことを伝えるために。

「夏目さんの……直木ナツメ先生のことを聞きました。神邉さんが最後に直木先生に会った時、先生にこう訊かれたとおっしゃってました。僕はまた描けますか。僕はまだ漫画家ですか」

夏目さんが目を伏せる。伝えたいことがいくつもあるのに、何から言えばいいのか分からなかった。うまく言葉にできないもどかしさばかりが全身を駆け巡る。それでも伝えなければ。めちゃくちゃでも、何言ってるか分からなくても、とにかく伝えなければ。

「僕は神邉さんみたいなものすごい編集者じゃありません！　ウルトラメガヒットなんてもちろん出したこともないし、堂々とヒット作と言えるような実績さえ、まだないです……だから、そんな僕が、漫画編集者の神様が答えられなかった難問の答えを出そうなんておこがましいのかもしれない。だけど」

いつしか叫んでいた。叫ばずにはいられなかった。

「僕はまだ漫画家ですか。その問いの僕の答えです。夏目さんは漫画家です。その言葉に囚《とら》われていたとしても、支えられていたとしても、どちらであろうと、次回作にご期待くださいという言葉に特別な思いを抱く夏目さんは漫画家です。若い才能に嫉妬して、誰かのアイデアノートを手にすることができなかった夏目さんも、紛れもなく漫画家です。あなたは、二十年という長い長いスランプに陥って、それでも描きたいともがいている、漫画家にしか僕には見えません！」

僕が叫んでいる間、夏目さんはずっと怒った顔で僕を見ていた。力いっぱい歯を食いしばったような顔をして僕を睨《にら》んでいた。それが今にも泣きだしそうなのを必死に堪《こら》えている子供の顔によく似ていると気がついたのは、「一緒に」と叫んだ後だった。

「一緒に、直木ナツメの新作を創らせてください！」

どうして……。声を詰まらせた夏目さんの元へ、僕はゆっくりと歩きだす。そして、互いが手を伸ばせば届くところまでたどり着いてから、照れくさい告白を始める。

「僕は子供の頃、発売日より半日早く店に並べる本屋があるという噂を聞いて、二時間半もチャリをこいで遠くの町まで週刊少年トップを買いに行ったことがあります。『無限大少女アスカ』を誰より早く読みたくて」

話しながら、僕の胸には子供の頃のあのワクワクが蘇《よみがえ》っていた。君は将来、漫画編集者になるんだよ。タイムリープしてあの頃の僕に教えてあげたら、小学生の僕は何て言うだろう。きっと、目を輝かせてこう言うはずだ。じゃあ一番に直木ナツメの漫画が読めるかな、すげー！

「だから答えはひとつ。読みたいからです。一人の漫画好きとして、直木ナツメの新作をめちゃくちゃ読みたいです」

　そうだ。僕が夏目さんに「もう漫画は描かないのですか」と訊《き》いた理由はたったひとつ。読みたいからに決まってる。あれは質問なんかじゃなく、本当はお願いだったんだ。また漫画を描いて読ませてくださいという、一人の読者としての願い。

「それに、一人の漫画編集者としても、僕は直木ナツメ作品を、たくさんの読者に届けたいです。だから、夏目さんが神邉さんにぶつけたもうひとつの問い……直木ナツメはまた描けますかの僕の答えは――――」

　僕は夏目さんに新しい呪文をかける。

「描けます。絶対にまた、新しい次の世界を」

　蒔田のふてくされた顔が浮かんだ。大丈夫だよ、蒔田。僕は同情なんかで言ってしまったわけじゃない。いい加減な気持ちで手を差し伸べたわけじゃないんだ。だってそうだろ。〝面白い〟だけが僕らの正義だ。言ったからには絶対に、直木ナツメに新作を描かせてみせる。それも、『アスカ』以上のヒット作を。頑張るからさ。それならいいだろ？

「それでも、もし夏目さんが、直木ナツメは前世だと頑固に言い張るのなら……またイチから始めればいいじゃないですか。ちょうど、長期連載部門なんて新人賞をぶち上げたところで……月刊ゼロはいつだって、新たな才能との出会いを求めていますから」

ずいぶんくたびれた新人ですが、と夏目さんが笑い、僕も笑った。気持ちいい風が吹き抜けていく。僕たちは、すっかり暮れてしまった公園を並んで歩きだした。真っすぐに前を見たまま僕は言う。こんなところじゃ何ですから、どこか喫茶店にでも入りませんか。珈琲《コーヒー》でも飲みながら、次回作の話でもいたしましょう。

遺言執行人

CRY

決めた。自分に宣言するように呟《つぶや》いて、僕は席を立った。決意が鈍らないうちに言ってしまおうと、歩きだすと同時にデスクでネームとにらめっこしている背中に声をかける。

「蒔田、ちょっと来てくれる？　話があるんだけど」

「あ、やっぱりバレちゃった？」

蒔田が椅子ごと振り返る。と思ったら、勢いでくるりと元の位置に戻ってしまった。

「お前今度は何をした！」

蒔田の椅子の背をグイッと回して、こっちを向かせた。社内の女子たちに「無駄にイケメン」と言われている彫りの深い顔が、叱られた子供みたいな目をして僕を見上げる。

「俺じゃないよ。って、まだバレてなかったんだ。なら良かった」

「なら良かった、じゃないよ。お前じゃないってことは……」

「うん。昨夜《ゆうべ》、また先生が」

言いながら、スマートフォンを軽快に突っついて、蒔田が「ほら」と差し出してきた。大きく肩でため息をつきながら、受け取って画面を見る。思った通り、表示されていたのは田島工務店先生のＳＮＳだった。

田島工務店先生は、月刊ゼロで連載している漫画家いちのトラブルメーカーだ。二十一世紀型のコミュニケーション能力なんて欠片《かけら》も持っていないだろう五十代のオッサン、しかも被害者意識の塊みたいな人なのに、女子高生並みにＳＮＳにハマってて、絡んできた読者とネット上でケンカになるわ、担当編集者や編集部に対する不平不満は全てＳＮＳでぶちまけるわで、これまで何度も問題を起こしている。先月にも、連載作品の打ち切りを恨んで、この僕への殺害予告を書き込んだばかりだ。

だから、今さら田島工務店先生が何をしようが、さすがにもう慣れっこのつもりでいた。いつものように「あのオッサン、本当もういい加減にしてほしいよね」と愚痴った後に、担当編集者である蒔田に監督不行き届きを注意して、ハイ終わり、のはずだった。

『今日発売の月刊ゼロで、にんけん！だものが最終回を迎えた。聖や黄桜や忍び組のみんなは、打ち切りを決めた編集長の眞坂崇に殺されたも同然だ。あの死神め！』

死神。目の前に現れたその二文字に、体中の力が抜けた。言っておくが、僕が『にんけん！だもの』の打ち切りを決めたのは、先生が描けずに休載が続いていたからだ。僕はむしろ、終わりになんてしたくなかった。だって、雑誌の読者アンケートやコミックスの売り上げは決して悪くなかったし、連載が始まった当初、ファンの間では田島工務店最高傑作と評されていたほどで、これはアニメ化もあるかも……なんて内心、期待していたのだから。

なのに、先生がスランプに陥って、その泥沼から抜け出せないままズルズルと休載が続くようになってしまった。もちろん、僕も蒔田もただ手をこまねいていたわけじゃない。新キャラの投入など、あらゆる手を打った。それでもダメだった。だから僕は、ここで『にんけん!』には終止符を打って、心機一転、新たな作品に取り組むことでスランプを脱してほしいと苦渋の決断をしたというのに。

「……死神って何？　雑誌に何を載せるか、載せないか。それを決めるのは確かに、編集長であるこの僕だ。だけど当然、好き嫌いや気分で決めてるわけじゃない。その続きを読者が求めてくれるか否か。求められなくなったら終わるしかない。それが連載漫画の宿命なんだからさ。だからもし、漫画作品やその中に生きるキャラクターたちの寿命を支配する死神なんてものがいるとしたら、その死神は編集長なんかじゃない。読者だ！　そうだろ？」

思いを一気に吐き出した。でも、スッキリするどころか、疲労が倍になっただけだった。

「うん。『にんけん!』に関しては、本当はまだ生きられたよね。終わってしまったのは、先生が描けなくなったせい。本当はそんなこと、田島工務店先生だって分かってるんだよ。分かっていても、こんなバカなことやっちゃうのが、あのオッサンの困ったところなんだよね。終わっちゃったのは眞坂さんのせいじゃない。先生と俺のせい」

いつになく真面目な目をして蒔田が言ったものだから、また思い出してしまった。

『にんけん!・だもの』の打ち切りを田島工務店先生に告げに行く日、「俺のせいかな」と蒔田に訊《き》かれて、僕は「かもな」と答えたのだ。

〝面白い〟を生み出すことしか頭になく、そのせいでトラブルばかり起こす蒔田は、これまで何度も担当する漫画家に逃げられてきた。それでも、なかには蒔田がいいと言う漫画家もいて、それは決まって、蒔田と同じくらい真剣に〝面白い〟を追い求めている人たちだ。

田島工務店先生も、その一人だと思っていた。だからこそ、僕は蒔田と田島工務店先生を組ませたのだ。作品のクオリティを見る限り、その選択は間違ってなかったはずだし、先生だってSNSで蒔田への文句を書き連ねたりはしていても、なんだかんだ上手《うま》くいっているように見えていた。なのに、『にんけん！だもの』は失速し、やがて完全に停止した。

僕がその原因に気づいたのは、打ち切りを決めた後だった。田島工務店先生も蒔田も、大人げないトラブルメーカーではあるけれど、漫画へのこだわりや情熱は持ちすぎるほどに持っている。そんな二人が組んだことで、きっと知らず知らず目標を高めてしまったのだ。特に田島工務店先生は、漫画に関して絶対に嘘もおべっかも言えない蒔田をウンと言わせたくて、面白いと言わせたくて、超えるべきハードルをこれまでになく上げてしまった。その高い障壁を前に、走りだせなくなったんじゃないだろうか。

そんな僕の推測を聞いた蒔田は、「なら、どうすりゃ良かったのさ」と怒っているのか泣きそうなのか分からない声で問いをぶつけてきたのだ。僕は正解を差し出せなかった。今もまだ、その答えが分からない。もっと緩く、気軽な気持ちで漫画を創れなんて、この男には一番無理な話だし、僕もコイツにそうなってほしいだなんて思わない。

「で、田島工務店先生の件じゃなかったら、眞坂さんの話って何なの？」

蒔田に訊かれて思い出し、さらに気が重くなった。

「ここじゃ何だし、打ち合わせ室まで来てくれる？」

「なんで？　誰もいないのに？」

言われてやっと気がついた。見回すと、編集部の中には僕と蒔田しかいなかった。蒔田の机上に置かれたデジタル時計の文字を見る。午前十一時四十八分。徹夜仕事も珍しくないし、日頃から出社時間もバラついている職場だけど、こんな時間に誰もいないとは。日頃から舐《な》められっぱなしのこの僕も、さすがに黙っていられなかった。

「なんでまだ誰も来てないんだよ。みんなちょっとたるみすぎじゃない？」

はあ……と蒔田がため息をついてみせた。なんだか芝居がかったその態度にムッとした。

「今日、土曜だよ。ここにいるのは昨日から帰ってない眞坂さんと俺だけなの」

ぅああ、と頭を抱えた。漫画家さんたちと交わす契約書のチェックとか、早く経理に出さないと期限切れになりそうな領収書の束とか、急ぎじゃないからと先送りしまくっていたメールの返信とか、校了に追われて溜《た》まりに溜まっていた諸々《もろもろ》の雑務を片付けているうちに、時間も曜日も日付も何も、ワケが分からなくなっていた。そうか、今日はもう土曜日で、会社は休みか。それなら誰もいなくて当然だ。なんだか情けなくなって、蒔田の隣の席の椅子を引き、今にも抜けそうな腰を落とした。視線を巡らすと、二人だけの月刊ゼロ編集部はがらんと広く、そしてなぜだか色褪《いろあ》せて見えた。

僕らが働くエイジーナム出版は、創業からずっと漫画しか創っていないこぢんまりとした出版社だ。定期的に出しているのは、紙の雑誌が七誌にウェブマガジン。一番最後に創刊された、いわば末っ子が月刊ゼロになる。少年誌や青年誌、少女誌という風に年齢や性別を限定しない新しい漫画誌をめざしただけあって、読者の年齢層は他誌に比べて幅広く、男女比も半々。世間では、ユニセックス誌なんて呼ばれたりもしている。

僕がこの雑誌の編集長となって四年。メンバーは蒔田をはじめ困ったヤツらばっかりで、創刊時は正直、こんなメンツでやっていける自信なんて微塵《みじん》もなかった。それでもようやく、初のアニメ化も出せて、少しだけ明るい兆しが見えてきたところだ。まあ、雑誌の知名度はまだまだ低いし、課題は山積みではあるけれど。

「で、話って何？」

蒔田が僕の方を向いて、膝《ひざ》を揃えた。口を尖《とが》らせて俯《うつむ》いている。叱られる用意だ。でも、今日の僕の話はお説教じゃなかった。決めた。もう一度、自分に言い聞かせ、僕は心にしがみついてる迷いを振り切った。

「夏目さんの……直木ナツメ先生の担当だけど、お前がやって」

蒔田がくっきりと大きな目をさらに大きく見開いて僕を見た。

「なんで?」

「なんでって、お前が適任かなと思っただけだけど」

僕を見る真っ黒な瞳《ひとみ》にカッと怒りが点《とも》った。分かってる。蒔田が訊いているのは、誰が適任とか、そんなことじゃない。

直木ナツメは、僕が人生で初めて夢中になった、漫画編集者である僕の原点とも言える漫画『無限大少女アスカ』を描いた人だ。だけど、直木先生は二十年前に最終回を迎えた『アスカ』以降、新たな作品を発表することなく、漫画界から消えてしまっていた。僕はある出来事をきっかけに、その直木先生と出会った。と言うより、このビルの夜間警備員である夏目さんが、直木先生だと気づいたのだ。

もう漫画は描かないのですか。そう訊いた僕に、夏目さんは自分はもう漫画家ではないと答え、僕の前から姿を消そうとした。新作を描けないまま、二十年もの長い年月を、それでも諦《あきら》めきれずに苦しんできたけれど、これでようやく終わりにできそうだと言い残して。僕はそんな夏目さんを追いかけ、一緒に直木ナツメの次回作を創らせてほしいと叫んだのだ。

「眞坂さんがやればいいじゃん」

「そういうわけにはいかないんだよ」

「何で?　編集長だから?」

「そういうこと」

六年前に創刊編集長の話をもらった時、僕は即座に断った。理由はたったひとつ。このエイジーナム出版では、編集長は一誌を預かる管理者としての職務を完璧《かんぺき》にこなさない限り、直接担当作品を持つことを禁じられている。僕だって男だし、いずれは長として理想の漫画雑誌を追求してみたいという気持ちを全く持ってなかったと言えば、それは嘘になる。

だけど僕には、自分がヒットさせたと胸を張って言えるような、漫画編集者としての実績がひとつもなかった。だから、その場で辞退した。漫画の世界でホームランを放つことを夢見て漫画編集者になったのに、それが叶《かな》わないうちに、監督になんかなりたくなかった。

なのに、何の因果か、と言うか、目の前にいるこの男のせいで、僕は創刊編集長を引き受ける羽目になってしまった。以来、直接自分で手掛けた担当作品は一作もない。この間、エイジーナム全八誌の編集長会議が行われたばかりだけれど、直接の担当を持つことが許されるとしたら、その会議で告げられた数字や目標をクリアした上で。あるいは、クリアしてみせると決意表明した上で、になるだろう。でもそんなの、そう簡単じゃあないわけで……。

「眞坂さんはそれでいいの？」

じゃあよろしくと腰を上げた後、蒔田の問いに引き止められた。面白くなさそうな顔だ。いいも悪いも仕方ないだろ。そう言いかけた時だった。けたたましく電話が鳴った。

電話の音は、たぶんいつもと変わらない。ひときわ大きく聞こえたのは、二人しかいないフロアの静けさのせいだ。

点滅しているボタンを見る。電話は、編集部があるフロアのセキュリティゲート前からだった。来客らしい。土曜だし、僕と蒔田しかいないのに？　軽く首を捻《ひね》りながら、電話に手を伸ばす。

「はい、月刊ゼロ編集部です」

訝《いぶか》しみながら受話器を上げて応答した。すると、オペラでも歌うみたいな甲高い女性の声が耳に飛び込んできた。

「救済《きゅうさい》の泉《いずみ》から参りました」

「わたくしどもは救済の天使でございます」

「蒔田了さん、いらっしゃいます？」

天使？　なんて言っちゃいるが、声はしっかりオバサンだ。救済の泉？　束の間、考え込んでギョッとした。その名称には聞き覚えがあった。確か、洗脳だとか詐欺だとかで騒がれている新興宗教団体だ。そのカルトが蒔田をご指名ってどういうことだ。

「蒔田！」

慌てふためいていたせいで保留ボタンも押さずに言いかけて、慌てて送話口を手で塞《ふさ》いだ。

「ヤバイ教団がお前を訪ねてきてるんだけど！」

落ち着けと自分に言い聞かせ、蒔田の返事も待たずに「少々お待ちください」と早口で告げて保留にする。それだけでもう、背中にじんわり変な汗が滲《にじ》んでいた。なのに蒔田は一瞬ポカンとした顔をして、「あー、忘れてた」と言ったついでにあくびまでしやがった。

「忘れてた？　ってまさか、お前が呼んだの？」

「うん。漫画家さんとさ、新たに立ちはだかる敵に謎の教団はどうかなって話してて。そしたらちょうど、その打ち合わせの帰りに、あなたにも神の救済を〜って駅前で声かけられちゃったんだよね。だから、じっくり話を聞かせてよって頼んだの」

「バカ！　騒ぎになってる集団だぞ。それに、なんで会社を教えてんだよ！」

「だって、ここが俺んちみたいなもんじゃん。もうさ、会社の入口に表札掛けちゃおうかと思ってんだ。蒔田って。住民票も移せたら楽なんだけど、総務課に訊《き》いたらダメって言われちゃったんだよね。総務ってさ、なんか話が通じない人多くない？」

呆《あき》れてモノも言えなかった。なのに蒔田は、手首のゴムを取って肩まで伸びたボサボサの髪をキリッと縛り上げると、やけに気取った顔を僕に向けてきた。

「でも、困ったな。俺、これから持ち込みの予定、入ってんだよね」

気取った顔の理由が分かった。

「あ、例のお前ご指名の持ち込みってやつ？」

「そうそう。俺ご指名の。田島工務店先生の『にんけん！だもの』が大好きで、その担当さんに見ていただきたいんですう、だってさ」

困っちゃうよね、なんてボヤキながら、鼻の穴はどうだとばかりに膨らんでいる。

漫画編集部には毎日のように、漫画家をめざす人たちから電話がかかってくる。原稿持ち込みの申し込みだ。もちろん、漫画家になるには新人賞という入口もあるのだけど、そこに応募する時点ですでに、担当編集者からの添削やアドバイスを経ているケースも珍しくない。小説では持ち込みを受け入れている出版社は現在ほとんどなく、小説家になる入口は各社主催のコンクールにほぼ限られる。だけど漫画界では、原稿持ち込みという昔からのやり方が廃れることなく現在も続いているのだ。

持ち込みは基本、その電話を受けた編集者が対応する。すでに多くの作家を抱える中堅以上が受けた場合は、若手に回すこともある。特に決まりがあるわけじゃないけれど、月刊ゼロではなんとなく、そんな感じで回ってる。まあ、ひとつだけ、決まりがあるにはあるのだけれど……。

今日、蒔田が見る予定になっている持ち込みは、社内の女子から姫系男子と言われているパンダくんこと半田くんが電話を取った。契約社員のパンダくんは、とにかく一日も早く担当作品を立ち上げて実績を作らなければ正社員になれない、いわば見習いの身だ。そんな見習い編集者がいきなり人気漫画家にアタックしても、新たに仕事を受けてもらえる可能性なんて限りなくゼロに等しい。何しろ漫画界では、それはもう熾烈《しれつ》な描き手の争奪戦が繰り広げられている。五年後どころか十年後に描いてもらうために、せっせと人気漫画家の元に詣《もう》でても、それすら叶わないことがほとんどだ。

それは漫画が、連載というかたちで創られることが主だからだろう。連載漫画というものは大抵、尺を決めずにスタートを切る。そして、人気があればいつまでも続いていく。ぜひとも描いてほしい先生の連載は、大体がなかなか終わらないものなのだ。それに、漫画創りにかかる労力はそりゃあもう大変なもので、むやみな連載の掛け持ちは、漫画家側も編集側もできれば避けて通りたい。余裕でどちらもこなせるならばウィンウィンの万々歳だけれど、自分のキャパを超えた掛け持ちをして、どちらの作品もひどい結果に終わった漫画家を僕は何人も見てきた。

だから、新人漫画編集者は人気作家に無謀なアタックをするよりも、自分と同じ新人と一緒にデビューをめざし、連載をめざし……とコツコツ、二人三脚で成長していくことになる。僕も漫画編集者になりたての頃は、すでに安定している連載の担当を引き継いで場数《ばかず》を踏ませてもらいながら、新人さんと組んで少しずつ実績を積み上げてきた。

だから、その電話を受けたパンダくんも、持ち込みキターッ！と前のめりで希望日時を訊《たず》ねたそうだ。でも、電話の主は日時ではなく、担当してほしい編集者名を告げてきた。しかもそれが、よりによって蒔田だった。

「あの、蒔田さん……持ち込み希望者が、蒔田さんに見てほしいって言ってるんですけど！」

パンダくんが泡食った声で叫ぶと、皆が一斉に「えぇッ」と仰天の声をあげた。すぐに副編集長の矢代くんが「ダメダメ、蒔田さんだけは絶対にダメ」と両手で×を作って勢いよく掲げ、他のみんなも続々、決して蒔田に電話を繋《つな》ぐなと大慌てで止めにかかった。漫画家志望の卵ちゃん相手にだって、とことん〝面白い〟を追求しようとする蒔田は、持ち込み対応でも何度も問題を起こしてきた。だから月刊ゼロ創刊時、僕と編集部員全員（※蒔田を除く）が一致団結して、蒔田を持ち込み対応から外したのだ。持ち込みに関する月刊ゼロの唯一の決まりごとが、そう、これだ。蒔田に持ち込み対応をさせるべからず。

なのに蒔田は「俺に見てほしいなんて、これは期待の新人ついに現るって感じだね」と、皆が止めるのも無視して電話に出てしまった。その蒔田ご指名の持ち込みが、今日これから来ると言う。

「というわけだからさ。救済の泉からやって来たエンジェルさんの話は、眞坂さんが聞いといてよ」

「はあ⁉」

冗談じゃない。と言おうとした僕の鼻先で、蒔田が「んじゃ、よろしくね」と魔法少女の杖《つえ》みたいにくるりと赤ペンをひと振りした。その魔法の杖をガッシとわし摑《づか》んで、「いい加減にしろ！」と言った時だった。巨人が咳《せき》をしたような、大きな音がフロアに響いた。振り返るとファックスが一枚、吐き出されたところだった。

「あ、ファックスだ。何だろう。誰かのネームかな」

蒔田がそそくさとコピー機へ急ぐ。

「そんなこと言って、逃げる気だろ。知らないからな。救済オバサンたちはお前がどうにかしろよ。お前を救いに来てくれたんだからな。蒔田ッ、聞いてんの」

予想に反して、届いたばかりのファックスを手に取った蒔田は、逃げるどころかそのまま動かなくなった。横顔が、いつものアホ面じゃない。異変を感じて「蒔田？」と声をかけたのと、蒔田が僕を呼ぶ声が被《かぶ》った。

嫌な予感を連れて蒔田の傍まで歩き、Ａ４の紙を受け取った。途端に、紙面の中心の描き文字が目に飛び込んできた。

描き文字は、漫画の表現手法のひとつだ。視覚表現しかできない漫画では、音などの視覚以外で感じるものをデザインした文字で伝えている。バンッとか、ヒュンッとか、ザワザワ……なんて描かれているあれだ。そんな漫画の描き文字のような字でそこに綴《つづ》られていたのは、たった三行の奇妙なメッセージだった。


死神が攫《さら》われた。

みんな、いやしい慾張《よくば》りばかり。

ヒビノナナは悪人です。


三度、繰り返し目を通してから蒔田を見た。

「これって……」

いつだってふざけてるとしか思えない男が、マジな顔で口を開く。

「うん、告発文だね」

やっぱりそうか。書かれている文章にはなんとなく覚えがあった。

「このフレーズって……」

「元は、太宰治《だざいおさむ》の遺書に書かれてたっていう『みんな、いやしい慾張りばかり。井伏《いぶせ》さんは悪人です』だと思う。太宰の評伝で読んだことある」

そうだ。たしか文豪モノを企画していた宮瀬優佳から「コレちょっと面白いですよ」と勧められて、パラパラめくってみた本にそんなことが書いてあった。

「みんな、いやしい慾張りばかり。井伏さんは悪人です。この謎めいた言葉は、太宰が師である井伏鱒二《ますじ》の盗作を告発したものだ、って書かれてた」

蒔田の言葉で、告発文の主張がくっきりと浮かび上がった。ヒビノナナは、月刊ゼロで半年前から連載している新人漫画家だ。つい先日、コミックス第一巻が出たばかりで、蒔田が担当している。そのヒビノナナへの盗作疑惑だ。

「死神が攫われた、か」

僕が呟《つぶや》いた一行目のフレーズは、太宰の遺書からの借り物じゃない。

ヒビノナナの作品『遺言執行人《ゆいごんしっこうにん》ＣＲＹ《クライ》』は、同じ世界観と主人公でいくつもの完結したストーリーが繋がっていく、短編連作形式のダークファンタジーだ。主人公は、銀行の遺言信託課に勤める冴《さ》えない銀行員・倉井《くらい》。しかし、実はその正体は、落ちこぼれの遺言執行人である死神ＣＲＹだ。攫われた死神というのは、この『遺言執行人ＣＲＹ』という作品が盗まれたものであると言いたいのだろう。

「蒔田。ヒビノさんと会う約束、前倒ししてくれる？　できるだけ早く」

ヒビノナナとは近々会って話さなきゃいけないと思っていた。その機会をセッティングしてくれるよう、蒔田に頼んでいたところだ。だけど、これは急いだ方が良さそうだ。それにしても……と、三行の描き文字に再び目を落とした。この告発文はなんだか奇妙だ。

盗作の告発自体は、実はそれほど珍しいものじゃない。しょっちゅうとまでは言わないが、年に数回はあると思う。「あれは盗作だ」という類《たぐい》の電話。詳細を訊《き》いてみると、自分のコンクール応募作とよく似ている、きっと審査の過程で盗まれたに違いないとか、同人誌で発表した自分の作品と酷似しているなどと言う。でも、その応募作や同人誌を疑惑の作品と比べてみると、とても酷似と言えるようなレベルじゃなく、例えば主人公が屋上から叫ぶのが一致しているとか、登場人物の姓や名のどちらかが一緒とか、その程度のことだったりが、まあ、ほとんどだ。

これはこの作品ならではのオリジナリティであり、特別な、今までにない新しいアイデアだという部分で重なって初めて、盗作疑惑を抱くべきなのだが、それを理解していない人は意外と多いのだ。こういった人には、できるだけ丁寧に盗作の定義を説明して、理解してもらうよう努めている。

「なあ蒔田、この告発文おかしくないか」

「うん、奇妙だね」

「告発ならなぜ、盗用元に触れてないんだ」

漫画編集部では決して珍しいわけじゃない、盗作の告発。だけど、盗まれたと言うのなら、どこから盗まれたのか、盗用元や種本を示すべきだし、これまでに僕が対応した盗作騒ぎは全て、その盗用元とされるものと疑惑を持たれている作品を突き合わせた上で、盗作かそうでないかを判断してきた。なのに、この謎めいた告発ファックスはなぜか、その盗用元に一言も触れていないのだ。

とにかく、早くヒビノナナに会って確かめないと。胸の中には急速に、黒々とした不安が広がり始めていた。

「今日会えるようなら、今日呼んでくれる？　この告発もだけど、ヒビノさんには例の件も、早く話しておきたいからさ」

蒔田が黙って、目を伏せるようにして頷《うなず》く。この告発がなかったとしても、僕はヒビノナナに会って、話さなくてはならないことがあった。そして、言葉には出さなかったけれど、もしかしたらその話とこの告発は、元をたどれば同じひとつの点に行き着くような気がしていた。たぶん、蒔田も同じはずだ。

それにしても……と、手にした紙を再び見つめる。この告発者は誰なんだろう。死神

ＣＲＹは一体、誰の元から攫われたと言うのだろう。

結局、救済の泉から蒔田を救いにやって来た推定平均年齢六十歳の三人の天使たちに対応したのは僕だった。社内に招き入れるわけにもいかないから、近くのファミレスまでお連れして、蒔田も僕も入信する気はないと繰り返すことウン十回。やっと解放してもらえたのは、入店から二時間も経ってからだった。

「お疲れ。よく頑張った」

編集部に戻るエレベータの中で、鏡に映る自分を労《ねぎら》った。昨日から家にも帰らず働きづめなのもあるだろうけど、二時間前より目が落ち窪《くぼ》み、一気に老け込んで見えるのは、絶対に気のせいじゃない。

「蒔田のヤツも田島工務店先生も、どうすりゃこんなに毎度毎度、問題を起こせるんだ。あー、もうアイツの顔なんか見たくもない」

ボヤき終えたタイミングでエレベータの扉が開くと、その見たくない顔がいた。ゲッと思った直後、その顔と話す制服の後ろ姿にあれっと言いかけた。腰近くまである長い黒髪。ヒビノさん、さっそく来てくれたのか。と思ったら、その背中が振り返った。ヒビノナナとは別人の、眼鏡をかけた生真面目そうな女の子が、僕と入れ替わりエレベータに乗り込む。

「んじゃ」

蒔田がひょいと手を上げると、エレベータのドアが閉まった。

「今の子がお前ご指名の？」

訊きながら、蒔田と並んで編集部へ歩きだす。

「うん、星野梨花《ほしのりか》。高二だって」

「へえ。で、持ち込み原稿どうだった」

蒔田がうーん、と唸《うな》って黙り込んだ。編集部の自分のデスクまでたどり着いて、ようやく口を開く。

「まだ分かんない。分かったら、ちゃんと眞坂さんに言うよ」

その台詞《せりふ》に少しばかり驚いた。分からない、なんてこの男から聞くのは初めてかもしれない。蒔田は何考えてるのかまるで分からない男だけど、漫画を見る目だけは確かだ。描き手の長所短所、何ができて何ができない、どんな思想や思考を持ち、どんなジャンルや物語がバシッとハマるか。蒔田の読みは、僕が知る限りいつだって当たってる。分からないってどういうことだろう。ピンとこない、つまり合わないということか。

「珍しいね、蒔田がそんなこと言うの。あんまり乗り気じゃないなら、その星野梨花さんの担当、他の誰かに代わってもらってもいいけど」

「ううん、俺がやる。それより眞坂さん、さっきのファックス、もう一度見せてくれる？」

デスクの引き出しに仕舞っておいた例の告発文を出して、蒔田に渡した。ところが受け取った蒔田は、一瞥《いちべつ》しただけですぐに僕に突き返してきた。

「ファックスってよく、上のところに送信元の番号や送信日時が印字されてるでしょ」

ああ、そう言われれば。改めて告発文を見た。だけど、それらしいものはどこにも見当たらなかった。

「送信元が、印字しないよう設定してるんだと思う。でも、こうやって」

告発文が送られてきたコピー機の前に立ち、蒔田が何やら両手の人差し指でパネルを突《つつ》き始める。その手が止まった直後、一枚のコピー用紙がトレイに流れてきた。蒔田が差し出したその紙は、送受信されたファックス番号のリストだった。

「通信管理レポートを見れば、分かっちゃうんだよね」

なるほど。送受信日時を確認し、この告発文が届いた時刻の右へ指を滑らせる。指の先にあった番号は、都内の市外局番０３から始まっていた。

「で、番号検索をかければ……」

蒔田はすでにスマートフォンを手に、ついさっき割り出したばかりの番号の所有者特定にかかっていた。

「やっぱりコンビニ。東中野《ひがしなかの》だってさ」

突き出してきたスマホを取って画面を見た。そこにはコンビニチェーン大手の名前が表示されている。告発文は、その東中野駅前と店名にある店から送信されていた。

コンビニかー、とつい唸った。コンビニエンスストアなら監視カメラに告発者の姿も映っているに違いない。だけど……。

「監視カメラの画像なんて、警察でもなければ見せてもらえないよな」

「まあ頼んでも無理だろうね」

蒔田が肩をすくめてみせた。告発者にたどり着くことができないなら、やっぱりヒビノナナに直接確かめるしか、今のところ手立てはなさそうだ。

「セブンとは、四時に西新宿《にししんじゅく》でアポ取ったから」

僕の心を読んだみたいに蒔田が言った。

「セブン？　ああ、名前がナナだから？」

「うん。名前がナナだから」

蒔田の顔を見た。平気そうにしているけれど、その目はいつもの好奇心を欠片《かけら》も宿していなかった。謎めいた告発文が届いたのだ。本来の蒔田なら、さっそく探偵気取りで調査を始めているはずだ。だけど、漫画編集者は担当作家と一蓮托生《いちれんたくしょう》。特にエイジーナム出版では、コミックスの奥付――巻末に著者や発行者名、出版年月日などが記されたページ――に担当編集者名も併記される。作品の成功も失敗も、作家にとっての天国も地獄も、編集者は共にあれと、鳥飼部長がそう決めたのだ。もし、万が一、告発通りヒビノナナの『遺言執行人ＣＲＹ』が盗作だったとしたら。担当編集者である蒔田は、知らなかったじゃ済まされない。それは、その作品の掲載誌の責任者である僕も同じだ。絶対に、あってはならないことなのだ。連載してきた作品が、盗作だった、なんてことは。

「蒔田。この件はさ、ちゃんとカタがつくまで僕らの他には漏れないようにしたいんだけど」

「うん。俺たちだけの秘密にしといた方がいいかもね」

「じゃあ、二人だけの秘密ということで」

「指切りしとく？」

「いや、やめとく」と言うのが一瞬遅れた。あっと思った時にはすでに、蒔田の手が僕の腕を摑《つか》んで、指切りげんまんさせられていた。と、ガタッという音がした。反射的に編集部の入口を見る。

「最悪だ」

慌てて蒔田の指を振り払った。が、すでに遅かった。タイムカードが置かれたカウンターから半分だけ、覗《のぞ》いていたのは藤丸紗月の顔だった。藤丸は僕らの五つ下になる月刊ゼロの編集部員で、社内の男をもれなくＢＬ視すると公言している完全腐女子だ。いつも社内の男たちを観察しては、あらぬ妄想を炸裂《さくれつ》させている。

「違うから……じゃなくて藤丸、どっから聞いてた！」

藤丸が、真っ赤に上気した顔でカウンターの陰から姿を現す。

「ごめんなさい。核心部分、聞いちゃいました」

あーあ。さっそく秘密が漏れてしまったか。蒔田と苦い顔を見合わせる。

「俺たちだけの二人だけの秘密……って、二人で一体何してたんですかあ」

藤丸は一人キャッキャと興奮したかと思うと、「今日もごちそうさまでした」と両手を合わせてみせた。再び蒔田と顔を見合わせ、ぷっと小さく噴き出す。良かった、どうやら本当の核心部分は何も聞かれてなかったようだ。楽し気に弾むような足取りで自分の席へ向かう藤丸に、僕らはホッと胸を撫《な》で下ろした。

そんな藤丸を皮切りに、副編の矢代くんや、委員長こと宮瀬優佳、パンダくんまで、月刊ゼロの面々が次々に出社してきて、午後の編集部はいつもの賑《にぎ》やかさを取り戻した。世間様並みに週に二日は休ませてやりたいもんだ、と彼らの顔を見て思う。けれど、漫画編集者というのはとにかく仕事に追われてばかりで、なかなかそうも言ってられない。

打ち合わせ。ヒビノさん。西新宿。と予定表のボードに書き込んで、僕と蒔田が編集部を出たのは午後三時半を回った頃だった。新宿の東の端にあるエイジーナム出版から、待ち合わせ場所の西新宿のホテルのカフェまでは、歩くと三十分近くかかる。どうせなら、もっと近くで待ち合わせてくれたら良かったのに。なんて気が利かないんだと心で愚痴りながら、その気が利かない男と並んで新宿駅方面へ歩く。

「あ、デパート寄ってってていい？　今、上で大九州物産展やってんの」

駅ビルを抜ける途中で突然、蒔田が言いだした。いいわけないだろ、と言う前にもう、デパートに入る通路に向かっている。どうやら止めても無駄らしい。僕は仕方なく、子供みたいにキョロキョロしながら歩いていく蒔田についてデパートに入った。

土曜の夕方だけに、店内はさすがに混んでいた。ほとんどが女性であるお客さんを避《よ》けつつ、エスカレータに吸い込まれていく列の後尾に並ぶ。すると、いきなりグイと腕を引っ張られた。蒔田だ。

「エレベータで行くんだってば。物産展は八階だからね」

そう言うと、奥へとずんずん進んでいく。僕はついて行きながら、エレベータは混んでるんじゃないかと反論したけれど、蒔田はそんなことはないと譲らず、面倒になった僕は黙って蒔田の後に続いた。

やはり僕の予想通り、エレベータ前には客があふれていた。しかも、二基あるどちらも、なかなか上から降りて来ない。これじゃ、エスカレータで上った方が絶対早かった。恨めしげな目でちらりと蒔田を見た。だけど、蒔田はどこ吹く風だ。

結局、たっぷり五分は待たされた挙句、ぎゅうぎゅうのエレベータに詰め込まれてたどり着いた八階で、蒔田は博多《はかた》名物だというヒヨコの形の饅頭《まんじゅう》の、一番小さな詰め合わせをひとつ買った。もう買った後なのに、やっぱり洋菓子の方が良かったかな、なんてまだ迷っている。その困った顔を見て、なんだか意外な気がした。うちのメンツの中でも、女子の宮瀬や藤丸はマメに担当漫画家に差し入れてるようだし、パンダくんに至っては、どこの何が美味《おい》しいかはもちろん、SNS映えする華やかなスイーツやなかなか買えない限定品など、デパ地下のギフトコンシェルジュか、はたまた歩くグルメサイトかと思うくらいに詳しくて、他の編集部からも差し入れ選びの相談に来るほどだ。

でも、この何を考えてるか分からない男が差し入れとは……それだけナーバスになっている証拠だろう。だって、僕らはこれからヒビノナナに、できればしたくない話をふたつもしなくてはならないのだ。そして、ヒビノさんにとっても、それらはできれば聞きたくない話なわけで……。蒔田は蒔田なりに、ショックを受けるだろう彼女の心を、せめてこのとぼけたヒヨコの饅頭で、慰めてあげようと思っているのかもしれない。

「疲れてるから歩きたくない」と言い張る蒔田のせいで、戻りもやっぱりエレベータになった。行きと違ってガラガラで、乗り込んだのは僕と蒔田だけだったのが幸いだ。動きだしてすぐ、尻《しり》のポケットからスマホを出して時間を確認した。蒔田のせいで約束の時間にはすでに間に合いそうにない。焦っているからか、エレベータはやけにノロかった。やっとドアが開き、逸《はや》る気持ちで外に出る。

「え、なんで」

目の前に開けたのは、デパート一階の売り場でも地下一階の駅構内でもなく、地下二階の駐車場だった。先に乗り込んで行先ボタンを押した蒔田を睨《にら》む。

「ごめん、押し間違えちゃった」

蒔田がペロッと舌を出して歩きだした。

「エレベータ、もう行っちゃったし。この先にちゃんと、地上に出られるとこあるから。ほら眞坂さん、ぶうたれてないで。子供じゃないんだからね、行くよ」

言い返す元気もなく、蒔田の後について歩きだす。救済の天使の相手で、今日の分のエネルギーを僕はとっくに使い果たしてしまっていた。

十五分遅れで着いた僕らから、さらに遅れて十五分。やって来たヒビノナナをひと目見て、僕らはわッと声をあげた。現れた彼女は、腰までの長い黒髪だったはずが、少年のようなショートカットになっていた。

「へえ、切ったんだ。いいじゃん」

「でしょでしょ」

席に着いた彼女と目が合う。長く艶《つや》やかな黒髪という装飾をなくしたことで、ヒビノナナの美しさが余計に際立って見えた。決して作りが派手ではないのに、華やかさを感じさせる端整な顔立ち。身長はそれほど高くないものの、広げた掌《てのひら》にすっぽり収まるくらい小さい顔に細くて長い手足と、こんな頭身は漫画でしか見たことがないくらいのスタイル。ヒビノナナは、誰もがハッと振り返るほどの美少女だ。

「すみませーん」

注文しようとヒビノさんが手を上げた瞬間、僕は何でこんな場所を選んだんだよ、と蒔田を恨んだ。都庁近くのホテル一階にある喫茶室。静かに話せる場所を選んだつもりだろうけど、ホテルの中の、という点が間違っていた。決して安い方じゃないホテルの喫茶室だけに客層は落ち着いているけれど、それでも客も従業員も、みんな揃ってこっちを見ていた。ただでさえ目を引くヒビノナナは、今日はさらに高校の制服だ。女子高生をホテルに連れ込もうとしている怪しい男二人組と思われてたらどうしよう。やっぱり、会社まで来てもらえば良かった。

「ねえ、なんで今日はジミヘンなの？」

ヒビノさんがメニューをめくりながら言った。

「これジミヘンじゃなくてメタリカなんだけど」

蒔田が自分のTシャツをつまんで言う。

「じゃなくて。マトモだけど地味なのと、イケメンだけど変態」

「えーッ、変人までは我慢するけど、変態は許せないな。今日のところは清志郎《きよしろう》に免じて特別に許してやるけど」

「キヨシローって何？」

「清志郎も知らないなんて、今日ビの女子高生は哀れだね。清志郎っていうのは……」

語り始める蒔田を無視して、ヒビノさんはオーダーを取りに来たウェイターに一番高いスイーツのセットを注文した。頭の中で変換してみる。地味・変。なるほど。うん、外れてはいない。ムカツキはするけど、地味でもマトモなんだし、イケメンだけど変態よりはずいぶんマシだ。僕は心で自分をなぐさめた。

この口の悪い女子高生が、『遺言執行人CRY』の作者ヒビノナナだ。都内にある私立の女子高に通う高校二年生。ヒビノナナはペンネームで、その由来は前に訊《き》いたことがあるけれど、返ってきたのは「別に、テキトー」という素っ気ない返事だった。本名じゃなければ何でもいいのだそうだ。

当時はまだ高校一年だった本名・橘《たちばな》ひかりという名のこの少女が、『遺言執行人ＣＲＹ』の第一話のネームを持ち込んできたのは去年の夏だった。その時、対応したのが蒔田だ。

「持ち込み、今からすぐ見てほしいんだけど」

電話に出た途端、ひかりはそう言ったらしい。みんなが知らないうちに、掟《おきて》を破って蒔田が勝手に対応し、そのまま担当になった。あの日のことは僕もよく覚えてる。蒔田が興奮した様子で僕のデスクにやって来て、「これ見てよ」と、チェック中だった書類の上にそのネームを置いたのだ。

「これ、連載させてほしいんだけど。ううん、俺はやるよ、絶対に。眞坂さんがダメだと言うなら、俺はどっか別の編集部に移ってやらせてもらうから」

「お前を受け入れてくれる編集部があるんなら、ぜひともそうしてほしいんだけど」

僕は呆《あき》れて言いながら、そのネームを手に取った。そしてすぐに、蒔田と興奮を共有した。

『遺言執行人ＣＲＹ』は、銀行の遺言信託課に勤める冴《さ》えない銀行員・倉井と、死神ＣＲＹというふたつの顔を持つ男が主人公のダークファンタジーで、同じ世界観と主人公でいくつもの完結したストーリーが繋《つな》がっていく、短編連作形式の物語になっている。

銀行員・倉井は客から託された遺言を実行し、信託金の１％の報酬を得るが、死神Ｃ

RYは依頼者のどんな願いでも叶《かな》える代わりに依頼者の余命を要求する。報酬としていただくのは、余命の1%、あるいは99%。そのどちらかは、契約した後、投げたコインの裏表で決まる。表なら1%、裏ならば99%だ。

この物語はストーリーごとに毎回、依頼人をはじめとする人間たちが涙を流すシーンがあり、CRYはいつも、その涙を不思議そうに見つめる。なぜなら彼は、泣いたことがないのだ。

他にも、ルイという名の美貌《びぼう》の女医など、この世には何人もの死神がいて、彼らは皆、涙を流したその時、死神としての役目を終える。連載漫画の連載中に最終回の話なんてしたくないけれど、きっとCRYが涙を流し、死神としての生を終えるのが、この物語の着地点になるのだろう。そんな死神たちを、赤いランドセルを背負った小学一年生の女の子という仮の姿で現れる死神長、通称ボスが監視するかの如く見守り――というのが『遺言執行人CRY』の軸となるストーリーで、その軸に沿って様々なエピソードが展開されていく。

蒔田から作者は女子高生だと聞いた時、僕は俄《にわ》かには信じられなかった。僕はすぐに橘ひかりを編集部に呼んで話をし、現れた彼女の美少女ぶりにもだけど、すでにコミックス数巻分ほどのネームが完成しているというのに驚かされた。

その時、橘ひかりは初対面の僕にいきなり、プロフィールは全て非公表にしてほしいと言ってきた。校則が厳しく、学校にバレたら退学になるという。

「別に女子高生であることを公表しなくても構わないよ」

条件を呑んだ僕に、ひかりが差し出したのは一枚の誓約書だった。『遺言執行人ＣＲＹ』の作者ヒビノナナについて、本名や年齢はもちろん、生い立ちなどの背景も一切、非公表とする、という内容だ。そんなものを出してくる漫画家は初めてで、正直困惑した。口約束だけじゃ信用できないから。そう言ったひかりは、警戒するような目で僕を見据えていた。

「そんなに学校にバレるのが怖いなら、こうしたらどうかな。コツコツ描き溜めながら、連載開始は高校卒業まで待つとか」

「それはダメ！」

僕の提案は言下に却下された。連載は絶対すぐに始めたいの一点張りだ。挙句、それが叶わないなら他へ持ち込むとまで言いだした。結局、僕は彼女の言う通り、できる限り早く連載を始められるよう準備を進めていくと約束した。

そして、その代わりでもないけれど、こちらからもひとつ条件を出した。未成年だけに、保護者の承諾が必要だ。そんなの要らないと彼女は頑固に突っぱねたけれど、そういうわけにはいかない。説得を重ねると、ひかりはようやく不承不承、僕らを母親に会わせてくれた。その母親をひと目見て、僕も蒔田も彼女のずば抜けた容姿に合点がいった。橘ひかりが暮らすタワーマンションの一室で待っていたのは、芸能人に疎い僕でも知っている、有名な女優さんだった。かなり長く続いている化粧品のＣＭでの印象が強い。娘がいるなんて話は、一度も聞いたことがなかった。

素性を明かさないのであれば、と母親は娘の漫画家デビューを了承した。その時、僕らは彼女がプロフィール非公表にこだわる訳を理解した。彼女自身がそうしたいというより、母親の希望か、その母の所属事務所などが関わる大人の事情ってヤツかもしれない。だから僕も蒔田も、ひかりが出した『遺言執行人CRY』の作者に関する一切を非公表とする、という誓約書に黙って署名した。

それから数ヵ月の準備期間を経て、今から半年前、去年のクリスマスに『遺言執行人CRY』の連載は始まり、橘ひかりは漫画家・ヒビノナナとなった。

「で、ジミーとドヘンタイックスが揃って話って何？」

「ドヘンタイックス？　JKは無敵だと思ってたら痛い目見るからね」

ヒビノさんと蒔田が言い合ってると、ヒビノさんが頼んだスイーツのセットが届いた。一口サイズのケーキや三色のマカロン、サンドイッチが三段のケーキスタンドに載った、アフタヌーンティーセットというやつだ。いっただきまーすと言いながら、もう卵サンドを摑《つか》んでる。

「何？　なんか顔に付いてる？」

僕の視線に気づいて、ヒビノさんが口元を手で拭《ふ》いた。

「女子高生なのに写真、撮んないなって」

「ああ、SNS？　興味ないしめんどくさい」

「最近さあ、田島工務店先生まで、いちいち写真撮るんだよね。こないだも、撮影前になんとかサラダのなんとか風を俺が食ったって、ムキーッて怒りだしてさ」

ヒビノさんが爆笑した。スマホを出して、しばらく操作していたかと思うと、「コレのこと？」と僕らに画面を突き出して見せる。表示されているのは、色とりどりの野菜が盛り付けられたお洒落《しゃれ》なサラダを持ってニッコリしている田島工務店先生という、誰《ダレ》得《トク》画像だ。

「そうそうコレ、もう一回注文したの。この写真撮るためにわざわざ」

蒔田が言って、ヒビノさんは腹を抱えてキャラキャラ笑った。今時の女子高生がＳＮＳに興味ない、なんてちょっと意外だ。まあ、これだけの美人で、しかも母親があの人じゃあ、私を見て見てアピールなんてしなくても、嫌でもジロジロ見られるだろう。むしろ、ひっそり静かに生きたいと願うのも無理はないのかもしれない。

「ヒビノさん。今日はふたつ、君に話があるんだ」

ヒビノナナがオモチャみたいなスイーツを食べ終えるのを待って、慎重に切り出した。

『ＣＲＹ』は盗作だっていう告発ファックスが届いたんだよね」

蒔田のバカがいきなり言ったせいで、その瞬間の彼女の顔を見逃した。告発の件を突きつけた時の表情で、何か分かるかもしれないと考えていたのに。あっと思った時にはすでに、ヒビノさんは「へえ」なんて言いながら、メニューを開いていた。

「すいませーん、トマトジュース」

手を上げて、ウェイターがこちらに歩きだそうとする前にもう、ヒビノさんは大きな声でオーダーを終えていた。

「暇人ているんだね」

メニューを閉じながらそう言ったヒビノさんの顔は、いつもと変わらない、ちょっと不機嫌そうなへの字口だ。

「で？　そんなこと言いだしたのはどこの誰？」

「それが、分からないんだ」

ヒビノさんがふうんと口を尖《とが》らせる。だから……と話を継ごうとした時、ウェイターがトマトジュースを運んでくるのが見えた。話は一時中断だ。

「だから君に訊こうと思って。何か心当たりはないかな」

ウェイターが離れてから話を再開した。トマトジュースの薄切りレモンをストローで突《つつ》いていたヒビノナナが、その手を止めて顔を上げた。僕の目を見て「ない」と言い切る。

「変に絡まれることはあるけどね。ストーカー？みたいなヤツとか。見たこともない男から電車の中でいきなり告られたり。あ、時々、女からも」

「女からも？」

少し驚いたけれど、分かる気がした。彼女の端整な顔立ちは、どこか中性的で美少年のようにも見える。女子高だし、そりゃあ下級生の憧《あこが》れの的だろう。髪を短くした今は、それに拍車がかかっているに違いない。

「でも私、誰にも言ってないからさ。仕事のこと。だから、私個人に対する攻撃の可能性はないんじゃない？　分かんないけど」

言われてみればそうだった。ヒビノさんはプロフィールを一切明かしていない。もちろん、顔出しも絶対にＮＧとなっている。母親以外、友達にも誰にも漫画のことは話していないらしいし、ヒビノさんがどうしても嫌だと言うので、アシスタントも一度も使っていない。となれば、告発者は、ヒビノナナがここにいる女子高生・橘ひかりとは知らないはずで、ストーカー的なものとは違うことになる。

「で？　誰の何をパクッたって言ってんの？」

ヒビノさんがふてくされたような口元にストローを運ぶ。

「それが、分からないんだ。盗作の告発はたまにあるけど、誰のどの作品って盗用元を明らかにしないのは初めてで。だから困ってる」

ズボボボッ。すごい音を立ててトマトジュースを底まで飲み干し、グラスをテーブルにタンッと置くと、ヒビノナナは大きな瞳《ひとみ》で僕らをキッと睨《にら》んだ。

「じれったいなあ。訊《き》いたらいいじゃん。盗んだのか、どうなんだって」

あまりの直球にうろたえる僕の横で、蒔田はすぐに取調室の刑事と化した。

「やったのかやってないのか、白状しろ」

「盗んだりなんかしてないってば。以上」

「シロだってさ。じゃ、この件は終わりでいいよね」

蒔田がパンパンと手を叩《たた》き、これで告発文についての話はお開きとなった。やはり質《たち》の悪い悪戯《いたずら》か、あるいは自分の作品が盗まれているという類《たぐい》の妄想か。だめだ、今ここで考えても埒《らち》が明かない。僕は気持ちを切り替え、この件はいったん頭の中から追い出すことにした。

「分かった。今の話はこっちで全て対応するから、ヒビノさんは忘れてほしい。で、もうひとつの用件なんだけど……」

姿勢を正し、本当は逸《そ》らしたい目を、真っすぐにヒビノさんの瞳に向けた。こういう話をする時には絶対に、僕ら漫画編集者は逃げたらいけない。

「単刀直入に言う。このままじゃ厳しいんだ。『遺言執行人CRY』」

ヒビノさんの眉根《まゆね》にきゅっと力が入った。唇を結び、視線が彷徨《さまよ》い、風に吹かれた水面《みなも》みたいに瞳が揺れている。平気そうにしていても、彼女の中で激しく感情が揺れていることが、その目から感じ取れた。ヒビノナナがこんな顔を見せるのは初めてだ。でも、驚きはしなかった。打ち切りの可能性を突きつけられて、平気でいられる漫画家なんているはずがないのだから。

「でも、まだ打ち切りと決定したわけじゃない。作画面でコンピュータに頼りすぎて無機質に見えるって、蒔田から何度も言われてるよね。それを改善すれば、まだ盛り返せる可能性は残ってるんじゃないかって僕も蒔田も思ってるんだ」

『遺言執行人ＣＲＹ』はネームだけ紙に鉛筆で描いた手描きで、それ以降はデジタルで制作されている。他の漫画家さんなら下描きの最終段階になるくらい丁寧に描かれたネームをパソコンに取り込み、後は作画ソフトの機能を駆使して仕上げているのだ。

漫画の作画工程は、まずは漫画の設計図とも言うべきネームを切ることから始まる（漫画の制作現場では、ネームはなぜか描くとか作るではなく、切ると言う）。ここでコマを割り、各コマごとのおおまかな構図、人物配置と台詞《せりふ》などを決めていくのだ。次に、ネームで決定した内容を原稿用紙に丁寧に描いていく下描きを経て、ペン入れに入る。そして最後に細部を整える仕上げを行い、ようやく完成となる。

作画ソフトというものが普及する前は、ネームや下描きは紙に鉛筆で、ペン入れはインクを吸わせて描くつけペンを使って、一本一本、線を描いていた。僕が漫画編集者になって初めて訪れた漫画家さんの仕事場には、インクの匂いと、ペンが紙面を走る音、みんな机に向かって手しか動いていないというのに妙な熱気が詰まっていて、描くごとにペン先を拭《ぬぐ》っては、再びインクを吸わせ、また描いて……を繰り返すのを見て、漫画家ってのは凄《すさ》まじい仕事だと、息を呑んで見つめた思い出がある。

それが、作画ソフトの普及によって様変わりした。今や、紙に鉛筆、インクにつけペンを使わなくても漫画が描ける時代だ。紙やペンに代わって、漫画家の仕事場のデスクには作画ソフトを搭載したパソコンが鎮座するようになり、漫画を創る作業はグンと効率がアップした。

例えば、紙と鉛筆を使ってネームを描くと、消しゴムで消したり、コマの位置などを切り張りして調整したりと、描き直すにもいちいち手間がかかる。その点、デジタル作業なら消去も移動も一瞬だ。ペン入れだって、今描いた線が気に入らないならクリックひとつで一発消去。ホワイトと呼ばれる修正液を塗ったり乾かしたりもしなくていい。

最後の仕上げも、作画ソフトの登場で一変した。何せ以前は、網点など様々なパターンの柄が印刷されたスクリーントーンと呼ばれるシートを、切って貼ったり、カッターの刃で削ったり、砂消しゴムで擦《こす》ったりと、色の濃淡や服の模様などは全て手作業でつけていたのだ。デジタルなら、その時間が大幅に短縮できる。

だから今や、全てアナログの手作業で描いているという漫画家さんの方が希少になってきている。アシスタントの仕事も、パソコン作業を担う通称デジアシの募集が増えた。

「でも別に、僕はデジタル禁止なんて言っているわけじゃないからね。これも以前、話したと思うけど」

フルデジタルで描いている漫画家さんなんて、月刊ゼロにもたくさんいる。ヒビノさんの場合、ネームだけは紙に鉛筆描きのアナログだけど、ネームの段階から紙も鉛筆も使わずデジタルペンで描いている人も珍しくないくらいだ。

僕はデジタルの恩恵を享受することに文句を言うつもりはない。便利な機能は大いに活用すればいい。パソコンなんて単なる道具であって、描いているのは結局は人の手だ。である以上、生み出されるものには描き手の個性や思いが映し出されるはずだ。

それに、フルデジタル派と言いながら、微妙なニュアンスが必要な「ここぞ」という場面では、紙にインク、ペンや筆といったアナログな道具を使って、滲《にじ》みや掠《かす》れ、飛沫《しぶき》なんかを描き、それをパソコンに取り込んで描いているという漫画家さんもいて、そんな風にうまく付き合っていけば、デジタル作画でも表現の幅を狭めずに済むはずだ。

じゃあ、僕が何を問題にしているのか。それは、ヒビノさんが使っている、あるソフトなのだった。

「エシクス、使うのやめてくれないかな」

エシクスは一年ほど前に発売された作画ソフトだ。倫理を意味する英単語ｅｔｈｉｃｓではなく、絵師Ｘから名付けられたというこのソフトは、鉛筆で描いたラフ画をまるでペン入れしたかのような線画へと自動的に変換してくれる。

一本の線の、たった０・１ミリにも満たない違いで、画のニュアンスや意味までも変わってしまう。それが漫画だ。漫画家は下描きの段階で、いくつもの線を描きながら「これだ」と思う最適な線を探していく。そうして、見つけ出した最適な線にペンを入れる。ペン入れの段階になってもまだ、納得できる理想の線を探し続けることも多い。

「これだ」を探し当てるのは、漫画家の手であり目であり心だ。あらかじめ決められている正解なんてない。なのに、漫画家は今ひいた線が正解か不正解か、考えなくても手や目や心で直感的に分かるのだ。不思議だけどそんな風に、漫画というものは生み出されていく。

だから、チェスや将棋に続き、ついに囲碁までトッププロがコンピュータに打ち負かされたとニュースで見た時も、「すげえな、人工知能」と言いながら、僕はこんな風に思っていた。人工知能の進化によって人間の仕事がコンピュータに奪われるＡＩ失業の時代がやって来る、なんて言ってるけど、最後まで取って代わられることのない職業のひとつに、きっと漫画家は入るだろう。だって、どんなに凄《すご》い記憶力や演算能力を持っていても、コンピュータには価値を判断できないし、たとえ判断したとしても、それは膨大なデータから割り出した確率的な答えでしかない。確率から出した答えである以上、それは新しい何かではないはずだ。漫画に限らず、今までにない新しい何かを創造するのが芸術だとすれば、コンピュータは芸術分野では人間を超えるどころか、永遠に並ぶことすらできないだろう。

そう高を括《くく》っていた僕が、そのニュースを目にしたのは月刊ゼロを創刊してすぐの頃だった。鉛筆で描かれたラフ画のいくつもの線の中から、人工知能が最適と思われる線を抽出し、自動的に線画化する新たな技術が開発されたというのだ。

それ以前にも、線画化機能を持ったソフトはあるにはあった。だけど、線が単純化されすぎてあちこち消えてしまっていたり、その逆で、大まかな位置決めのために描くアタリなど余計な線にまでペンを入れていたりと、どれも優秀とは言い難い代物だった。ペン入れには、コンピュータが苦手な価値判断が必要だから当然だろう。

だから最初は、新技術と言ったってどうせ大したことはないだろうと思っていた。とところが、その新技術によって線画化された絵を見て驚いた。今までのものとはまるで違う。悪くないねと、エイジーナムの社内でもけっこう話題になったくらいだ。だけど、やっぱりどこか面白みに欠けるというか、淡々としすぎていて味気ない印象で、僕の周りでも実用化されて出回ることはないんじゃないかという話になった。

理由はクオリティだけじゃない。ニーズがあるとは思えなかった。プロの漫画家はもちろん、漫画家の卵も、同人誌で描いてる人達だって、描きたいから漫画を描いてるわけで、漫画創りのクライマックスであるペン入れをコンピュータに丸投げなんかしたら、何が楽しくて漫画を描いてるのか分からない。だからきっと、製品化してもあまり売れないだろうと考えた。まあ、アシスタント確保に困ってる漫画家さんが、背景の建物や、ドラマや映画でいうエキストラ的な人物であるモブにだけ使用するなんて需要は、多少はあるかもしれないけれど。

そんな僕の予想に反して、その人工知能が応用された作画ソフトは、エシクスという名で一年ほど前に売り出された。でも、売れ行きは僕が予想した通り、さっぱりらしいと耳にした。ほら、だから言っただろ。僕はどこか晴れがましい気持ちでその話を聞いていた。コンピュータにペン入れを任せる漫画描きなんて、いるわけがないんだよ。

ところが、発売から半年ほど経った頃、驚くべき事態が起きた。背景だけでなく、なんと主人公の顔に至るまで、線画全てがエシクスによってペン入れされた作品が、僕の目の前に現れたのだ。そう、それこそが今、目の前にいるヒビノさんが描いている『遺言執行人CRY』だった。以来ずっと、僕らは彼女にエシクスの使用はやめて手描きにするよう言い続けてきた。だけどなぜか、ヒビノナナは僕らのオーダーを無視し続けている。

「今回から、エシクスを使うのはやめてほしい」

もう一度、ヒビノさんに言った。

「高校生やりながら漫画の連載なんて、大変なのは分かってる。だけど、せめて主要キャラクターくらいは自分の手で描いてくれないかな。特に目は。瞳《ひとみ》は絶対に手で、命を注ぎ込むつもりで描いてほしい。やっぱり、そこは漫画の命だから」

ヒビノナナは頷《うなず》くでもなく、ぼんやりとした顔で僕の話を聞いていた。

「ヒビノさんは、『CRY』の中でどのキャラが一番好き？　誰に共感する？」

僕が投げた問いにしばらく戸惑ったように目を泳がせた後、ヒビノナナはどこかバツの悪そうな顔を見せた。

「やっぱり、一番はCRYだと思う」

理由を訊《たず》ねた。すると彼女は、小さくこう答えて、唇をきゅっと噛《か》んだ。

「落ちこぼれの遺言執行人だから」

「なら、まずはCRYから。CRYの目を描くことに執着を持ってほしい」

ヒビノさんは曖昧《あいまい》に頷いた。この様子じゃ、すぐに劇的な変化は望めそうにない。一歩一歩、少しずつ、彼女の意識を変えていくしかないのかもしれない。だけどもう『遺言執行人ＣＲＹ』に、あまり時間は残されていなかった。

「ヒビノさん。様々な死生観や、命をめぐる濃密な人間ドラマを描こうとしているのに、今の『遺言執行人ＣＲＹ』はまだ命を宿してない。それじゃだめなんだよ。エシクスの自動ペン入れに丸投げした味気ない画《え》じゃ、この作品は意味がないんだ。

雑誌のアンケートでも、こないだ出たコミックス第一巻の評価も、正直あまり芳しくない。それは画の力が弱いせいだと思う。でも、画に命が、魂が宿れば……『遺言執行人ＣＲＹ』は、誰もが知るような国民的漫画にはなれないだろうけど、熱狂的なファンに支持され、誰かの記憶に残る作品には、もしかしたらなるかもしれないって、僕も蒔田も思ってるんだ」

僕は何も、説得しようと大げさに言ったわけじゃなかった。僕は漫画を読んでいる時、描かれた線が、まるで血管のように思えてくることがある。そう、命がけで描いた漫画は生き物だ。全身全霊をかけて描いた漫画は、激しく命を燃やしている。そんな、命を宿した漫画だけが、読者の心を震わせることができるのだ。僕に限らず、漫画の世界に生きる人の多くがそう信じているはずだ。

「それから、これも蒔田から何度か言われていると思うけど、僕からも再度お願いしたい」

ヒビノナナは話す僕を、瞬《まばた》きもせずじっと見ていた。

「打ち合わせで言われたことを、きちんと原稿に反映させてほしいんだ」

これにも、僕と蒔田は頭を抱えていた。彼女はダメ出しへの対応力に欠けていて、ネームの時点でこうした方がいいとか、もう少し考えてみてと頼んでも、結局、何も代わり映えしない原稿を上げてくるのだ。つまり、直さない。

ヒビノナナのネームは、とにかく丁寧と言うか、詳細に描き込まれているのが特徴だ。服の模様や空に浮かぶ雲、陰影といった、仕上げの段階でトーン処理すればいい箇所まで、しっかり鉛筆で描き込んである。だから、ほとんどの漫画家さんはネーム→下描きの手順を踏むのに対し、ヒビノさんはネームが下描きまで兼ねている。これが直しに対応しきれない原因じゃないかと、僕も蒔田も初めは考えた。最初にしっかりイメージを固めてしまうと、そこから離れるのが難しくなるし、描いたものを捨てるのが惜しくなる。だから、ネームはもっとザックリでいいと言ってみた。だけど、次に出してきたネームも、何も変わっていなかった。

「直しというのは、実はとても難しいんだ。一度はこれがベストだと思って出したものを捨てて、さらに良いものを出せと言うんだからね。簡単なわけがない。まだまだ経験が浅いヒビノさんが苦戦するのは当然なんだよ。だけど、ちゃんと直しに取り組んでほしい。『CRY』をもっと、面白くするために。例えば、今回のネーム……これもすでに蒔田から言われてると思うけど」

ネームを出してテーブルに広げた。CRYが美人女医という仮の姿でこの世に存在している死神ルイと対決するエピソードの第一話だ。

「ここのシーンのＣＲＹとルイ、もっとコマを大きくできないかな」

ルイが勤める大病院のエントランスにある、二基並んだ上りと下りのエスカレータですれ違う二人が描かれたコマを指す。

「せっかく良いシーンだから、バシッと見せゴマにした方がいい」

見せゴマとは、読者の心を摑《つか》むよう特に印象的に描くシーンで、基本、大きくスペースをとって描く。

「あと、ここ。この病室前の廊下のシーンだけど……この時のＣＲＹの表情、これでも悪くないけど、横顔はどうかなって蒔田とも話したんだよね」

僕が指したページには、病棟の廊下で一人の少女を見つめるＣＲＹが描かれていた。病室の入口にある部屋番号。その下に、二人の少女のネームプレートがあったのがひとつになるくだりだ。ＣＲＹが「また一人になっちまったな」と語りかけると少女は、「別に。慣れてる」と答える。ハルカという名のこの少女は、最初のエピソードから登場し、彼女の病室の〝同居人〟はいつもすぐにいなくなる。前回は退院して。今回はその命を終えて。だけど、ハルカは涙を流さない。ＣＲＹにとって、人間なのに死神である自分と同じように泣けないハルカは、とても気になる存在なのだ。

「なぜだかハルカが気になっているＣＲＹの気持ちが、横顔ならもっと強く伝わるんじゃないかと思うんだけど……どうかな？」

僕ら編集者に、何ら難癖をつけたいわけじゃない。一緒に面白いものを創りたくて言ってるんだ。ヒビノさんにそのことを分かってほしくて、直してもらいたい箇所に一生懸命、分かりやすく理由も添えて再考をお願いした。

「今回、直してほしいのはこの二か所なんだけど、大丈夫かな」

唇を結んだまま、黙って聞いていたヒビノさんは、イエスともノーとも答えず、ひとつだけ質問してきた。

「このままだと、『CRY』は終わっちゃう？」

僕を見る目に切実さが浮かんでいた。

「この先は俺が言うよ。俺の仕事だもん」

僕の隣でずっと沈黙していた蒔田が口を開いた。

「セブンがもし、今回の締め切りに上げてくる原稿もエシクスにお任せで、今言った訂正箇所もひとつも直ってなかったら、『遺言執行人CRY』は次のコミックス収録分で締めなきゃなんない」

つまり、と蒔田が今言ったばかりの自分の言葉をストレートに訳して告げる。

「今回やる気を見せてくんなきゃ、『CRY』は一巻でお終《しま》いってこと」

長い睫毛《まつげ》が二度、瞬《の》いた。現実をうまく呑み込めないいんだろう。

「眞坂さんに言われて、俺は仕方ないねって答えた。だって、今の『CRY』は読者の気持ちを摑めてないもん。じっと耐えればそのうち人気に火が点《つ》いて……なんて期待も持てないし。ネームだと感動すんのに、完成原稿はそれが消えてるよね。原因はハッキりしてんのに、エシクスにペン入れさせちゃダメだって、何回言ってもセブンは何にも変わんないじゃん」

「分かった」

蒔田の言葉が続くのを遮るように言ってすぐ、ヒビノナナは席を立った。そして、「暗くなっちゃったし、送ってく」と言う蒔田に「マッキーの方が危なくない？　ドヘンタイックスだし」といつものように悪態をついてみせると、タクシーで帰そうとする僕らを振り切り、じゃあねと駆けて行ってしまった。

ホテルを出た僕たちは、都庁前から新宿駅西口へ続くトンネルの通路を、並んでだらだら歩きだした。行きも気が重かったけど、帰りはさらに、足取りまで重くなっていた。

「盗作なんてしていない。彼女がそう言ったから、その前提で話したけど……でも、もしもあの告発の通りだったら、『ＣＲＹ』のネームがヒビノさんの描いたものじゃなく、別の誰かのものだとしたら……」

「うん。いろんなことに合点がいくよね」

驚くほどあっさり言って、でも、と蒔田が続ける。

「そしたら別の疑問が出てくるよ。セブンはなんで他人《ひと》のネームなんて盗んだの？　言っちゃ何だけど、誰かのネームを盗むほど漫画に執着があるようには見えないよね。だって、漫画を描かなきゃ死んじゃう病なら、エシクスになんか頼らないでしょ」

「そうなんだよね。だからと言って、漫画を描きたいより、漫画家先生としてチヤホヤされたいってわけでもなさそうだし」

漫画家になりたい人は二種類いる。漫画を描きたい人と、漫画家という称号が欲しい人。でも、ヒビノナナは不思議なことに、どっちでもない印象なのだ。漫画を描くことへの激しい欲求があるのなら、エシクスにペン入れなんかさせないはずだ。かと言って、彼女には漫画家として注目されたい、チヤホヤされたいという自己顕示欲も感じない。もしも、そんな不純な動機で漫画家になったのであれば、顔もプロフィールも非公表にしないだろうし、「先生」扱いされたがるはずなのだ。

僕ら漫画編集者は、たとえ新人であっても、誌面やサイン会など読者の目に触れる場では漫画家さんを先生と呼んだりする。それがイメージとして定着してしまい、普段から漫画家さんは誰もが先生と呼ばれるものと勘違いしている人も少なくないくらいだ。なのにヒビノさんは、デビュー号の誌面に「ヒビノナナ先生の新連載」というフレーズを見つけて、「先生って何？　私、何も教えらんないし。変な呼び方やめてほしいんだけど」と、頬を膨らませた。だからずっと、僕も蒔田もヒビノさんと呼んできた。いつの間にか蒔田は、セブンなんてニックネームをつけているけど。まあ、そんな彼女だけに、漫画家先生と持ち上げられたくて他人のネームを盗むなんて、まずあり得ないと思うのだ。

「セブンはやってないよ、盗作なんて」

蒔田が呟《つぶや》くのが聞こえた。だけど、その根拠は後ろから呼ぶ声に邪魔されて、訊《き》くタイミングを失った。

「眞坂さーん、蒔田さーん」

振り返ると、僕らの二つ後輩で週刊ヤングＺの副編集長になったばかりの五十嵐《いがらし》が、ボリューミーな体をゆさゆさ揺らして走ってきていた。ヤングＺは、エイジーナム出版が出している漫画雑誌のひとつで、月刊ゼロより十二年早く創刊された、アイドルなんかが表紙とグラビアを飾っている隔週刊の青年漫画誌だ。五十嵐はそこで、漫画の担当とグラビア班を掛け持ちしていて、会う度に慢性的な人員不足をボヤいている。

「さっきそこで見かけたんですけど、眞坂さんたち、すごいキレイな子と一緒だったでしょ。もしかして、噂のヒビノナナですか」

追いついて僕の横に並ぶなり、息切れしながら五十嵐が訊いた。ヒビノさんは他の編集部でも噂の的だ。そりゃそうだろう。現役高校生の連載漫画家。加えて、あのルックスだ。

「うちのグラビアに出てるアイドルなんかより、全然キレイなんですけど。ヒビノ先生、出てくんないかな、巻頭グラビア。絶対、話題になりますよ」

半分本気らしく、五十嵐が反応を窺《うかが》うような目で僕らの顔を覗《のぞ》き込んだ。

「ムリだよ。だってセブン、ペチャパイだもん」

聞くなり「バカ！」と蒔田の頭を思いきり叩《たた》いた。

「お前、何見てんだよ！」

「見たんじゃないよ、見えたんだって。しゃがんだ時に見えちゃっただけ」

「二度と言うなよ、ペチャパイなんて。誤解されたらどうすんだ。未成年者を預かってるんだぞ。ヒビノさんに何かあったら責任問題なんだからな！」

蒔田が頭を撫《な》でながら、少しくらい手加減してよ、と口を尖《とが》らす。知るか、とそっぽを向くと、蒔田がぽつり、言うのが聞こえた。

「大丈夫だよ。あの子に水着になれなんて言う大人がいたら、俺、ぶん殴るから」

らしくないその響きが気になって、思わず蒔田の方を向いた。だけど、あっちを向いてる蒔田の顔を見ることはできなかった。隣で五十嵐が興奮した声で、「もったいない」を連発している。

「こないだ一巻出てましたよね。なんで、サイン会とかやんないんですか。もったいないですよ。あんな超絶美人なら絶対、熱狂的ファンがつくのに。そうすりゃ、コミックスの売り上げも伸びるかもしんないですよ。顔出ししないと、もったいないですって」

僕も蒔田も黙っていた。五十嵐が言うように、顔出ししてサイン会なんて開けば、彼女自身のファンがつくのは間違いない。美しすぎる女子高生漫画家と、話題にだってなるだろう。それで多少は『CRY』の人気も上がるかもしれない。でも、そういうやり方は、なんか違うと思うんだ。なのに横で繰り返す、五十嵐の「もったいない」を聞きながら、こないだの編集長会議で突きつけられた数字や目標を思い出し、ふと考えてしまった。僕の考え方は、ガキっぽい綺麗《きれい》ごとだろうか。僕は、編集者として間違っているのだろうか。

「眞坂さんは何も間違ってないよ、漫画編集者としてはね。商売人としては、落第かもしんないけど」

え？　その声に驚いて蒔田を見た。思っただけで僕は何も口に出してないはずなのに。

「蒔田、お前って……」

こちらを向いた蒔田が、両掌《てのひら》を僕に向けた。

「うん、エスパーだよ。なんちゃらパワー」

「……何言ってんの？」

蒔田が掌を震わせて、僕に見えないパワーを送ってくれている。ほんとに分からないヤツだ。だけどひとつだけ、ハッキリ分かったことがある。ヒビノナナの担当は、蒔田でぜったい正解だった。


校了期が近づいていた。この時期はただでさえ鬱々《うつうつ》としてしまうのに、新たに問題が加わって、僕の憂鬱は今にも音を立てて破裂しそうなくらい、パンパンに膨らんでいた。

あれ以来、告発者は鳴りを潜めている。あのファックスを送ってきたのは誰なのか。『ＣＲＹ』はどこから攫《さら》われたと言うのか。そして、ヒビノナナが上げてくる今回の原稿は、彼女自身の手で描かれているだろうか。

普通の会社なら灯《あか》りが消える頃だろう夜十時過ぎ。新たなコミカライズ作品の打ち合わせに行っていたアニメ会社から編集部に戻ると、月刊ゼロの面々はまだ大半が残っていた。だけど、アイツの姿がない。そう言えば、あれから蒔田を見ていない。まあいいや。あの顔を見ないで済むなら何よりだ。と思っていると、僕のデスクに一匹のヒヨコを見つけた。せっかく買ったのに、ヒビノさんに渡すのをすっかり忘れていた例の饅頭《まんじゆう》だ。貼られた付箋《ふせん》に下手な文字で『眞坂さんはシッポから食べる派でしょ。可愛いおめめを見ちゃったら、食べられなくなる人だよね』と書かれている。僕はその付箋を剝《は》がしてゴミ箱へ落とすと、ヒヨコを連れて編集部を出た。

休憩室の自販機にコインを入れて、一番苦そうな珈琲《コーヒー》のボタンを押した。肘《ひじ》掛け付きのプラスチックの椅子に腰を下ろし、じんわり熱い紙コップを片手に、目を閉じてヒヨコの顔からパクリとやった。口いっぱいに広がる甘さを熱い珈琲で流し込むと、自分が空腹だったのだとやっと気づいた。ここ数日、まともな食事をしていない。コンビニとファミレス飯ばかりのいつもの食事が、まともと呼べるかは甚だ疑問ではあるけれど。

「ずいぶんとお疲れのようですね」

その声に顔を上げると、いつの間にか入口に夏目さんが立っていた。

「あ、お疲れ様です。気づきませんでした」

夏目さんには足音がない。だから去年の秋、このビルの地下一階で出会ったこの人を、僕は最初、幽霊だと思ってしまった。すぐに、足音が響かないのはそういう靴底なだけで、ちゃんと生きた人間なのだと分かったけれど、それでも夏目さんの気配はどこか幽《かす》かで、ここにいるのにいないような気がしてしまう。夏目さんが漫画家の直木ナツメ先生だと気づき、一緒に新作を創らせてくださいと言ってからも、それはやっぱり変わらなかった。

「戻ってきたんですね」

「はい。今日からまた、お世話になります」

夏目さんは僕がその正体に気づいたのをきっかけに、このビルの夜間警備員を辞め、長く暮らしたアパートも引き払って、姿を消そうとした。でも、またあのアパートと、このエイジーナムビルの地下一階に帰ってきた。今日が出戻り初出勤だ。

では、と踵《きびす》を返した夏目さんを「あっ」と呼び止めた。淡い微笑みを湛《たた》えた顔で夏目さんが振り返る。

「夏目さん……じゃなくて直木先生の担当、うちの蒔田になりました。近いうちに改めて、蒔田と一緒にご挨拶《あいさつ》に伺います」

「蒔田さんなら、もう来ていただきましたよ。田島工務店先生を訪ねられた際に、うちに寄って行かれました」

ごめんなさい、と言いそうになって、やめた。僕は悪いことはしていない。僕が直接の担当を持つわけにはいかないし、蒔田は漫画編集者としては僕よりよほど優れた男だ。まあ、いろいろと問題は起こすけど、夏目さんなら振り回されることもないだろう。

「では、よろしくお願いします」

いつものスローな敬礼をしてみせると、夏目さんはやっぱり足音もなく、薄暗い廊下の向こうに紛れ、見えなくなった。僕が担当しないことについて、夏目さんが何も言わなかったことにホッとした。同時に少しだけ、寂しさを覚える。

一緒に新作を創らせてほしいと夏目さんに叫んだあの日。二人で喫茶店やファミレスをはしごして、ああでもないこうでもないと一晩中話をした。あの夜は楽しかったな。そんな思いを振り払いたくて、僕は腰を上げた。向かったのは、編集部ではなくあの場所だった。

一打席三百円で二十八球。そのほとんどを、僕はきっちり高く打ち返した。それでも、ちっとも気は晴れなかった。もう一回と、三枚のコインを探して財布を開く。だけど、レトロなゲーム機に背中をもたれてこの打席が空くのを待っている少年に気づき、ジーンズの尻《しり》ポケットに財布を戻して外に出た。新宿歌舞伎町の外れにある、この昭和遺産とも言うべき古いバッティングセンターは、昼も夜も、そして真夜中まで、いつも何げに賑《にぎ》わっている。

サラリーマンに大学生、旅行者なのか在住か分からない外国人、一見してホスト以外の何者でもない盛りに盛った派手な頭の兄ちゃんと、客層はバラバラだ。「この人、何してる人なんだろう」と分類できない客も多い。入れ替わりに打席に入る少年から見れば、この僕だってそんな分類が難しい類《たぐい》に入るのかもしれない。

喉《のど》が渇いていた。いや、それよりも会社に戻りたくなくて、バッティングセンターを出ると、ぶらり近くのコンビニに立ち寄った。冷えたスポーツドリンクを一本取ってレジに向かう。途中でふと、レジ奥の天井に設置された監視カメラが目に入った。立ち止まり、店内を見回すと、パッと目についただけでも七台のカメラが取り付けられていた。あの告発ファックスを送ってきた人物も、蒔田が割り出した東中野のコンビニのカメラにきっと映っているはずだ。見せてもらえないのは分かってる。でも――

「何事も、やってみなけりゃ分からない。行ってみるか」

スポーツドリンク一本を買うと、僕は会社とは逆の、新宿駅方面へ歩きだした。

新宿から、各駅停車の黄色い電車に乗り、ふたつ目の駅でホームに降りる。バッティングセンターを出た二十分後には、僕は東中野駅にいた。例のコンビニは探すまでもなく、構内を出た正面に、小さく看板が見えていた。駅前のロータリー沿いの歩道から山《や》手《ま》通りを足早に横断し、逸《はや》る気持ちでコンビニのドアを押す。ファックス送信機能が付いたマルチコピー機は、入ってすぐの店の隅に置かれていた。前に立って見上げると、ビンテージマイクによく似た形の監視カメラと目が合った。うん、これなら絶対に告発者の姿が映ってるはずだ。だけど、何をどう説明してカメラ映像を見せてもらうか。それが問題だ。

何か探す素振りで店内を一周しながら考えて、僕は結局、正直に話して頼んでみることにした。「脅迫文が届いたんです。調べてみたところ、この店のファックスから送信されていると分かりました。犯人特定のために、監視カメラの映像を見せていただけませんか」と言うのだ。実際には脅迫ではなく告発だけど、脅迫と言った方が何と言うか切迫感がある。このくらいの嘘は、神様だってきっと目を瞑《つぶ》ってくれるはずだ。

「あの、お忙しいところ、すみません」

意を決して、レジ奥で唐揚げを揚げている店員の背中に声をかけた。

「いらっしゃいませえー」

バンドマンっぽい、肩までの長い髪を後ろで結んだ店員が振り返る。その顔を見た瞬間、僕は腰を抜かすどころか、魂まで抜けてしまいそうになった。

「お前ッ、何してんだよ！」

そこにいたのは、コンビニの制服を着た蒔田だった。

「ん？　バイトだよ」

「なんでコンビニでバイトなんかしてんだよッ」

思いもよらぬ事態に、確かに何してるのかと訊《き》きはしたが、その答えは聞かなくても僕にだって分かっていた。コイツも僕と同じように、この店の監視カメラ映像から告発者を割り出そうとしたんだろう。ただ、このアプローチは間違ってる。絶対に間違ってる。たとえこれが、カメラ映像を見る一番確実な方法だとしても。

「で、カメラ映像、見れたのか？　告発者、どんなヤツだった？」

「少々お待ちくださーい」

蒔田は大げさな抑揚をつけて言うと、またフライヤーの前に戻り、きつね色に揚がった唐揚げを油から引き上げた。テキパキとパックして保温機に陳列する。その手際の良さに唖然《あぜん》としていると、一人の客が弁当とペットボトルのお茶をレジカウンターに置いた。次の瞬間、蒔田が一切の無駄がない完璧《かんぺき》な手順で会計と袋詰めを終えた。あっという間だった。独特な抑揚の「ありがとうございましたぁー」まで、どこをとってもベテランのコンビニ店員だ。

「なんか俺、コンビニバイトの才能あるみたいなんだよね。バイトリーダーにならないかって言われちゃった。転職、してみようかな」

「そうしてくれると助かるよ。で、カメラ映像は？」

焦ってカウンターに手をつくと、蒔田がぷいとそっぽを向いた。無視かよ。と思ったら、視線の先では監視カメラがこちらを見ていた。

「あれ、動いてないんだよね」

「は？」

「この店の監視カメラ、ぜーんぶ動いてなかったの」

「はあ⁉」

「全部、張りぼて」

「何だよ、それ！」

がっくり肩を落として、苦々しく蒔田を睨《にら》み上げる。

「そんな目で見ないでよ。一番ガックリきてんのは、ここまでしてる俺なんだからね」

蒔田の言う通りだ。とゴメンと言いかけた後で、でも待てよ、と思い直した。

「そこまでしろなんて、誰も言ってないからな」

ペロッと蒔田が小さく舌を出した時、僕の尻でスマホが震えた。取って見る。藤丸からのメールだ。そうだった、僕は予定表に何も書かずに出てきたままだ。僕だけじゃなく、蒔田のことも探しているらしく、蒔田さんも一緒ですか?と最後に書いてある。まあ、あの藤丸だけに、どういうつもりで訊いているのか、分からないところではあるのだが。

「みんな探してるってさ。帰んないと」

「うん。お疲れ様」

カウンターの蒔田がバイバイと手を振った。監視カメラが張りぼてだった以上、もうこの店に用なんかないはずだ。それにアニメ化作品だって抱えてるくせに、こんなことしてる場合じゃないだろ。そう言う僕に、蒔田は後ろで結んだ髪をキリリと縛り直してみせた。

「だけど仕事は仕事だよ。バイトでもシフトはちゃんと守んないと」

まさか、この男に諭される日がやってくるとは。唖然としたものの、ちょうど立て続けに数人の客が入ってきたのもあって、僕は退散を決めた。店を出る僕の後ろから、蒔田の妙に鼻にかかった「ありがとうございましたぁー」が聞こえてくる。ぽつぽつと雨が降りだした。山手通りにかかる横断歩道を、僕は駅へと足を速めた。

その電話がかかってきたのは五月半ば、僕が校了期間に突入した日の午後だった。

校了は漫画雑誌の編集作業の最終工程で、その間、編集長である僕はとにかくチェックに明け暮れる。今日から地獄の一週間が始まるのだ。乗り切るには、目の前にあるもの以外、見ないこと。余計なことは考えるな。自分に言い聞かせ、心を無にして赤ペンを握る。ところがすぐに邪魔が入った。

「ただいまー。やっぱり我が家が一番だね」

その声に顔を上げると、デスクの前に清々《すがすが》しい顔の蒔田がいた。

「これから次号のネーム打ちだからさ、代わりのバイト探して抜けてきた」

まだ続けてたのか、と呆《あき》れたところでハッとした。

「代わりってお前まさか、編集部から身代わりなんて出してないよな！」

慌てて編集部内を見回した。矢代くんに藤丸、宮瀬、パンダくん……誰かが行方不明になっていないか、急いで確認する。

「心配しないでよ。編集部のみんなが大忙しなことくらい、俺だって分かってるし」

その言葉にホッと胸を撫《な》で下ろしたのも束の間、蒔田が放ったひと言に、僕は呼吸が止まりかけた。

「だから部長に頼んできた」

「なんでだよ!」

「だってあの人、暇そうじゃない」

制服を着てコンビニのカウンターに立つ部長が浮かんで、くらくらと眩暈《めまい》がしてきた。鳥飼部長に一体何て釈明すればいいんだ。て言うか、何で部長は引き受けたんだ。どうかしている、コイツも部長もゼッタイに。頭を抱える僕の前で、「俺がちゃんと仕込んできたから心配しなくても大丈夫だよ、本棚の配置も変えるなって注意しといたし。あの人、すぐエイジーナムの雑誌を一番目立つとこに置こうとするんだよね」と蒔田が的外れなことを言っている。

「ネーム打ちが終わったら、すぐコンビニに戻れ！　二度と部長に代わりを頼むな！
……じゃなくて、コンビニは即刻辞めろ！」

「うん、分かった」

あまり分かっていない様子でそう言って、蒔田が自分のデスクへ帰っていく。

「あ、そうだ蒔田」

気になっていたことを思い出し、蒔田を呼び止めて訊いた。

「『CRY』の方はどうなってる？」

「まだ全然上がりが見えないって、さっきメールきた。いつもならこの時期には、いつ頃完成しそうって言ってくるんだけど」

それは朗報だ。予想がつかないということは、彼女に何か今までとは違う状況が起きているということだ。それがどうか、エシクス任せだったペン入れを、初めて自分の手で描いているということでありますように。僕の祈りを読んだかのように、うんと蒔田が頷《うなず》いた。その直後、鋭い声がフロアに響いた。

「眞坂さん！　蒔田さん！」

宮瀬優佳が受話器を手に立ったまま、こっちを見ていた。委員長の怯《おび》えたようなその顔を見て、嫌な予感が火花みたいに頭で弾《はじ》けた。

「みんな静かにしてください！」

委員長が編集部全体に向けて叫ぶように言った。みんなの仕事の手が止まり、一斉に視線が彼女に集中する。

「『遺言執行人ＣＲＹ』は盗作だって言ってるんですけど」

今度は途端に、全ての目がこっちを向いて、『ＣＲＹ』担当の蒔田へ視線が注がれた。蒔田が肩をすくめてみせる。もう、秘密にはしておけないようだ。

「代わるよ」

宮瀬に言って、僕は蒔田にも聞こえるようスピーカー通話にして電話に出た。

「はい、お電話代わりました」

「誰？」

聞こえてきたのは少年の声だった。第一声からすでに怒っている。

「月刊ゼロ、眞坂です」

電話の向こうの少年が、呆れたようにハハッと笑った。

「マサカってまさか眞坂崇？　あ、今のダジャレじゃないから勘違いしないで。編集長が出てくれた……ってことは、ちゃんと理解したってことでいいんだよね？　『遺言執行人ＣＲＹ』が完全な盗作だって」

電話の声は少し興奮していた。完全な、の強いスタッカートには怒りが滲《にじ》んでいた。僕は刺激しないよう、できる限りゆっくりと、穏やかに語りかける。

「そう主張する根拠を教えてください。もし、『遺言執行人ＣＲＹ』が盗作だとしたら、本当の作者は誰なのか。詳しく話してもらえませんか」

少年は黙り込んだ。その沈黙に逡巡《しゅんじゅん》が見えた。

「盗用元を明かさないのはなぜですか。何か言えない理由でも……」

図星だったようだ。少年は焦ったように「とにかく！」と僕の問いを遮断すると、最後にこんな宣告を突きつけ、電話は切れた。

「『ＣＲＹ』はすぐに打ち切って終わらせろ。もしも次の号に載ってるようなことがあれば……その時は、僕はヒビノナナもお前たちも許さない。盗作だって読者にバラしてやるからな」

告発ファックスのあの三行を思い出した。「死神が攫《さら》われた」「みんな、いやしい慾張《よくば》りばかり。」「ヒビノナナは悪人です。」いやしい慾張りとは、盗作を掲載している僕や蒔田ということか。大きく息を吐いた。気づくと、編集部の面々が不安そうな目でこっちを見ていた。慌ててみんなに呼びかける。

「大丈夫。この件は僕の方で調べてみるから。ほら、みんなは自分の仕事して」

パンパンと皆を追い立てるように手を叩《たた》いた。それでも、仕事に戻った者は一人もいなかった。矢代くんが「ダメ。やっぱり非通知」と首を振る。今の電話の発信元を調べてくれたようだ。

「ねえねえ、今のちょっと真藤零時《しんどうれいじ》っぽかったと思わない？」

「私もそれ思いました！」

藤丸と宮瀬が興奮した声で話している。真藤零時はいま一番人気の声優だ。たしかに藤丸の言う通り、電話の声は澄んでいて、優しいイケメン男子を連想させる声だった。

「今すぐ打ち切れ！　なんて、いかにもアンチが言いそうですよね」

藤丸が蒔田を見て言った。アンチとは特定の作品を嫌いだと言いながら、ひどく執着してネットに罵詈雑言《ばりぞうごん》を書き込んだりする人たちのことだ。ひどい場合はわざわざサイン会にまで行って、作家本人の前で作品を貶《けな》したりする。嫌いなら放っておけばいいものを、そうしないのは、むしろ大好きなのかもしれないなと思う。歪《いびつ》な愛ってやつだ。

藤丸が出したアンチの言いがかりという答えに、みんな「ああー」と納得の声をあげた。確かに、今の電話だけなら、僕も蒔田も最初にそう切り捨てていたかもしれない。

でも、この事件はきっと、そんな単純なものじゃない。

「またかかってきたら、すぐ僕か蒔田に回して。二人とも不在の場合は、詳しく話を聞きたいと言ってほしい。もし、何か話してくれたら録音するか、書き留めといて。あと、この件は外部には絶対に漏らさないように。エイジーナムの他の編集部にも。単なる悪戯《いたずら》か嫌がらせだと思うけど……念のため。そういうことで、よろしく」

まだざわついているフロアに呼びかけた。みんなにはまだ、全てを伝えるわけにはいかない。編集部のみんなが各々返事をし、ようやくそれぞれの仕事に戻り始めた。まだ僕のデスクの前にいる蒔田と目を合わせる。マズイことになってきたな。言葉にしなくても、互いの顔にそう書いてある。次号に『CRY』を載せたら、世間に盗作と訴えると少年Xは言っていた。どうやら僕は、今日からの地獄の一週間の間に、校了作業だけじゃなく、この事件も片付けなきゃならないらしい。

「パンダくん、ちょっと来て」

僕はパンダくんこと契約社員の半田くんを呼んだ。

「忙しいだろうけど『CRY』を画像検索にかける時間あるかな？　今まで掲載された分、全部なんだけど……」

パソコンを使えば、調べたい画像に類似したものを探し出すなど簡単だ。近年、盗作騒動が増えたのは、この便利な機能のおかげでもある。

「ハイ、大丈夫です！」

パンダくんが女の子みたいな顔を真っ赤に上気させた。パンダくんは焦るといつも顔が赤くなる。類似画像が一瞬で調べられると言っても、コミックスのおよそ一巻分の原稿ひとコマひとコマを調べるのはけっこう手間だ。パンダくんは平然を装っているけれど、内心かなりパニクっているようだ。そりゃそうだろう。月刊ゼロが一番忙しい時に、面倒な仕事を抱えることになったのだから。それでも、やってみなくては。校了期限まで、もう間がない。

「蒔田さん、今までの原稿、データで僕に送ってください！」

パンダくんがさっそく動きだしてくれた。聞いていた他のヤッらが次々と、手が足りないなら手伝うと声をかけている。みんな忙しいはずなのに……。創刊時、こんな面子《メンツ》で正直やっていけるのかと頭を抱えた編集部だけど、いいヤッらが揃ってる。僕は初めてそんな気持ちで、彼らのことを見つめていた。

夜八時、大手映画会社のプロデューサー二人を、僕はエレベータ前まで見送った。月刊ゼロで連載中の作品の、実写映画化の企画が持ち上がっているのだ。と言っても、まだまだ検討の第一段階。決まればラッキーくらいのもので、浮かれた気持ちには全然なれない。何せ、全国ロードショーの劇場映画なんて、企画書が百本作られても、実際にスクリーンに映し出されるのは一本あるかないかというくらいの確率なのだから。

それに、何でもかんでも派手にメディア展開すればいいってもんでもなく、下手すれば実写化などでせっかくのヒット漫画の命を縮めることだってある。だけど、今回頂いた企画書は実力派スタッフが名を連ねる、実現すればいいなと素直に思える内容だった。

神様どうか。祈る気持ちで、僕は閉まるエレベータに頭を下げた。

　エレベータホールから編集部へ戻ろうとしていた時、見送ったエレベータとは別の扉から蒔田が出てきた。小脇に膨らんだ封筒を抱えている。エイジーナム出版の社名とロゴが印刷されたオレンジ色のA４サイズ封筒だ。打ち合わせからの戻りらしい。

「どうだった？」

　僕が言うより先に蒔田が訊《き》いてきた。

「ああ、映画化？　まだまだって感じ。そっちは？　打ち合わせ？」

「うん。ちょっと時間空いたから、夏目氏と会ってネームとキャラデザ貰《もら》ってきた」

　蒔田が抱えている封筒に目がいった。この中に夏目さん……いや、直木ナツメ先生のネームとキャラクターデザインが入っている。胸の奥で何かがどくんと音を立てた。

「見る？」

　蒔田が封筒をひょいと片手で持ち上げた。

「いや、いい。仕事パッパッだし」

　そう言って蒔田を置いて歩きだし、三歩目で足が止まった。

「やっぱ見る」

　その場で蒔田から封筒を預かり、逸《はや》る足で編集部に戻った。自分の椅子に座りながら、封筒を開ける。机上にネームとキャラデザの束を置き、胸いっぱいに息を吸い込んだ。目を閉じて、静かに吐き切る。目を開けると同時に、一ページ目の一段目、最初のコマに視線を落とした。僕が夢中になったあの漫画を描いた、僕に漫画の面白さを教えてくれた、直木ナツメ先生。その直木先生のネームが目の前にある。心臓が音を速め、ページをめくる手を急《せ》かす。

　初めて目にする直木先生のネームは、芯《しん》の柔らかい鉛筆で描かれていた。ざっくりとした線でかなりラフに描かれているのに、画力の高さがちゃんと分かる。設定にストーリー、セリフ、コマの割り方や構図、ページ運び、夏目さんがまだ漫画家としての勘や視点を失くしてなかったことを、今もまだ直木ナツメであることを、目の前のネームは証明してみせていた。

　緊張する手で一枚一枚、ページをめくる。あっという間に、最後のひとコマにたどり着いた。全ページをトントンと揃えてもう一度、今度はもっとゆっくりと最初から。そうして二度、読み終えた。ネームの一ページ目の上にそっと一枚、傍らに除《よ》けておいた別紙を置いた。キャラクターデザインだ。

　考えるな、感じろ！　映画『燃えよドラゴン』のあの名台詞《めいぜりふ》は、僕ら漫画編集者にキャラクターデザインを見る際の極意を説いているのではないかと思うほど、ずばり的を射た言葉だと思う。キャラデザの良し悪しは、考えるものじゃない。バッと見た、第一印象で「うん！」と思えなければ。特に主人公は、出会ったその瞬間に、最初の読者である漫画編集者がときめきを覚えなければ、ヒーロー・ヒロイン失格だ。たった一人の心を摑《つか》めない主人公が、多くの読者に愛されるはずがない。

「どう？」

気づくとすぐ傍らに蒔田がいた。腰を折ってキャラデザを覗《のぞ》き込んでいる。

「うん」

それだけ言って、続かなかった。たった今、出会ったばかりの主人公に、僕は心が動かなかった。微塵《みじん》も、動かなかった。小学生の頃、初めて『無限大少女アスカ』を読んだ時のことを思い出す。あの時、初対面のアスカと、僕は目が合った……ように感じた。僕はその時、ドキッとして、思わず目を逸《そ》らしてしまった。僕にとってのアスカは、紙の上に描かれたただの線なんかじゃなかった。読者に愛されるキャラクターというのは、そういうものだと思う。

二十年前に『無限大少女アスカ』の連載を終えてから、一作も、読み切りひとつさえ発表していないだけに、僕は夏目さんがすでに漫画家の目や手を失くしてしまっていることを怖れていた。だけど、さっきのネームを見る限りそれはない。

だけど――目の前にいる主人公は、夏目さんが新たに生み出したキャラクターは、何の期待も抱かせない。いや、決して下手ではないのだ。容姿も服装も特徴を持たせてあり、オリジナリティもちゃんとある。それでも、言葉では説明しようがない魅力というものが、僕らモノ創りに関わる者がよく口にする〝何か〟が、このキャラクターデザインには感じられなかった。いや、キャラデザだけじゃない。一見、よくできているように見えるネームにも。

ふと、夏目さんと出会った時のことを思い出した。目の前にあるネームやキャラデザは、足音を立てずに真夜中のこのビルを歩く夏目さんの、その幽《かす》かな存在感に、どこか似ているような気がした。ここにいるのに、いないような。生きているのに、亡霊みたいな。そう、このネームやキャラクターデザインには、命の気配がしなかった。

小学生の僕を夢中にさせた『無限大少女アスカ』には、その命が漲《みなぎ》っていた。紙面からエネルギーみたいなものが迸《ほとばし》っていた。アスカが戦う時は、僕も一緒に戦ったし、アスカが泣けば、僕も泣いた。アスカは僕で、僕がアスカだった。アスカが生きてるその世界に、あの頃の僕は確かに生きていた。なのに、夏目さんの新作ネームには、漲る命も、迸る力も、欠片も見つけることができなかった。

僕はまた描けますか。

僕はまだ漫画家ですか。

夏目さんが『アスカ』連載時の担当編集者だった神邉さんに訊いたという言葉が蘇《よみがえ》った。直木ナツメの新作を読みたい、直木ナツメが描き出す新たな世界のページをめくりたい。その一心で、「夏目さんは漫画家です！　描けます。絶対にまた、新しい次の世界を」と叫んだ時のことを思い出す。今、この新作のネームを前に、同じことを夏目さんに叫ぶことができるかと訊かれたら、僕は言葉に詰まってしまう。答えが、分からない。

「お前はどうなの」

神邉さんが答えられなかったというふたつの問いを頭から振り払って、蒔田に訊いた。夏目さんの、直木ナツメ先生の、今の担当は蒔田だ。その蒔田は、このネームやキャラクターデザインをどう見ているのだろう。

「耄碌《もうろく》はしてないよね」

言い方には問題はあるけれど、僕は「うん」と同意した。漫画家としてボケてはいない。その通りだと思う。

「でも、ボケちゃってるよりもっと悪いよね。死んじゃってんだもん」

やっぱり気づいてたか。蒔田が見抜けないはずがない。

「で？　直木先生には何て？」

蒔田はこの状況を、一体どうするつもりなのか。

「うん。ゾンビー夏目氏に効く復活の呪文《じゅもん》があればいいけどね。とりあえず、『無限大少女アスカ』を描いてた時の気持ちを思い出して、もう一発って言ってきた」

「なんでそんなこと言ったんだよ！」

気づいたら、立ち上がって蒔田の胸倉を摑んでいた。言葉が勝手に噴き出していく。

「なんで、そんな追い詰めるようなこと言うんだよ！　夏目さんは自分が生んだ『アスカ』を超えられなくて描けなくなったんだぞ。簡単にそんなこと……なんでそんなデリカシーのないことできんだよッ。お前、担当編集だろ！」

蒔田は胸倉を摑まれたまま、じっと僕を見据えていた。

「そんなに言うなら、眞坂さんがやればいいじゃん。夏目氏の担当」

「それができればやってるよ！　自信ないから頼んでんだろ！」

あっ、と蒔田の胸倉を摑んだ手を離した。言ってしまった。蒔田から顔を背ける。僕の本音だった。それが思わず出てしまった。夏目さんの担当を蒔田に頼んだ一番の理由は、僕が直接の担当を持つことが制限されている編集長だからではなかった。本当の本当の真実は、そうだ、僕には自信がなかった。

直木ナツメ先生の次回作にご期待下さい。その一行だけを心の支えに、新たな作品を描きたいのに描けないまま、二十年もの長い年月を死んだように生きてきた夏目さんに、僕は新作を描かせる自信を持てなかった。自分で立ち上げヒットさせたと堂々と胸を張れるような実績が何もないまま編集長になった僕が、編集者として、世間に終わったと思われている漫画家を再生なんてさせられるのか。考えれば考えるほど、自信が持てず怖くなった。だけど、この男なら――蒔田なら、僕が越えられない壁を、ヘラヘラ笑いながら、軽ーく飛び越えてみせてくれるかもしれないと、そう思ってしまったのだ。

蒔田が黙って出て行った。気づくと、編集部のみんなが自分の仕事に戻るところだった。だけど一人残らず、意識はまだ僕に向いていた。心の一番奥底に隠しておいた言葉を、一番隠しておきたかった彼らに聞かれた。僕は、黙って自分の椅子に座り、赤ペンを握った。校了作業があって良かった。それだけが救いだった。そうでもなけりゃ、死にたい気分だ。

次号の月刊ゼロになる全ページを完成させて印刷に回さないといけないタイムリミットまで、あと二日。あんなことがあったおかげで、僕の集中力は凄《すさ》まじく、いつもの倍のスピードでチェック物の山は削られていった。

問題のヒビノさんの原稿はまだ上がらない。上がったとして、それは『CRY』の打ち切りを回避できる原稿になっているのか。そして、盗作疑惑がかけられ、次号に載っていれば世間に盗作だと訴えると脅迫されている『CRY』を掲載するべきか。ずっと握っていた赤ペンを机上に放り、両肘《ひじ》をついて頭を抱えた。あれから、蒔田とは一度も話をしていない。

「眞坂さん。画像検索、終わりました」

パンダくんが僕のデスクへ走ってきた。

「何か出た？」

パンダくんが首を振る。

「物語の舞台となってる場所のいくつかが、実際の建物のスケッチみたいで、そういうのが出てきただけで、あとは盗作を疑われるようなものは何もなかったです。ヒビノ先生……じゃなくて、ヒビノさんは盗作なんかしてないと思います。ボクはヒビノさんを信じます」

目の下にクマまでこしらえ頑張ってくれたパンダくんに、ありがとうと礼を言った。大きく伸びをして席を立つ。少しは体を動かさないと。背中が凝り固まって腰も重くなってきてる。午後二時過ぎ。昼食がてら外の空気でも吸おうかと、僕は編集部を出た。向かったのはいつものファミレスだ。どこで何を食べようか悩むのも面倒だったし、食欲もなかった。

ドアを押す寸前、尻《しり》ポケットのスマホが鳴動を始めた。手に取って見た画面中央の「山根」の文字に、大きく息をつく。もう先送りはできない。きちんと会って返事をしなくちゃ。僕はスマホの応答をタップした。

山根は僕や蒔田と同期の漫画編集者で、五年勤めた頃、エイジーナム出版から大手出版社である悠遊社に引き抜かれて転職した。その山根から久しぶりに電話がきたのは先月のことだった。漫画編集者ならその名を知らない者はいないウルトラ敏腕編集者・神邉比呂さんと飲むから来いと言う。僕はすぐさま駆けつけた。『無限大少女アスカ』連載当時の担当編集者だった神邉さんに、夏目さんが漫画を描くのをやめてしまった理由をどうしても訊《き》きたかったからだ。

驚いたことに神邉さんは、この出版不況と言われる時代に、ある財界の大物が新たに立ち上げる出版社の漫画部門のトップに就く予定だと明かし、その編集部に来ないかと僕を誘ってくれたのだ。だけど素直に喜べなかった。だって、漫画編集者の神様と呼ばれる人の仲間に入れてもらえるほどの実績など、僕のプロフィールには何も見当たらないのだから。そんな僕に神邉さんは、二十年も前に描けなくなった漫画家のことで悩んでるような男だから、一緒にやりたいんだとワケの分からないことを言って笑った。

考えさせてくださいと頭を下げて別れてから、もう一ヵ月になる。そろそろ返事をしないといけない。だけど正直、ひとつの答えを出した今でも、僕の気持ちは揺れていた。

神邉さんが選んだ少数精鋭というその編集部に移れば、僕はひとつの雑誌を預かる編集長である今よりも、もっと自由に伸び伸びと、いち漫画編集者として漫画創りができるだろう。想像しただけでワクワクする。それに、あの神邉比呂の下で働けるのだ。漫画編集者なら誰でも夢見るメガヒットを、何度も世に送り出してきた人の下で。漫画編集者としての純粋な野心を持った人間なら、答えはよろしくお願いします以外に何がある。いや、何もない。あるはずない。

ちょうど新宿にいると言う山根と、打ち合わせでよく使う新宿駅近くの喫茶店で落ち合うことにした。今日は神邉さん抜きらしい。ホッとした。やっぱり緊張する相手だし、神邉さんと話しているとどんどん気持ちが引き寄せられそうで怖かった。正直、まだ迷いが残ってる。神邉さんの下で働く自分を、この一ヵ月間、何度も夢想したのだ。だけど、僕は辞退するつもりだった。理由はたったひとつだ。四年前に自分が立ち上げた月刊ゼロと、その編集部を置いて他へ移るなんて、僕にはとてもできそうになかった。雑誌が十分育って、何かしら実をつけたのを見届けた後だったなら、答えは違ったのかもしれないけど。

「分かってたし、気にするな」

店に着いて、注文した品が届くより先に辞退したいと口にすると、山根はあっさり僕の返事を受け入れた。

ホッと肩で息をつくと、どこかのお屋敷のメイドみたいな制服に身を包んだウェイトレスが、フラスコに入った珈琲《コーヒー》とホットサンドを運んできた。このレトロな雰囲気の純喫茶は、朝まで開いてる漫画屋にはありがたい存在だ。珈琲がフラスコからカップに注がれるのを待って、僕は理由を説明するつもりでいた。だけど、山根の次の言葉で、その必要もなくなった。

「神邉さんもあの後、言ってたしな。自分が生んだ子供が四歳じゃ、まあ来ないだろう。出来の悪い我が子ほど可愛いもんはないからね、ってさ」

「うそ、神邉さんが？」

「そういう理由で断ってくるような男だから、余計にいいと思うって。どうにもならんな、こりゃ……なんて言ってたよ」

山根の物真似まじりの話に驚いた。神邉さんは最初から、ぜーんぶお見通しだったのか。初めて顔を合わせたあの夜、僕がこの結論を出すことを見抜いていたなんて、漫画編集の神様は予言者でもあるらしい。なのに今日まで悩んで迷って、この僕がメガヒットを連発する想像を頭の中で何度も繰り広げて興奮して、そのくせ月刊ゼロへの未練たらたらで、今日まで返事を先送りして。ほんと馬鹿みたいだ。だけど……出来の悪い子か。たしかに、月刊ゼロは出来がいい子とは言い難い。苦笑した。それでもようやく返事ができて肩の荷が下りたせいか、口にした珈琲とホットサンドはやけに美味《おい》しかった。

「実は蒔田も誘ってたんだ」

「えっ」

驚いたせいで、啜《すす》っていた珈琲を噴きそうになった。

「アイツのこと話したら神邉さんが面白がってさ。お前と会った一週間くらい後かな、呼び出して話した」

知らなかった。蒔田はそんなこと、ひと言も言ってなかった。

「で？」

「断られた。理由、聞きたいか？」

「聞きたくない。けど言うんだろ」

山根がニヤニヤと笑った。そしてまた、器用な物真似まじりで蒔田の辞退理由を教えてくれた。

「行かない。だって眞坂さんは絶対断るよ。俺、あの人がいないとこじゃ生息できないもん、だってさ。さすがの神邉さんも唖然《あぜん》としてたよ」

貧乏神に憑依《ひょうい》された気分だ、と身震いした。でも、アイツは意外と分かってんだな。そう思うと可笑《おか》しかった。僕がいなかったら、僕があの時、編集長になってなかったら、全編集部をたらい回しにされてた蒔田は、今頃どうなってたか分からない。

「あん時は面白かったよなあ」

山根がクックと肩を小刻みに震わせ、あん時の蒔田とお前は最高だった、と身をよじって笑い始めた。山根の言う「あの時」が、どの時を言っているかは訊かなくても分かる。

六年前、創刊編集長を命じられ、その場で辞退した僕に、部長は正式な返事は一ヵ月後に聞かせてもらうからと、猶予期間を押し付けてきたのだ。その猶予期間の最終日になっても、僕の気持ちはやっぱり何も変わらなかった。定時になったら部長を訪ね、「気持ちは変わりませんでした。やはり辞退させていただきます」と言うつもりだった。なのに、定時まであと四時間ちょっとになった頃、パソコンでコミックスの台割を作っていた僕の横に、いつものように蒔田が椅子を漕《こ》いでやって来た。あの時、蒔田があんなことを言いださなければ、僕は編集長になんかなってなかったはずなのだ。絶対に。

あと四時間十二分三十秒……四時間十二分十五秒……。僕はコミックスの台割を作りながら、部長に押し付けられた猶予期間の残り時間を心の中でカウントしていた。時計の進みがじれったい。まるで時効を待つ逃亡犯だ。悪いことなんか何もしていないのに。

そんな僕のすぐ横へ、いつものように水面下の水鳥よろしく足を掻《か》き掻き、蒔田が椅子ごと体を寄せてきた。

「ねー眞坂はもう読んだ？　今月号の蟻乃《ありの》流儀《りゅうぎ》―

訊きながら僕の顔を覗《のぞ》き込む。蟻乃流儀は、大手出版社の二誌に掛け持ちで連載している人気漫画家だ。

「掛け持ち始めてから、ホントつまんなくなったよね。ねえ、誰か親切な編集者がちゃんと言うべきじゃない？　ふたつもつまんない漫画描く暇があるんなら、前みたいにひとつだけ面白い漫画を描いてくれって」

「近い。それに邪魔」

蒔田の顔を手で除《よ》けた。でも、内心言ってることには同感だった。蟻乃流儀作品は、連載の掛け持ちを始めてからストーリーも作画も、急に質が落ちていた。特に物語は、以前に比べるとキャラクターの掘り下げが甘くなり、展開にも大きなうねりが感じられなくなっていた。漫画編集者のほとんどが、多少なりとも気づいているはずだ。それでも、そこに目を瞑《つぶ》って、新たに執筆を依頼する出版社は少なくないだろう。

蟻乃先生の場合、すでにある連載はまだまだ終わりそうにないから、終了を待っての連載開始となると、一体いつになるか分からない。だけど、のんびりと「そのうち」「いつか」なんて言っていたら、どんどん他社に出し抜かれてしまう。だから、みんなとにかく早く描いてもらおうとするのだ。すると、描いてもらえたのはいいけれど、他にも連載がある以上はどうしてもページ数が限られるし、最悪の場合、クオリティ的に残念な結果になってしまう。所謂《いわゆる》、「荒れる」ことになる。

連載本数を増やした結果、どの作品も中途半端になって人気が急落するなんて、珍しいことでも何でもない。それが仇《あだ》となり、漫画家として短命に終わる人もいる。漫画編集者ならみんな、掛け持ちさせる危険性など百も承知だ。それでも、そこを見ないフリして、たくさんの漫画編集者が掛け持ち連載を依頼する。仕事を増やせば増やすほど質は落ちやすいと分かっていても、人気漫画家の原稿が欲しいものは欲しいのだ。

「自分のキャパを知っていて、断り上手であることも漫画家の実力のうち」と僕は執筆依頼を断られたことがあるけれど、それは確かに必要な力だ。蟻乃先生はその種の実力が欠けている、断りきれないお人好《よ》しなのかもしれない。

「ねえ、なんで誰も言ってやんないんだろ。このままじゃ、蟻乃流儀は潰《つぶ》れるよ」

「そんな親切な編集者じゃ原稿は貰えないからだろ」

もう少しで完成する台割の作成画面から目を離さずに答えると、そこから莳田の声が途絶えた。気になりながらも前を向き、僕は仕事を続行する。すると、いきなり僕の横で「よし！」と決意の声があがった。

「蟻乃先生んち行ってくる」

「ちょっと待て莳田！」

止めようとした僕に、「あ、大丈夫。場所なら分かるから。蟻乃先生んとこでアシやってた漫画家さん知ってんだよね」と見当外れな返事を寄越《よこ》し、「眞坂は台割で忙しそうだし、俺一人でも大丈夫」と、莳田は会社を飛び出していった。

……マズイ。これから莳田が何をやらかすかだけでなく、その先に待つ最悪の結果まで僕には見えていた。それでも僕は、知らん顔を決め込もうとした。アイツには関わらないのが一番だ。猶予期間を無事に終え、創刊編集長なんて重荷を背負い込むのを回避する。今はそれが何より大事だ。きつく自分に言い聞かせ、心を無にして台割作成を続行する。あと四時間七分十五秒……四時間七分ジャスト。このまま時効まで、ここからテコでも動くもんか。

なのに、残り四時間を切った瞬間、僕はキーボードを打つ手を止めて、一年前に悠遊社に転職した山根に電話をかけていた。

悠遊社は出版御三家のひとつで、漫画業界の売り上げ一位に躍り出ることはないものの、長年、第二位の椅子を他社に譲ることなく、エイジーナムとは比べ物にならないほど多くのヒット作を世に送り続けている。蟻乃流儀はその悠遊社からデビューし、以来ずっと連載を続けている。山根なら、蟻乃先生の仕事場が分かるはずだ。

「蟻乃先生の仕事場？　うん、知ってるけど。どうした」

電話の向こうから聞こえてきたのは、僕のよく知る自信に満ちた声だった。山根が大手に移ったりしなければ、僕が創刊編集長なんて大役を押し付けられそうになることもなかったのに。そんなことを考えながら、どう答えていいのか分からず「ああ、うん」と口ごもった。

「どうせまた、蒔田が何かやらかしたんだろ」

当たり、と情けない声を出すと、「会社の前で待ってろ。先生の仕事場に連れてってやるよ。すぐ拾いに行くから」と優しい声が返ってきた。そんな簡単に？　何か裏でもあるんじゃないのか。半信半疑で会社の前でしばらく待つと、山根は本当にタクシーでやって来て、僕は自分の頰をつねりたい気持ちになった。

「眞坂ってまだ週刊少年ゼットだよな。蒔田はどこだっけ？　あのたらいは今どこの編集部に回されてんだ？」

　車内に乗り込むと、山根はすぐに笑いながら訊《き》いてきた。

「少し前から、週刊少年ゼットに戻ってきてる。でも今度こそたらい回しじゃなく、会社から放り出されるかもね。エイジーナムの全編集部をすでにひと回りして、二巡目に突入したし」

「崖《がけ》っぷちじゃん。で？　何年もかかって最近やっと蟻乃先生に連載してもらう約束を取り付けたエイジーナムなら、社内に蟻乃先生の仕事場を知ってる人間くらいいるはずだけど、なんで俺に訊いてくるかな」

「え？　なんでそれ知ってんの！」

　驚いて声がひっくり返った。山根が言う通り、エイジーナムはずっと蟻乃詣《もう》でを続けてきて、つい最近、念願叶《かな》って色良い返事をもらえたばかりだった。

　山根は一年前までエイジーナムにいたのだから、オファーのことを知っているのはおかしくも何ともない。だけど、連載の承諾を得たことまで知っているとは思わなかった。まだ正式決定前ということもあり、この事を知っているのはエイジーナムでもごくわずか。僕だって、部長の密命を受けて僕を説得しようと飲みに誘ってきた少年ゼットの佐々木《ささき》編集長が、酔っぱらってポロリと漏らしたりしなければ、今も何も知らなかったはずだ。

「なんで知ってるって、俺ちょっと前から蟻乃先生の担当だからさ。そんなことくらい、先生から直《ちょく》で聞いてるに決まってるだろ」

山根が右手で自分の左腕を叩《たた》いてみせた。担当作家とはツーカーよ、というデキる漫画編集者アピールだ。

「と、言いたいところだけど。本当は先生のアシやってる新人も担当してるからさ、そこから情報をゲットした。先週エイジーナムが、尾高居堂《おたかいどう》の和栗まるごとゴロゴロ羊羹《ようかん》の特大、ひと棹《さお》七千八百円を手土産に持ってきたことまで、こっちは情報摑《つか》んでるからな」

「和栗まるごとゴロゴロ羊羹?」

あんぐりと口を開けて山根を見てしまった。アシスタントを手懐けてスパイに仕立てていたとは……。ドン引きする僕に「そんな目で見るなって、照れるだろ」と山根が笑った。

「で? 社内の人間に訊けないなんて、どんなヤバイ状況なんだ? 蒔田は蟻乃先生んちに行って一体何をしようって?」

途端に焦りが復活した。呑み込まれないよう、落ち着けと自分に言い聞かせながら、僕はさっきの出来事を山根に話した。

「え、何？　蒔田は蟻乃先生に、掛け持ちはやめてひとつの作品に集中しろって説教しに行くの？　自分ちの会社が掛け持ちで描いてもらう約束をやっと取り付けた漫画家に？　そりゃ、バレたら大変だ」

山根はタクシーの車内でゲラゲラと笑い転げた。自分が笑われているようで、僕はなぜだか小さくなった。ふと見ると、窓の外はいつの間にか住宅街に景色を変えていた。住居表示が目に入る。南阿佐ヶ谷《みなみあさがや》辺りのようだ。もう着く頃かと落ち着かない僕の隣で、山根はまだ肩を震わせて笑っている。

「やっぱり面白いな、蒔田は。お前には悪いけど、俺は蒔田を応援するぞ。蒔田のおかげで蟻乃先生が他の連載をぜーんぶやめて、うちの仕事に集中してくれたら万々歳だしな」

もしも蟻乃先生が仕事を一本に絞ったら、自分が担当する作品が残る。そう信じて疑わない山根を羨望《せんぼう》の眼差《まなざ》しで見つめた。どうしたら、そんなポジティブに世界を見ることができるんだ。きっと山根なら、創刊編集長を命じられても臆《おく》することなく引き受けるんだろう。それに山根は、エイジーナム時代にちゃんと、自分で立ち上げた作品をヒットさせている。そのヒット作の作者を連れて、悠遊社に移籍したのだ。

「山根がいたら、こんなことになってなかったのに」

「ん？　何だよ急に」

何でもないよ、とごまかした僕の言葉が合図みたいに、タクシーはスピードを落とし、停止した。穏やかな住宅街に溶け込むように建っている、落ち着いた雰囲気の低層マンションの前だった。外壁はカフェオレ色した総タイル。たぶん、けっこうな高級物件なんだろうけど、いかにもな高級感じゃなく、何と言うか上品だ。へえ、ここが蟻乃先生の仕事場か。と思って見てるとドアが開き、慌ててジーンズの尻《しり》ポケットから財布を出した。だけど、僕がそれを開く前に、料金トレイにお札が置かれた。

「いいから行け。って、間に合わなかったようだけど」

山根が顎《あご》をしゃくった先を見る。マンションのエントランス前に、集合インターホンに向かって話す蒔田の姿があった。予想した通りの台詞《せりふ》まで聞こえている。

「俺の提案としては、連載をひとつに絞るのがベストなんだけど、もう始めちゃったもんは仕方ないし。そうだ、こうしよう。どっちも隔号掲載にして……」

悪い、と山根に言うより先に車の外に飛び出した。そのままの勢いで、蒔田めがけて全速力で走る。

「え？　ああ、俺は読者じゃ……いや、読者は読者なんだけど、エイジーナム出版の週刊少年ゼットで……」

ドンッと蒔田を突き飛ばした。集合インターホンにしがみつき「ではなくッ」と叫ぶ。

「週刊少年ゼットではなくッ、今日発足したばかりの月刊誌、月刊ゼッ……ゼ……ゼロ！　月刊ゼロの創刊準備室に籍を置きます編集部員、蒔田了がご迷惑をおかけしました！　僕はその創刊準備室の責任者で、編集長の眞坂崇と申します！　先生の漫画が好きなあまり、うちの蒔田が大変失礼しました！　このバカは今すぐ連れて帰ります。本当に、申し訳ありませんでしたーッ」

最後は絶叫に近かった。我に返った瞬間、何てことをしてしまったんだと絶望し、その場に膝《ひざ》から崩れ落ちた。そんな僕の背後で、蒔田が無邪気な声をあげる。

「そういうことになったんだ。ふーん……いいね、それ」

こうして僕は、鳥飼部長に押し付けられた猶予期間の最後の最後で、絶対に断るはずだった創刊編集長なんて大役を引き受ける羽目になった。そして、蒔田はあの日から、僕をさん付けで呼ぶようになり、僕はそんな蒔田と共に二年間の地獄のような準備期間を経て、月刊ゼロを創刊。一誌を背負う編集長となり、今に至る。


「最ッ高に面白かったよ、あん時の蒔田とお前は」

喫茶店のテーブルを挟んだ目の前で、山根がまだくつくつ笑っている。

「あ、そうだ山根。あの後、蟻乃先生からエイジーナムにクレームも何もなかったの。あれって、もしかして山根が何か言ってくれた？」

六年越しの疑問をやっと訊けた。まあな、と認めた山根は笑いながらも苦い顔をした。

「どうか穏便にって、先生に頼んでやったよ。蒔田のせいで、こっちの連載まで隔号連載にされるとは思ってなかったからな」

そうだった。あの後、蟻乃先生のふたつの連載漫画は、なぜかどちらも隔号掲載になったのだ。連載がなかなか進まなくなると残念がる読者は多かったけれど、じっくり時間をかけて描いた分、二作品とも質を持ち直し、人気はむしろ高まった。おかげで、そのふたつの連載が片付いてからと無期限先送りになってしまったエイジーナムでの連載開始は、六年経った今もいつになるやら分からないままだ。

「ああ、そうだ。蒔田と言えばさ」

山根の顔から笑いが消えた。急にトーンを落とし、話を変える。

「『遺言執行人CRY』って蒔田が担当なんだな。こないだ一巻出ただろ。あの奥付の編集担当者名で知って、あれっと思ったんだけど」

CRYの響きに、一瞬、背中に緊張が走る。

「『CRY』が何？」

平然と言ったつもりが、顔に出てしまったらしい。山根が「おや？」と僕の目を覗《のぞ》き込む。耐えきれず目を泳がせてしまった僕に、山根がニヤリと片方だけ眉《まゆ》を上げた。

「思った通り、何か起きてんだな」

「思った通りって何だよ」

「実はあれ、うちに持ち込まれてた」

「えッ、悠遊社に⁉」

「ああ。うちじゃ、ちょっとした怪談話まで出たくらいだ」

「怪談話？」

「いや、真面目な話、何がどうなってるのか、俺も知りたくてさ」

山根はテーブルに身を乗り出すと、神妙な顔で話し始めた。

去年の十一月初め、山根が籍を置く月刊漫画誌の編集部に『遺言執行人ＣＲＹ』とタイトルも設定もキャラクターデザインもまるで同じ漫画の持ち込みがあったという。持ち込みに対応した若い編集者は手応《てごた》えを感じ、ぜひ連載まで持っていきたいと意気込んでいたそうだ。なのに、その月末に突然、その作者と連絡が取れなくなった。十二月に入り、心配した編集者は自宅まで訪ねてみたそうだ。

「だけど、作者は数日前に亡くなっていた」

え？　ショックで言葉が出なかった。悠遊社に持ち込みをした後に亡くなった、その人が『遺言執行人ＣＲＹ』の本当の作者なのか。じゃあ、うちで『ＣＲＹ』を連載しているヒビノナナは——

死神が攫《さら》われた。

みんな、いやしい慾張《よくば》りばかり。

ヒビノナナは悪人です。

あの三行の告発文が脳裏に浮かんだ。あのヒビノさんが、橘ひかりが、盗作者だなんて信じたくなかった。

「ところが、だ。十二月の終わりに、なんと月刊ゼロで『遺言執行人ＣＲＹ』の連載が始まった。うちの編集部がざわついたの何の。うちに持ち込まれてた作品なのに、他誌で連載が始まったってだけじゃない。もうこの世にはいない作者の新連載が始まったんだ。そりゃ驚くさ。前号で告知を打ってたとしても、作者が亡くなったのは十二月発売号の校了前だ。作者の訃報《ふほう》を知れば、普通は新連載は中止にするしかないはずだろ。なのに、これはどういうことなのか。

うちの編集部のヤツらはこう推理した。作者はもともと月刊ゼロの方に早く持ち込んでて、連載が決まってた。だけど例えば、編集部の意向と方向性が合わないとか、何らかの理由で月刊ゼロから他の雑誌へ乗り換えたいと考えた。で、うちへ持ち込んだ。それでも結局、そのまま月刊ゼロで連載することに決め、うちの方はバックレた。なのに、さあ始まるよ、というタイミングで作者は急死してしまった。困った月刊ゼロは、あの作品は短編連作形式だし、すでに上がってるものだけ、期間限定で掲載することに決めた。どう？」

ずいと大きく身を乗り出して、山根が僕の答えを待つ。

「その顔じゃ、やっぱりハズレみたいだな」

「やっぱりって何だよ」

その言い方からすると、山根は最初から別の見方をしていたんだろう。

「だって、どうにも解せないんだよ。だってさ」

山根がまた片眉を上げげた。

「おかしなことに、月刊ゼロで始まった『遺言執行人ＣＲＹ』は、うちに持ち込まれたものと酷似していながら、作画のクオリティが落ちていた。はっきり言えば、月刊ゼロに載ってるアレは全部、ペン入れがエシクスだ。違うか？　うちに持ち込まれた第一話は、ちゃんと人の手で描かれていたよ」

山根が僕の目を瞬《まばた》きもせず見つめて話す。この視線はたぶんそう、嘘発見器だ。山根は僕を嘘発見器にかけ、追い詰めて口を割らせるつもりなんだ。

「ということは、どういうことなんだ？　真相を教えろよ」

「分かった」

僕は無駄な抵抗はやめて、『遺言執行人ＣＲＹ』に起きている出来事を話すことにした。勝てる気がしないというのもあるけれど、山根が持っている情報をもらうのに、こっちがだんまりというワケにもいかないだろう。

「でも、その前に悠遊社に持ち込みに来た人のこと、詳しく教えてもらえないかな」

山根は「個人情報だからな」と焦《じ》らした後、「お前が包み隠さず話してくれたら教えるよ」と白すぎる歯を見せた。さすが抜かりがない。駆け引きが大の苦手ときている僕じゃ、どう頑張っても敵《かな》わなそうだ。

「絶対に人に漏らさないと約束してほしい。悠遊社の社内にも」

「もちろん約束するよ」

僕に周囲に聞かれないよう、小声で例の告発ファックスと電話のことを山根に明かした。

「なるほどな。ますます謎だな。うちに持ち込んだ人物と、ヒビノナナ、そして告発者の少年か……」

山根が腕組みし、「気になるな」と呟《つぶや》きながら天井を仰ぎ考え込む。

「でもなんで山根がそこまで気にするわけ？」

訊《き》いた僕に、山根は「決まってるだろ」と答え、フンと鼻息を立てた。

「眞坂や蒔田と久しぶりに遊びたいわけ。今の会社はみんなちゃんとしてるからな。つまんないんだ。エイジーナムは楽しかったよ、バカばっかで最高だ」

「褒められてる気がしないんだけど」

なんだかよく分からない理由に苦笑した後、僕は切り出す。

「じゃあ、今度はそっちの番。悠遊社に『遺言執行人ＣＲＹ』を持ち込んだのは、どこの誰？」

そう焦るなよ、と山根は前のめりだった体をボックス席の背もたれに預けた。

「高校一年の女の子だよ。生きていたら高校二年か」

高校二年生。ヒビノナナと同じだ。

「名前はアイダノゾミ、相性の相に田んぼの田、希望のぼう」

「相田望……本名？　ペンネーム？」

「本名。ペンネームは使わないって言ってたそうだ」

相田望。亡くなったその少女が『ＣＲＹ』の本当の作者なのだろうか。じゃあ、あの告発者は？　相田望とどういう関係なんだろう。

「その告発電話の少年さ、相田望の恋人なんじゃないか？」

山根が僕と同じ推察を口にした。じゃあヒビノナナこと橘ひかりは――

「その相田さんの悠遊社への持ち込みのこと、蒔田には？」

「話してない。こないだは神邉さんが一緒だったし、『ＣＲＹ』の担当が蒔田だって知る前だったからな。眞坂から話しといてよ」

分かった、と了承しながらも気が重かった。夏目さんのことでケンカした後、黙って出て行った蒔田の後ろ姿を思い出す。あの背中は、はっきり怒ってた。アイツ、今どうしてるんだろう。さすがにもう、コンビニバイトは辞めてるはずだ。ああああ……忘れてた。部長にこの件を謝りに行ってない。何て言やいいんだ。もう頭の中から、この件についての記憶を消し去ってしまいたい。

「……ん？　そっか！」

記憶というワードにひらめいた。そうだ、監視の目は、カメラだけとは限らない。監視カメラが記録してなくても、店員が記憶しているかもしれない！

「ごめん山根、もう行くよ。情報提供、助かった」

僕は、慌ただしくテーブルに自分の分のお代を置いた。

「真相が分かったらこっちにも教えろよ。悠遊社のヤツらには言わないからさ」

山根が片目をギュッと瞑《つぶ》った。僕は曖昧《あいまい》に笑ってみせると、店を出て、新宿駅へ走り始めた。


再び降り立った東中野駅の改札を抜け、真っすぐコンビニに向かった。ドアを押すなりレジカウンターを見ると、長い髪を後ろで結んだ男の後ろ姿があった。アイツ、まだやってんのか！　と思ったら、その背中が振り向いた。

「らっしゃいませー」

ホッとして脱力した。レジにいたのは蒔田とは違う若い男だった。

「すみません。突然で申し訳ないんですけど、実はうちに脅迫めいたファックスが届きまして。調べてみたところ、こちらから送信されてるようなんです。犯人特定のため、ご協力いただけないでしょうか」

この前考えた通りの説明の後に、「先週土曜日の昼のシフトに入っていた方は」と訊《たず》ねた。すると、バンドマン風のバイト君があっさり自分だと答えた。

「でも、コピー機を使ったお客さんとか覚えてないっすね。監視カメラに映ってるはずですけど、オーナーに訊かないと。でも、今日明日オーナーいないんで、明後日《あさって》また来てもらった方が……」

「え？　監視カメラ、動いてないいんじゃないの？」

バイト君の言葉にビックリして、大きな声で訊き返してしまった。

「え？　動いてないと監視カメラの意味ないじゃないっすか」

バイト君は逆に驚いてのけ反ると、そっと僕に顔を寄せ、小声で舞台裏を明かした。

「だって、自分たちバイトがサボってないか、煙草パクったりしてないか、見張るための監視カメラっすから」

頭ん中を急に何かにかき回されたように混乱した。なんで蒔田は、店内の監視カメラ全てが張りぼてだなんて言ったんだ。アイツがそんな嘘を吐かなきゃならなかった、考えられる理由はひとつだ。蒔田は監視カメラに映っていた告発者を見たんだ。それは、アイツの知ってる人物だった。一体、誰だ……。

東中野駅のホームで、ポケットのスマホが震えた。手に取って、「藤丸」の文字を確認して電話に出る。

「悪い、ボードに書くの忘れてた。昼飯に出て、ゆっくりし過ぎた」

もう戻るところだから、と言いかけた時、予想もしなかった声が耳に飛び込んできた。人気声優の真藤零時に似た、繊細な響きの澄んだ声。あの、告発電話の少年の声だった。

「もしも『遺言執行人ＣＲＹ』が次号に載っていたら、絶対に許さない」

息を吞んだ。慌ててスマホを耳元から離し、画面で確認した。間違ってない。確かに、藤丸紗月からの着信だ。

「どうして君が藤丸の電話から……藤丸は無事なのか！　もし、妙なことしてたら……」

ブツ、と電話の声が噴き出した。

「何が可笑《おか》しい！　どういうつもりか知らないけど、うちの人間に手を出すのはやめろ！　誰かを傷つけたいなら、僕が代わりになる。藤丸は今どこにいる！」

「会社ですよぉ」

惚《とぼ》けたその言い方に、怒りが爆《は》ぜた。

「ふざけるな！」

するとと突然、少年は沈黙し、しばらくして「眞坂さん、そんな怒んないでください」と言う声が聞こえた。いつもの藤丸の声だ。

「藤丸ッ、無事なのか！　告発電話の主と一緒なのか！　今どこだ！」

「だから私です、会社です、さっきの声も私なんです。眞坂さん、私の身代わりになるとか言っちゃって、ちょっとカッコ良すぎですよー」

言ってることが理解できなかった。告発電話の少年の正体が藤丸紗月？？　何が何だか分からなくなって思考がフリーズしている僕に、藤丸のいつもの声が種明かしをしてくれた。

「最近出たボイスチェンジャー・アプリです。これを使えば、声を変えて電話できるんですよ。今のは真藤零時バージョン。どうですか、ちゃんとボイスチェンジできてました？　眞坂さんの様子だと、バッチリだったみたいですね」

ヘナヘナとその場にしゃがみ込んだ。快速電車がごうと音を立てて通り過ぎていく。その間も、藤丸のはしゃいだ声がスマホから聞こえていた。

「これ昨日、友達に教えてもらったんです。真藤零時から夜中に電話かかってきたからビックリして。ヤバイ台詞《せりふ》たくさん言ってもらったりして、すっごい興奮しちゃいました」

そんなことはどうでもいい。と言いかけた時、藤丸が急に真剣な声で言った。

「あの告発電話、このアプリを使ってたんじゃないですか」

「うん。みたいだね」

間もなく電車が来るというアナウンスが聞こえてきた。これから戻ると藤丸に告げ、電話を切る。電車はガラガラに空《す》いていたけれど、落ち着かなくてドアの脇に立ったまま、たった今起きたことを頭の中で整理した。

告発者の少年の声はフェイクだった。少年の声を選ぶということは、真の姿はその逆である気がした。一人の少女を思い出す。蒔田は彼女を庇《かば》ってあんな嘘を吐いたのだろうか。だとしたら、何のために？

もう一人の少女の顔を思い浮かべる。蒔田は一体、誰のために、何をしようとしているんだろう。そして、校了期限の明日いっぱいで、この盗作疑惑にカタがつかなかったその時は、僕はどうするべきなんだろう。脅迫に屈して掲載を見送ることだけはしたくない。だけどそれは、『遺言執行人ＣＲＹ』が盗作じゃなかったら、の話だ。

新宿駅に電車が着いた。ドアが開くと同時に、ホームに飛び出す。編集部に帰ったら、やらなきゃいけないことがある。もしかしたらその中に、何か隠されているかもしれない。

編集部に入ると蒔田の席に直行した。デスクに積み上げられて山になってる書類や封筒の中身を全部、これじゃない、これでもない、と大急ぎで確認していく。そして、空き巣に荒らされたように見える程度に蒔田の机上が散らかった頃、ひとつの封筒の中にそれを見つけた。扉ページに作者名が記されている。星野梨花の名だ。

自分のデスクに持っていく時間も惜しくて、手にした原稿をその場で読み始める。『天翔舟《そらかけるふね》』と題されたその物語は、ヒロインである少女が卒塔婆《そとば》を立てるシーンで始まっていた。少女は、王の墓を護《まも》る墓守一族の最後の一人だ。だがある日、彼女が護る王墓が暴かれた。黒いマントの墓盗人と死闘を繰り広げる少女。敵に一太刀浴びせると、その敵の腕が吹き飛んだ！　しかし、一滴の血も落ちない。敵は、機械仕掛けのアンドロイドだった。

驚く少女の隙をついて、敵の刀が振り下ろされる。寸前に避《よ》けたものの、少女は深い傷を負う。迸《ほとばし》る少女の真っ赤な血。敵は墓の中に隠されていた宝物《ほうもつ》を奪い去る。それは、高く天空まで飛んでいけるという舟の設計図だった。去っていく敵に、少女は叫ぶ。「その設計図は絶対に取り返す！」。少女の長い髪が火炎のように風に広がる、息を呑むほどの緊迫感に満ちた大ゴマで物語は終わっている。いや、むしろここから、ヒロインの戦いが始まるのだろう。

やっぱりそうか。確信した。告発者は、この作品を持ち込んだ星野梨花だ。機械仕掛けのアンドロイドは、エシクスを使って『ＣＲＹ』を描いているヒビノナナのことを揶揄《やゆ》しているのだろう。卒塔婆を立て続けているヒロインは、星野梨花自身。卒塔婆は、最近では専用の機械を導入している寺院も多いらしいが、もともとは漫画と同じく墨を使って一文字一文字、僧侶《そうりょ》が書くものだ。ヒビノナナと違って、自分はエシクス任せなんかじゃないと言いたいんだ。噴き出る血潮、これも機械とは違うという証《あかし》だ。

墓から奪われた設計図。これはネームを暗示しているのだろう。ネームは漫画の設計図と言うべきものだ。その設計図を基に造る舟は、天へも翔《かけ》てゆける……これは『遺言執行人ＣＲＹ』がそれほど大きな可能性を秘めていると、星野梨花が信じているということかもしれない。

四十八枚の原稿は、そのまま憎しみの塊のように思えた。告発文を送っただけじゃなく、こんな手のかかるものまで描いて、月刊ゼロに持ち込んできた。その狙いは何なんだろう。わざわざ、蒔田を指名してまで。そう考えて、ハッと気づいた。

「藤丸！　蒔田はどこ行った！」

ひとつの答えが見えた僕は、フロアのどこかにいるだろう藤丸紗月に叫んだ。

「眞坂さん、ボード……見てください」

すぐ前の席で、藤丸が行動予定表が掛けられた壁を指していた。

「ボード？　アイツがそんなの書いて出掛けることなんて……」

ない、と言いかけて見たボードの蒔田の欄には、打ち合わせと書かれていた。驚いて二度見した。二度目もしっかり、アイツの文字で打ち合わせと書かれている。幻じゃなさそうだ。

「私もビックリしちゃいました。初めてじゃないですか、蒔田さんがちゃんとボードに書いて出掛けたの。具合でも悪いのかな」

ハイ、と藤丸の近くに立っていたパンダくんが手を挙げた。「はい、パンダくん」と藤丸に指名されてから、パンダくんが口を開く。

「ボク、さっき見ました。エントランスロビーで蒔田さん、スマホで話してたんですけど……ヒビノ先生、これから向かいますので、よろしくお願いしますって大きな声で言ってました。蒔田さんがヒビノ先生なんて呼ぶの、変ですよね。いつもセブンて言ってるのに。蒔田さん、どっか壊れちゃったのかな」

パンダくんが言い終えないうちに「あのバカ！」と叫んでいた。星野梨花が蒔田指名で持ち込みをしたのはなぜか。星野梨花は、蒔田の顔を確かめに来たんだ。プロフィールが一切謎で、その正体を知る手掛かりが何もないヒビノナナにたどり着くには、担当編集である蒔田を尾行するしかないと思ったんだろう。『遺言執行人CRY』の担当編集者名は、最近出たばかりのコミックス一巻の奥付に明記してある。『にんけん！だもの』のファンなんて大嘘だ。蒔田了の名を検索して、田島工務店先生絡みのSNSか何かで、『にんけん！』も担当してると知ったに違いない。

僕は自分の鈍さに呆《あき》れ果てた。今になって気づくなんて。告発ファックスが届いたあの日、この漫画を持ち込んできた星野梨花のことを、蒔田は最初から怪しんでいた。アイツは分かってたんだ。彼女が自分を指名した、その理由も。だから、ヒビノさんとの打ち合わせに行く途中で、デパートに寄ったり、地下駐車場まで降りてみたりと、あんなウザイ行動をした。あれは尾行を撒《ま》くためだったんだ。顔バレしている星野梨花が同じエレベータに乗り込むことはできないから、わざとエレベータを使った。混雑したエレベータなら複数階に停まるから、何階で降りたかも追跡者に知られにくい。あれは見事な攪乱《かくらん》作戦だったというわけだ。

それが今、蒔田は一転して、星野梨花を撒くのではなくおびき出そうとしている。何か状況が変わったのか、あるいは強引に状況を変えようとしているのか……。考え込んだ僕はふと、ボードの帰社時間記入欄の数字に気づいた。小さく「１１７」と書かれている。

１１７、イチイチナナ……ヒビノナナ！

アイツ！　星野梨花をおびき出すにも、やり方があるだろうが！　ヒビノさんを餌にして、彼女を危険に晒《さら》すなんて！　机上に広げた『天翔舟』の原稿が目に入った。最後のページの大ゴマの中で、怒りに満ちたヒロインが高く刀を掲げている。その刃《やいば》の鋭さに激しく胸騒ぎがした。ヒビノナナに会えば、星野さんは何をするか分からない。

焦る手でスマホを握り、連絡先リストからヒビノナナを選んでタップした。一回、二回、三回、四回、五回目のコールでやっと「はい」と聞こえた。

「ヒビノさん今どこ？　蒔田とどこで待ち合わせてる！」

早口で一気に訊《き》いた。返事を待つ、そのほんのわずかな時間がじれったかった。待ちきれず、同じ問いを重ねようと口を開きかけた時、ようやく返事が返ってきた。

「今、家に帰るとこ。今日は約束も何もないけど？」

え？　一瞬、思考がフリーズした。じゃあ117と書いてあるのは？　適当にヒビノナナと打ち合わせだとごまかして出掛けた？　そんなわけない。今までボードに行先なんて書いたことがないあの男が、わざわざ書き記して行ったんだ。何か意味があるに決まってる。

「本当に？　嘘言ってないよね」

もう一度訊いた。返ってきた言葉に、嘘は感じられなかった。僕は、そのまま真っすぐ帰って、今日は外に出ないでほしいと念を押し、理由を訊かれる前に電話を切った。

ヒビノナナじゃなかったら、117って何なんだ？　蒔田の行方の手掛かりを失くし、僕はその場に立ち尽くした。書類が一枚、足元に落ちている。拾って、デスクに置いた。見ると、蒔田の机の上をずいぶん荒らしてしまっていた。慌てて周囲を見回し、散らかったものの中に、コピーやデータプリントじゃない、いわゆる生原稿が交じっていないことを確認した。生原稿を汚したりしたら大変だ。出した書類をひとつひとつ、封筒やファイルに収めていく。その途中で、手を止めた。

「これ……」

揃えかけていたそのネームを急いでめくった。中から一枚を抜き取る。

「パンダくん、もう一回、画像検索してくれる？　大至急！」

何事か分からないまま大急ぎで作業を始めてくれたパンダくんの背後に立って、パソコン画面に表示されたいくつもの画像を目で追った。その中のひとつに視線が止まる。

やっと分かった。１１７が何なのか。蒔田がどこへ向かったのか。西新宿のホテルのカフェで打ち合わせした帰り、蒔田が言ったあの言葉「大丈夫だよ。あの子に水着になれなんて言う大人がいたら、俺、ぶん殴るから」の意味も。

「見つけた。１１７」

僕がパンダくんに画像検索を頼んだのは、『遺言執行人ＣＲＹ』の中の一場面。大病院のロビー中央にある二基のエスカレータで、ＣＲＹとルイがすれ違うシーンだった。

会社前の大通りで、走ってくるタクシーに手を上げた。車内に乗り込むと同時に行先を告げ、運転手さんに急いでくれと頼んだ。走りだした車の窓に、流れ去る街の景色が映し出される。それをぼんやり見つめながら、僕は二人の少女の顔を思い出していた。

エレベータホールですれ違った星野梨花の横顔と、蒔田とじゃれて笑っているヒビノナナこと橘ひかりの笑顔。二人の顔が僕の脳裏でぐにゃりと歪《ゆが》み、誰だか分からなくなっていく。

あの生真面目そうな顔の奥に、星野梨花があれほど激しい憎しみを隠していたことが、僕にはまだ信じられなかった。そして、橘ひかりの屈託のない笑顔の裏に、盗作者の顔が潜んでいるなんて、絶対に信じたくなかった。だけどあまりに、ヒビノナナには謎が多い。彼女の無実を信じたいけれど、彼女を信じることをやめてしまえば、今まで抱いていた疑問の全てに答えが出せる。蒔田は何を摑《つか》んでいるのだろう。星野梨花をおびき出して、何をしようとしているのだろう。

車窓の景色に、東京タワーが見え始めた。目的地が近づいている。ジーンズのポケットから財布を出して、メーターに表示されている料金を確認すると、僕は数枚の千円札を抜き出した。

「もう少し、あとちょっとで着きますから」

僕の焦りを察した運転手さんが言った時だった。ふと目をやった窓の向こう、反対車線の奥の歩道に、小さく蒔田の姿が見えた。急いでその背後に彼女を探す。いた！　蒔田の五メートルほど後ろだろうか、俯《うつむ》いて歩く黒いパーカーが見える。フードを被《かぶ》り、ダボっとしたジーンズ、斜め掛けした大きな鞄《かばん》。一見すると少年のようだけど、よく見るとそのシルエットは少女のものだ。星野梨花はやっぱり蒔田を尾《つ》けていた。

「降ろしてください！」

急いでタクシーを降りた。片側二車線、計四車線の道路を挟んだ向かいの歩道を、蒔田と、星野梨花が歩いている。横断歩道を探して周辺を見回した。だけど近くには見当たらず、道路は突っ切ることができないくらい激しく車が行きかっている。向こうに渡るには、百メートルほど戻った所にある歩道橋を渡るしかなさそうだ。舌打ちして歩道橋へと走る。たどり着いた歩道橋の階段を上までダッシュで駆け上がり、欄干から身を乗り出して歩道の二人を確認すると、今度は階段を一気に駆け下りる。

渡り切って歩道に降り立った。星野梨花の背中が前を歩いていく。その向こうに蒔田の後ろ姿、さらに奥には高くそびえるツインタワーの高層ビルが見えている。やっぱり、目的地はここだった。僕は上がった息を整えながら、静かに二人の後をついて行った。

「到着」

二棟のビルが手を繋《つな》いでいるようなツインタワービルのすぐ近くまでたどり着くと、蒔田はいきなり足を止め、くるり後ろを振り返った。蒔田と僕のちょうど真ん中で、黒いパーカーがフリーズする。

「あ、眞坂さんもちゃんといる」

僕を指さし、蒔田が言った。その指に釣られるように、星野梨花が振り返って僕を見た。

「ちゃんといる、じゃないだろ！」

「ごめん。全部分かるまでは、眞坂さんには言わないでおこうと思ったんだ。こんなことになったのは、担当なのに何も見抜けなかった俺のせいだから。でも、最終的に判断するのは眞坂さんの仕事だし、ここは来てもらった方がいいかなと思って」

「あんなクイズにする必要ある？」

「だって、誰かさんが胸倉摑んで怒ったり、意地悪ばっかりするんだもん。こっちだってお返しくらいしたくなるよね」

「意地悪って何だよ」

思わず一歩前へ出た僕に反応して、黒いパーカーが歩道の脇へ後ずさった。僕と蒔田を交互に見て、こっちへ来るなと言うみたいに、歩道脇へと後退していく。その踵《かかと》が、塀にぶつかって止まった。コンクリートの塀を背にした彼女の逃げ道を阻むように、歩道の両方向に僕と蒔田が立っている。僕らは正三角形の形で対峙《たいじ》していた。逃げ道を失った星野梨花が、観念したようにフードを下ろした。あの日見た、生真面目そうな面差しの少女が姿を現す。

「告発電話は君だね、星野さん。ボイスチェンジャー・アプリの人気声優シリーズ・真藤零時……どうりで澄んだ、とてもいい声だった」

さっきまでフードに隠されていた長い髪が風に運ばれ、星野梨花が持ち込んだ『天翔舟』の見せゴマと同じように大きくうねり、広がった。黒炎のように揺れるその髪は、彼女の怒りのかたちに見えた。

「ヒビノナナはどこ」

星野梨花の詰問に、蒔田がふてくされた顔で答える。

「ヒビノナナに会って何したいの」

「会わせてくれたら教えてあげる」

「じゃあ、会わせたげる」

「何言ってんだ蒔田！」

「ヒビノナナはここにいる。この俺が、ヒビノナナなの。さ、やんなよ。その鞄の中に隠し持ってるもので、ヒビノナナのここを」

蒔田が自分の左胸を二回叩《たた》いてみせた。

「グサッと傷つけてやるつもりなんでしょ」

蒔田が両手を広げるのと同時に、星野梨花が鞄に手を差し入れ、蒔田に向かって足を踏み出した。

「蒔田！」

蒔田に手を伸ばし、僕はコンクリートの地面を蹴《け》った。両手を広げて立っている蒔田の前へ、飛び込むように身を投げ出す。目の前で、星野梨花の手が鞄から何かを取り出すのが見えて、僕はぎゅっと目を閉じた。

「何やってんの、眞坂さん」

背後から聞こえた蒔田の声に、きつく瞑《つぶ》っていた目をそうっと開けてみた。胸や鳩尾《みぞおち》に手を当てて、傷口を探す。だけど僕は、どこも刺されていなかった。大きく安堵《あんど》の息をつきながら、へなへなとその場にしゃがみ込む。と、足元に広がるそれを見つけた。地面を覆っている白と黒の小さな別世界。『遺言執行人ＣＲＹ』の原稿だった。

一枚、拾い上げると、僕を見る死神CRYと目が合った。目の前のCRYは、どれもこれも生きていた。ヒビノナナの完成原稿に、そんな風に命を感じたことはない。

漫画の神は、人の手が持つペンの、そのペン先に宿る。ペンとインクと紙が出会って、生み出される線に、点に、かすれに、滲《にじ》みに、命は宿り、僕らはそこに奇跡を見いだす。プログラムされたシステムには絶対に創造できない、不完全な存在である人間の手から生まれたものゆえの、不完全だからこその美しさが、手描きにはある。

これは、星野さんが描いた『遺言執行人CRY』だ。この原稿が、告発者・星野梨花が隠し持っていたナイフ。星野さんがヒビノナナの心に、突き立てようとしていた刃《やいば》。

「セブンもこれくらい頑張ってくれたらなー」

風に飛ばされそうな原稿を拾い集めながら、蒔田が言うのが聞こえた。その言葉に、星野さんは何も反応しなかった。

「ごめん、さっきの嘘。俺はヒビノナナじゃない」

白状しながら、蒔田は揃え終えた原稿を星野さんに渡した。受け取った原稿を胸にきつく抱きしめると、星野梨花は「許せなかった」と声を震わせた。

「あの子だって絶対に許さないと思う。生きてたら絶対に」

星野梨花が眼鏡越しの険のある視線を僕らに向けた。

「だって、あれはあの子が描いたものなのに！」

風が街路樹を揺らした。僕は風に運ばれる星野梨花の髪を見ながら、盗んでないと言い切った時のヒビノナナの顔を思い出そうとしたけれど、うまくできなかった。

「あの子というのは、相田望さん？」

星野梨花が頷《うなず》く。

「悠遊社に相田望の名で『遺言執行人ＣＲＹ』を持ち込んだのは君だね。なんでそんなこと」

ええッと蒔田がのけ反った。

「何、その新事実！　眞坂さん、ひどいよ。そんな大事なこと、俺に内緒にしてるなんてさ」

「そっちこそ。何がヒヨコ饅頭《まんじゅう》だ、ふざけるな！」

「敵を欺くにはまず味方ピヨ」

「全然話が進まないから、お前はもう、いいと言うまで黙って動くな！」

不満げに口を尖《とが》らせ、それでも蒔田は口をつぐんで頷いた。

「星野さん、君がどうしてあんな告発をしたのか。なぜ相田さんの名前で悠遊社に持ち込みなんかしたのか。話してほしい。僕らも、本当のことを知りたいんだ。『遺言執行人ＣＲＹ』の作者は、亡くなった相田望さんなんだね？」

星野梨花がこくりと頷いた。

「君は相田望さんの何？」

友達、と星野梨花が小さく呟《つぶや》く。その語尾は微《かす》かに上がっていて、まるで僕らに本当の答えは何かと訊《き》いているみたいだった。私はあの子の友達だったのか。それとも、そうじゃなかったのか、と。

僕らは、ツインタワービルの敷地内にある庭園に移動して、緑廊に置かれた丸いガーデンテーブルを囲んで座った。手入れされた植栽と、あちらこちらに休憩スペースが設けられた中庭には、他に人の姿はなかった。そろそろ日が暮れてくる頃だ。

間近に並んでそびえ立つ双子のビルを見上げた。都心にある都内有数の総合医療センター。病院と知らなければ、フロアガイドに大企業の名前が並ぶインテリジェントビルと勘違いしそうな外観だ。僕は適当に、近くに見えたこの場所へ星野梨花を連れてきたわけじゃない。最初から、蒔田がめざしていたのはここだった。

「相田さんとは去年、高校一年の一学期に同じクラスだった。と言っても、たった一日だったけど」

僕が病院の自販機で買ってきたミルクティーを、開けるでもなく両手で包み込むようにテーブルの上に持ちながら、星野梨花は口を開いた。

「だから、さっきは友達だなんて言ったけど、本当は友達じゃないというのが正解なんだと思う。だけど……」

ミルクティーの缶を持つ自分の手元に落としていた視線を上げ、話の続きを待つ僕の顔を見ると、星野梨花は確信を持った声で言い切った。

「他の子が知らないあの子を、私は知ってた」

そうして少女は、自分だけが知る相田望について話し始めた。

「去年の一学期の今頃。朝、学校行ったら、隣の席に知らない子が座ってた。最初は普通の転校生だと思った。だけど、先生が長く入院していてなかなか学校に来れない子だって相田さんを紹介したんだ。

みんな、最初の休み時間は話しかけたりしてた。だけど、すぐ飽きちゃって。次の休み時間にはもう、あの子の周りだけ過疎ってた。可哀そうな気がしたけど、なんか面倒な気がして、私もあの子を放っておいた。入学して一ヵ月も経てば、もう自然とつるむ相手が決まってるし、私もいつも一緒のグループが出来上がってたから。だから、見ないようにしてた。見なければ、ただの風景になるでしょ。みんなそうやって、あの子を風景にしようとしてたんだ。ひどいと思うよね。だけど、内心みんな必死だから。学校で明るく楽しげに振る舞うために、必死なんだ。本当は退屈なのに、笑って見せたり、はしゃいで見せたり。学校生活って大変だから。みんな特別に意地悪なわけじゃない。可哀そうな誰かを助けてる余裕がないだけ。みんな普通の子」

聞いているだけで、哀しくなった。相田望や星野梨花だけじゃなく、ヒビノナナや、僕らが創る漫画を読んでくれている若い読者たちも、そんな殺伐としたリアルを生きているのだろうか。そう思うと、なんだかやるせない気持ちになった。

「だから、私も気づいてなかった。あの子が授業中、教科書とノートで隠して絵を描いてたこと。だって、あの子は風景だったから。

私がそれに気づいたのは、四時間目の英語の時間。シャーペン落として、拾おうとして偶然、見たんだ。ノートに教室の風景を描いてた。私の視線に気づいて、あの子すぐに隠したけど、一瞬だけでも分かった。スゴイ上手《うま》いって。

あの瞬間に、私にとってあの子は風景じゃなくなった。教室の中で、一番、特別な存在になった。だから、この授業が終わったら話しかけようって決めてた。絵、上手いね。私も描くんだ。そう言おうって」

急に早くなった口調に、星野梨花の興奮が伝わった。でも、分かる。橘ひかりが持ち込んだ『遺言執行人CRY』のネームを初めて見た時、蒔田も僕も、同じように思ったのだから。「見つけた！」とか「出会ってしまった！」と思うことなんて、漫画編集者をやっててもそう頻繁にあるわけじゃない。『CRY』の初見は、僕らにとっても特別な出会いだった。

「でも、言えなかった」

ミルクティーの缶を持つ、星野さんの手にぎゅっと力がこもった。

「だって、その授業が終わるチャイムと一緒に、あの子は教室から消えてしまったから」

喉《のど》の奥を固い何かに塞《ふさ》がれたような息苦しさを覚えた。相田望という名の少女は、すでにこの世にいない。結末を知っているのに、話の続きを聞くのが怖かった。

「チャイムが鳴って、日直が起立って言って、みんな立ち上がって、その後すぐにあの子が倒れた。先生もみんなも大騒ぎで、あの子はすぐ運ばれて教室からいなくなった。先生が、星野さん、相田さんの荷物をまとめて、後で職員室まで届けてくれるかしらって言った。私が指名されたのは、席が隣だし、クラス委員だったから。私は、その役を引き受けた。だって、そうすれば、あの子の描いてた絵を見られるから。だから私は、あの子の机の上の物も、中の物も、全部あの子の鞄《かばん》に詰めて、職員室に……」

そこで言葉が途切れた。星野梨花の視線が宙を泳いでいる。

「職員室に届ける前に、君は相田さんのネームのコピーを取ったんだね」

星野梨花が大きく目を見開いて僕を見た。違う違うという風に激しく頭《かぶり》を振る。

「どうしてあんなことしたのか、自分でもよく分からない。職員室に届ける前に、誰もいない美術準備室に行ってあの子が描いてた絵を見たの。すごく上手くてビックリして……絶対にあの子と友達になりたいって思った。

もっと他にも見たくなって、気づいたら、鞄の中まで探してた。そしたらケースに入ったネームの束を見つけた。『遺言執行人ＣＲＹ』のネームだった。それを見た時、あの子は私の中で特別な存在になった。私、夢中になってページをめくって、全部読み終わった時、衝動的に思った。これを私のものにしたいって。だから、コピー室へ行って……でも、自分のものにしたいっていうのは、そういう意味じゃない！　ただ、コピーして持っていたかっただけ。あの子の画《え》が好きだった。本当に、好きだったんだ」

訴えている目に嘘は見えなかった。それに、自分の作品にするつもりだったなら、星野梨花のその後の行動は辻褄《つじつま》が合わなくなってくる。

「分かってる。だって君は、相田さんの名前と住所で原稿を持ち込んだ。携帯電話の番号だけ、君のものだったんだよね」

うなだれるみたいに星野梨花が頷いた。

「相田さんは知ってたの？　君が悠遊社に『ＣＲＹ』を持ち込んだこと」

星野梨花は答えなかった。俯《うつむ》いているところを見ると、答えはノーだろう。

「なんで無断でそんなこと」

「だってあの子があんなこと言うから！」

あんなこと？　僕が訊くと、星野梨花は記憶をたぐるように空《くう》を見つめた。中庭は暗くなりかけていて、吹く風が少し冷たく感じられた。僕は星野さんが再び口を開くまで静かに待った。蒔田はここへ来てから口を噤《つぐ》んでいるだけでなく、ずっと目を閉じている。

「あの子、言ったの。もうすぐ死んじゃうんだって」

星野梨花が淡々と言った。だけど、テーブルの上でミルクティーの缶を包んだ両手は少し、震えていた。

「あの子が倒れてからしばらく経った頃、先生がみんなに言ったの。相田さんはまた入院することになったって。クラス全員、誰もどうでも良さそうだった。だけど私は、職員室に訊きに行ったの。相田さんはいつ頃、また学校に来れそうですか、って。でも先生は、もう学校には戻らないかもねって。だから私、先生に病院を教えてもらって、行ってみたんだ。週刊少年トップの新人賞で佳作に入った原稿持って」

　週刊少年トップ新人賞の佳作。納得した。月刊ゼロに持ち込んできた『天翔舟』も、さっき見た『ＣＲＹ』も、高校生とは思えないほど画力が高かった。きっとこの少女にとって、相田望は退屈じゃない、自分を偽らなくていい、初めての同級生に思えたんだろう。

「上手いねって言ってくれたんだ。相田さん、私の原稿見て、上手いねって。すっごい嬉《うれ》しかった。受賞の電話をもらった時より、何倍も嬉しかった。そう言ったら、あの子は笑ってた。その時に初めて見たんだ。笑ってるとこ。私はその顔を見て、相田さんと友達になれたんだって……思ってしまった。

　それであの子に、相田さんも漫画家になるんだよねって……そしたら、ううん、たぶんなれないって。何で、絶対になれるよ、大丈夫だよ、百パーセント私が保証するって、私はそんなことを言ったと思う。そしたらあの子、こう言ったんだ。ありがとう。だけど無理。もうすぐ死んじゃうみたいだしって。さらっと、まるで明日《あした》は雨らしいよって、そんな話でもするみたいな言い方だった」

　胸の奥が苦しくなった。僕らは普段、明日が、来週が、来月が、来年が、当たり前にある前提で生きている。その未来の存在を否定されてしまったら、僕は一体どうなってしまうだろう。僕のままでいられる自信なんてない。まして相田望は、まだ十代半ばだった。

「私、それ聞いて涙が出た。あの子は、そんな私を不思議そうに見て、こう言ったんだ。泣かなくていいんだよ。だって、人生はさよならのレッスンだからって。家族とか友達とか恋人とか……さよならするために人はいろんなものと出会うんだって。

なんでそんなことするんだと思うってあの子に訊《き》かれて、答えられなかった。そしたら、あの子笑顔で言ったんだ。練習なんだって。人生の最後に世界の全てとさよならするための、練習なんだって。練習しとかなきゃ、そんなの怖くて耐えられないからって。だから、もう会わない、二度と来ないで、さよならって」

全ての感情が、僕の中で一瞬、止まった。何をどう受け止めればいいのか分からなくて、僕は僕を停止していた。星野梨花の目から、涙が次々にこぼれ落ちていく。その涙を、僕は空っぽの心で見続けていた。どれくらいそうしていただろう。ようやく、僕の心の中でかたちになったのは、『遺言執行人ＣＲＹ』という生と死をめぐる物語を生み出した人物は、間違いなくその相田望という名の少女だという確信だった。

星野さんがそっと、指先で涙を拭《ふ》いた。自分が泣いているのを確かめているようにも見えた。それからまた、告白を再開する。

「その日の夜から、コピーを基に『遺言執行人ＣＲＹ』を描き始めた。私があの子の叶《かな》わない夢を叶えてあげよう、私があの子のＣＲＹに、遺言執行人になろうって思ったんだ」

星野梨花が泣き笑いで僕を見た。どう？　いい考えでしょう？　そう同意を求めるみたいに。

「なんとか彼女が生きてるうちに作品を仕上げたかった。雑誌に掲載されてるのを見せたかったんだ。ほらね、私が言った通りでしょう？　漫画家になれたでしょう？　仕上げたのは私かもしれないけど、あなたが創った物語が雑誌に載ったよって。けど、私が悠遊社に持ち込んだ後、月刊ゼロに『遺言執行人ＣＲＹ』の新連載告知を見つけて……ビックリして頭が混乱した。でも、すぐにこう思った。ああ、そうか、もうすぐ死んじゃうなんて、大げさに言っただけかもしれない。相田さんは、退院して漫画を描けるくらい元気になったんだ。もしかしたら、私の言葉があの子の背中を押したのかな。

そう考えたら嬉しくなった。私たちはライバルなんだ、私ももっと頑張んなきゃって。勝手に持ち込みしちゃった悠遊社には、どう説明していいか分かんなくって……悪かったと思ってる」

「つまり君は、月刊ゼロで連載が始まった『遺言執行人ＣＲＹ』の作者ヒビノナナは、相田望さんだと思ったんだね」

星野梨花は頷《うなず》くことなく顔を強張《こわば》らせ、話を継いだ。

「最初はそう思ってた。でも、連載が始まって、何か変だって気がついた。ネームであんなに感動したのに、これ何？　もしかして、エシクスとかいうやつでペン入れしてる？　そう気づいて、試しにコピーした相田さんのネームをエシクスにかけてみた。そしたら同じ線画になって、やっぱりって確信した。でもなんで？

何がどうなってるのか知りたくて、春休み、先生に聞いて相田さんの家に行ってみた。お母さん、ものすごく喜んでくれたんだ。以前、病院へお見舞いに来てくれた星野さんよねって。学校のお友達が来てくれるなんて初めてだったからって、私のこと覚えててくれてたみたいで。

お母さん、笑ってたから。だから私、訊いちゃったんだ。何にも考えずに、望さんはいらっしゃいますかって。そしたら、去年の十二月初め、永眠しましたって……」

その時の衝撃が蘇《よみがえ》ったように、星野梨花が唇を震わせた。そして、告白を続ける彼女の口調はだんだんと、あの告発電話の時と同じ激しさを帯び始めた。

「意味が分かんなかった。あの子が死んだ？　それが本当なら、月刊ゼロで連載されてるあれは何？　死んだあの子の作品を、誰かが自分の物にしてる？　そんなの絶対に許せなかった。だけど、ヒビノナナはプロフィールが何もかも非公表になってて、どこの誰かも分からないし、どうにもできなくて……でも、こないだ出たコミックス。あの奥付を見て思いついた。担当編集者を尾行すれば、いつかヒビノナナにたどり着けるはずだって」

その尾行は、蒔田に気づかれていたけれど。思ったけど、言わなかった。

「告発しようと考えたのは、どっちなのかを確かめたかったから。担当編集者や編集長は、盗作と知ってて掲載してる共犯なのか、何も知らずにヒビノナナに騙《だま》されてる犠牲者なのか。だから、持ち込みに行くタイミングで告発文を送った。反応を見て確かめるつもりだった。でもまさか、あんな馬鹿なことするなんて思わなかった」

蒔田のコンビニバイトのことを言ってるのだと、なぜだか僕がすみませんと謝っていた。その馬鹿なことをしでかした男は、目を閉じて、僕の言いつけ通り、まだ口を噤んだままだ。

「それで、二度目の告発は電話に変えたんだね」

「コンビニにはこの恰好《かっこう》で行ったし、監視カメラには顔が映んないようにしたから、声を変えて電話すれば告発者は男ってことにできると思った。監視カメラの映像で私だと気づかれてる可能性も考えたけど、もしバレてるなら、開き直ってエイジーナム全体に『ＣＲＹ』は盗作だって教えてやれって思ったし。それに、電話の方がそっちの反応を確かめやすいから」

「だけど、盗用元は明かせなかった。悠遊社に相田望さんの名前で勝手に持ち込みなんかしてたからだね」

「バレたらどうなるんだろうって考えた。逆に私の方が盗作したって疑われるかもしれないって思ったり……。でも、途中から怯《おび》える必要なんかないって気づいたんだ。だって、私は『ＣＲＹ』を自分のものにしようとしてない。ヒビノナナとは違うんだから！」

眠ったように動かない蒔田を腹立たしげな顔で見た後、星野さんが視線を僕に移した。向けてきた刺すような目に、来るぞと身構える。

「もう分かったでしょ。ヒビノナナは相田さんのネームを盗んだ悪人だって。月刊ゼロの『遺言執行人ＣＲＹ』は盗作なんだから、もちろん打ち切りにするんでしょう？」

すぐには答えを返せなかった。『遺言執行人ＣＲＹ』を生み出したのが相田望なら、橘ひかりは、どうして望の存在を隠したままで『ＣＲＹ』を月刊ゼロに持ち込み、連載を続けているのか。盗作だから、というのが答えなら、今まで抱いていたたくさんの疑問や違和感がすっきり片付く。

だけど――――間近に見えている巨大な建物を見上げる。ヒビノナナこと橘ひかりが、相田望の存在を隠し続ける理由。それは、蒔田が出したクイズの答えの、その裏に潜んでいるような気がしていた。

「黙ってないで答えて！　ヒビノナナって誰？　なんで死んだ子の作品を盗んだりして平気なの！　あんたたちはそんな人の漫画をなんで平気な顔で載せられるの！　これじゃ、あんまりにも相田さんが可哀そうだよ」

テーブルを叩《たた》いて星野梨花が立ち上がった。ミルクティーの缶が転がり、音を立てて地面に落ちた。僕は答える代わりに、足元に転がった缶を拾い、テーブルに置いた。

「お待たせ」

その声がした方を振り返った。その瞬間、叫んでしまった。

「死神ルイ！」

そこには白衣を纏《まと》った女性がいた。勝気そうな切れ長の目の下に泣きぼくろ、キュッとひとつに結んだ髪。その姿は、『遺言執行人ＣＲＹ』の中から抜け出てきたかと目を疑うほど、死神ルイにそっくりだった。

今まで地蔵と化していた蒔田が、いきなり両手を高く上げた。んーっと伸びをして、その延長でルイに手を振る。

「医者をつかまえて死神って何よ！　って、なんでどいつもこいつも、私にこのセリフを言わせんのよッ。全く」

目の前まで来て鼻息荒くそう言ったその人は、死神ルイにしては年季が入りすぎていた。ルイというより、その二十年後といった感じで、来るなり蒔田とハイタッチして、空いてる椅子に「ヨッコイショ」と腰を下ろす。

「失礼しました」

立ち上がり、頭を下げた。

「ホント、昨日もこの人に言ったんだから。医者つかまえて死神って何なのよって。突然やって来て、私を見るなり死神ルイだ！って患者さんたちの前でデッカイ声で言うから」

もう一度、すみませんと謝罪してから腰を下ろした。蒔田のやつ、姿が見えないと思ってたら、こんなところでそんなことしてたのか。でも何で、どこへ行っても、何をやっても、やらかしてしまうんだろう、この男は。

「最初に言ったのは、三年前よ。見せてもらった手描きの漫画の中に私そっくりな女医がいてね。それが死神ルイって名前だった……って、この人には昨日話したんだけどね。死神なんて、ひどいわよね。あんまりじゃない？　まあ、美人に描いてくれてたから許しちゃったけどね」

「うん、かなり若くしてくれてるしね」

ルイは蒔田の頭をペシッと叩くと、大きな口を開けて笑い、目尻《めじり》に幾重も皺《しわ》を作った。

「ねえ、この子？　あんたがさっき、電話で言ってた望の友達」

訊《き》きながら席を立ち、突っ立ったままの星野梨花の顔を嬉《うれ》しそうに覗《のぞ》き込む。

「うん。一年前に、たった一日だけクラスメイトだったってさ」

そして、星野さんの肩を揉《も》みほぐすようにして座らせて、ルイはまたヨッコイショと元の椅子に腰掛けた。

「あの子がさ、学校に行ってみたいって言ったんだよ。だから一日だけって許した」

倒れたからじゃなかったんだ。最初から、許されてたのはたった一日。その一日が終わらないうちに、相田望は教室を去らなければならなかった。そう思うと、切なくなった。

「私が一緒に行って保健室に待機するからって、院長に許可をもらったの。望の願いを叶《かな》えたかったからね。もうひとつのあの子の願いは、叶えてあげられなかったから」

「もうひとつの願いって何ですか」

「漫画を描く道具の持ち込み。ここの小児病棟の病室には、刃物は持ち込めない決まりなの。鋏《はさみ》やカッター、画鋲《がびょう》みたいな先の尖《とが》ったものもね」

カッターが使えないならトーンを貼るのは無理だ。画鋲がダメなら、先が鋭利なペン先も無理なのだろうか。訊くと、ルイは困った顔をした。

「そのペン先というやつが鋭利な刃物に入るかどうかは……本当は、そういうことじゃなくて、あの子の身体のことを考えて許可しない方がいいと思ったの。それを許すとあの子は無茶しそうで怖かったのよ。本格的な道具を手に入れたら、もっと無理して描き始めるんじゃないかって。だから、特別許可は出さなかった」

『遺言執行人ＣＲＹ』のネームは、普通はペン入れ後の最後の仕上げの段階でトーンを貼って処理する箇所まで、丁寧に描き込まれていた。あのネームに感じた違和感、その答えが見つかった。通常、漫画原稿の鉛筆線は、ペンを入れた後、消される運命だ。だけど、つけペンやカッターの持ち込みを禁じられた相田望にとって、鉛筆で描いていたそれは、ペン入れ前の下絵というリハーサル的なものじゃなかった。あれは彼女にとって本番のステージだったんだ。

「たった一日だけの学校生活でも、望が友達をつくれて良かったわ。ありがとう」

ルイからの感謝の言葉に、星野さんは何も答えなかった。答えられなかったのだろう。友達かどうか、そうじゃないというのがたぶん正解だと、さっき彼女は言っていたのだから。

あるいは星野梨花は、僕と同じことを考えているのかもしれない。一日だけの高校生活を体験するより、ペンやカッターの持ち込みを許された方が、相田望はきっと幸せだったろう。もしもCRYが目の前に現れたなら、彼女はこう願ったはずだ。漫画を描きたい。この作品を自分の手で完成させたいと。たとえ、その対価として残り少ない自分の余命を要求されても。

だけどそれは、表現者か、それに寄り添う僕らのような職業でなければ、理解し難い感情や価値観なのかもしれない。まして、ルイは医師だ。死んでもいいから描きたいなんて、そんな願いを叶えるわけにはいかない立場にある。

しん、と皆が黙り込んだ。その気まずさを、唐突に蒔田の声がかき散らした。

「あー、紹介するの忘れてた。この人は本当は死神じゃなくて、この病院の谷村《たにむら》先生。こっちが星野梨花、生意気盛り。そっちが眞坂崇、俺の見張り番」

何だかよく分からない紹介に、僕と星野さんが苦い顔をする。すると谷村先生が、

「この人って変よね。こんな人の上司って、あなたも大変だと思うわ。ストレスで病気になったらいらっしゃい。診てあげる」と僕に同情してくれた。その一言で、僕はすっかり谷村先生に心を許した。

「えーと、昨日話した望のことを、梨花ちゃんにも話してあげてほしいんだよね？」

蒔田が頷《うなず》く。谷村先生はテーブルの上で祈るように手を組み合わせると、忘れがたい

一人の少女について、ゆっくりと語り始めた。

「望は、とにかくしっかり者だった。ここにいる子たち……この病院の十一階は、幼児から中学三年生までの子供たちが治療を受けながら勉強もできる小児病棟になってるんだけど、そこで生活している子供たちの多くは、生きてきた年数に似合わないほど大人びたところがあったり、どこかアンバランスな心を抱えてることが多いの。だけど、あの子は特にそうだった。しっかりしすぎているというか、とてもクールで、子供らしさが感じられなかった。達観しているというのかな。そして孤独だった。誰にも心を許さない。主治医の私にさえ、話はしても、笑ってはくれなかったくらい。でも、それも仕方なかったのかもしれない。希望を持たない、人と繋《つな》がりを持たない。それは望にとって、心を守る術《すべ》だったんだろうね」

相田望のあの言葉が心をよぎった。人生はさよならのレッスン。人生の終わりに向けて、相田望は別れの練習をしていたのだ、この病院でもずっと。

「でも、ある時期から変わったのよね。同盟なんか組んじゃって」

「同盟？」

「泣かない同盟」

フフッ、と谷村先生が笑った。思い出し笑いのようだ。フフッ、フフフ。そんな風に時々思い出し笑いしながら、谷村先生は僕らに、泣かない同盟について話してくれた。

相田望が小学六年の時のことだ。ドキュメンタリー作家を名乗る男が、勝手に小児病棟の取材を始めたという。本来はそういう輩《やから》は全てお断りだし、そもそも免疫力が低下した状態の子供たちも多い小児病棟は、家族以外がフロアに入ることも基本的にはご遠慮いただいている。だけど、その自称ドキュメンタリー作家は骨折して別の階に入院中で、気づくとどこからか小児病棟フロアに入り込んでいる。それだけじゃなく、子供たちの病室にまで足を踏み入れたりするものだから、医師も看護師も困り果てていた。つまみ出したいのは山々だけど、その男は医学界の重鎮の甥《おい》っ子らしく、注意するとすぐに伯父《おじ》の名前を持ち出して、誰も強く言いだせない。男は、子供たちに話しかけては、可哀そうにと同情してよく泣いた。そんな男に子供たちは、困った顔をするばかりだったという。

「その男にガツンと言ってやったのが、望と同室だった女の子でね。何て言ってやったと思う？　その子はなんと、こう言ったの。可哀そうなのはアンタの方よ！」

谷村先生は真っすぐ前へ腕を伸ばして指をさし、ビシッと決め台詞《ぜりふ》のようにそう言った。

「そして男を部屋から閉め出して、バリケード封鎖なんか始めたの。まあ、中にいるのは病気を抱えてる、注射に点滴、お薬が必要な子たちだから、結局すぐに封鎖は解かれちゃったんだけどね。だけどあの時は、あの子たちなんだかイキイキしてたなあ。男はそれから、来なくなったしね。あの男がスゴスゴ出て行った時は、ほんとスッキリしたわぁ」

谷村先生が話し上手なのもあるだろうけど、僕の頭の中には鮮やかに、敢然と悪と戦う彼女が映し出されていた。

「望はそれまで誰に対しても壁と言うか、距離を置いて、いつも一人で絵ばかり描いてる印象だったんだけど、その子とだけは波長が合ったのかしらね。よく二人で笑ってるのを見かけるようになったわ。

その子と出会って、望は変わった。だから、その子が病院を去る日は心配したのよね。望は大丈夫かなって。その女の子はとてもチャーミングで病棟の人気者だったから、小さい子たちで泣きだす子も多くてね。だけど、望はいつもの顔でじゃあねってクールに言っただけだった。大丈夫？って望に声をかけたら、私たちは泣かない同盟だからって」

谷村先生はふうっと小さく息をついて物語の扉を閉じた。代わりに、ずっと黙って聞いていた星野梨花が口を開く。

「同室だったその子は今……」

「元気にやってる。ひかりは……ああ、その女の子の名前ね。ひかりは手術して、手術は成功して、中学一年で病気とバイバイできたから。手術の痕《あと》は長く残るだろうし、激しい運動は制限されると思うけど」

黙って話を聞いている蒔田の顔を見た。ヒビノナナにグラビア頼めないかなと言いだした五十嵐に、蒔田は「ムリだよ。だってセブン、ペチャパイだもん」と言っていた。

それから、こんなことまで――――見たんじゃないよ、見えたんだって。しゃがんだ時に見えちゃっただけ。あの子に水着になれなんて言う大人がいたら、俺、ぶん殴るから。

蒔田は前から知ってたんだ。橘ひかりの胸に手術の痕があることを。だから、『遺言執行人CRY』に出てくる病院や病室が実在すると推察して、画像検索でこの病院を突き止め、谷村先生に、そして相田望にたどり着いた。僕は同じ画像検索で、ちまちま『CRY』の類似画像を探してもらって、盗作疑惑の真偽を確かめようとしていたというのに。一歩も二歩も先を行き、あんなクイズで、さあ追いついて来いなんて。全く腹の立つ男だと、僕は蒔田を横目で睨《にら》んだ。

「望にはひかり以外に友達はいないと思ってた。もう一度言うわ、ありがとう」

谷村先生に優しい眼差《まなざ》しを向けられた星野梨花が、その視線から逃げるように俯《うつむ》く。

「私は、相田さんの描く漫画が好きでした。本当に好きだったんです」

星野梨花が声を詰まらせた。絞り出すように言ったその言葉は、相田望との関係について、彼女が言えるたったひとつの真実だ。谷村先生は聞きながら、うん、うんと頷いた。

「そうね。漫画のことはよく分からない私でも、すごいって思ったもの。それに、物語もとても面白かった。私、訊《き》いたことがあるのよ。このお話の最後はどうなるのって」

『遺言執行人CRY』の最後？　相田望は『CRY』を最後まで描き終えていたのだろ

うか。そうだとしたら、それはどんな結末なのか。僕も、蒔田も、星野梨花も、谷村先生の次の言葉を息を詰めて待った。

「亡くなる少し前だった。望はこう言ってた。それ訊いちゃダメだって。ネタバレ？って言うんでしょ、そういうの。だから、訊いちゃダメだって言ったの。そのうち分かるから、その時まで待っててって」

そのうち分かる——僕と蒔田は顔を見合わせた。蒔田の見開いた目からして、この話はコイツも今初めて聞いたんだろう。

「ねえ、あんたが昨日言ってたアレ。望が描いてたあの漫画を、ひかりが仕上げて漫画雑誌で連載してるってやつ。私、本屋で単行本買ってきたわよ。あれって、続きがまた出るんでしょ。望が言ってたそのうち分かるってのは、そういうことだったんだね。最終回のお楽しみ……いつか、ひかりがちゃんと漫画にしてくれるからって。だから、漫画を描く道具の持ち込みは許可できないって言ったあの時も、じゃあいいやってすんなり諦《あきら》めたのかもね。ひかりがやってくれるからって」

谷村先生が上を向いて、手の甲で目尻《めじり》を拭《ぬぐ》った。

「最後までちゃんと買って読むからねって、ひかりに伝えといて」

はい、と返しながら、僕は谷村先生が望から聞いたという言葉を心で繰り返す。そのうち分かるから、その時まで待ってて。相田望は信じてたんだ。ヒビノナナが物語の最後まで描き切ることを。だけど今、その『遺言執行人ＣＲＹ』は継続か打ち切りかの瀬戸際にあり、ひかりはその境界線上に立たされている。

相田望は打ち切りの可能性を、読者に求められなければ終わるしかない連載漫画の宿命を、全く考えなかったのだろうか。それとも、その過酷さの中にあっても、ひかりならきっと大丈夫だと、そう信じていたのだろうか。だとしたら、なぜ。コンピュータ任せで仕上げられた原稿で、感動させられるほど読者は甘くない。相田望はそのことを、欠片《かけら》も考えなかったのだろうか。望とひかりの強い絆《きずな》、なんて理由じゃ納得いかない新たな疑問が僕の心に生まれたその時、谷村先生の白衣のポケットでPHSが鳴りだした。

「あー、お呼びだわ。今日は望のこと話せて嬉《うれ》しかった。じゃあ、またね」

慌ただしく言い残すと、谷村先生は走って仕事に戻っていった。先生の後ろ姿がすっかり見えなくなってから、蒔田は星野梨花に盗作疑惑の答えを告げる。

「盗作じゃない。セブンは『CRY』を託されたんだ、相田望から」

「それでも」

星野梨花は壊れそうな笑顔を僕らに向けた。

「分からない。なんで私じゃダメだったのか。私の方が上手《うま》く描けたのに。あの子のネームを、誰よりキレイに完成させてあげられるのは私なのに。どうしてあの子は、私を選んでくれなかったんだろう」

心の一番奥底に隠していたものを吐き出して、星野梨花は静かに両手で顔を覆った。

蒔田は困ったような顔をして、泣いている星野さんを慰めるでもなく、ただ見ていた。

そしてようやく、担当編集者の俺から言えることは……とめんどくさそうに口を開く。
「誰かの願いを叶《かな》えるんじゃなく、あんたは自分の漫画を描けばいい。あんたの漫画、悪くないよ。まあ、悪いとこはいっぱいあるけど」

星野さんと別れ、蒔田と並んで地下鉄の駅のホームで新宿行きの電車を待つ間、僕は星野梨花が描いた『遺言執行人ＣＲＹ』を思い出していた。あれを見てしまったことで、僕は星野さんと同じ疑問を抱くことになってしまった。相田望はなぜ、『ＣＲＹ』を星野梨花じゃなく橘ひかりに託したのだろう。かつて同じ病室で暮らしていた親友だから？　そんな理由じゃ納得できない。相田望は星野さんの新人賞入賞作の原稿を見ているのだ。普通なら、託すなら星野さんだと思うはずだ。どうしてあの子は、私を選んでくれなかったんだろう。星野梨花がそう思ってしまうのも、エシクス頼りのあんな『ＣＲＹ』じゃ、無理もない話だ。

落ちこぼれの遺言執行人だから、ＣＲＹが好きだと橘ひかりは言っていた。その言葉通り、彼女は漫画家としては完全に落ちこぼれだ。その落ちこぼれに、なぜ相田望は『ＣＲＹ』を託したりしたんだ。その選択は、表現者には全く似つかわしくないと思えた。

「このままだと、『ＣＲＹ』は終わっちゃう？」と訊いた橘ひかりの顔が蘇る。僕らは彼女に課題を出した。全部じゃなくていいから、自分の手で描くこと。ちゃんと直すこと。それができなければ、その時点で打ち切りだと言い渡した。でも、これでハッキリした。ヒビノナナは、橘ひかりは、僕らの要求に応《こた》えられない。あのネームは相田望が描いたもので、ひかりはそれをエシクスで線画化し、仕上げることしかできないのだから。

「莳田、後でヒビノさんに連絡して、いつものやり方でいいから仕上げて出すよう言って」

「うん」

隣で莳田がごめんと言った気がした。はっきり聞こえないくらい、小さな声だった。

『遺言執行人CRY』は谷村先生が楽しみにしている最終回より先に、打ち切りという終わりを迎えることになる。それがヒビノナナという漫画家の結末だ。それで、いいのか。もう、どうにもできないのか。そもそも、なんでこんなことになってんだ？　分かんないことだらけだ。

「なあ莳田、一番許せない最終回ってどんなやつ？」

電車の走行音が聞こえてきた。トンネルの奥の光が膨らんでいく。

「謎が謎のまま終わるやつ」

「だよな」

金属が擦れる音を響かせて、電車が滑り込んできた。完全に停止するのを待って、ドアが開く。途端に人が押し出されるように流れ出てきた。この人波が止めば、今度は僕らが中へと流れ込む番だ。この電車に乗って、僕は一刻も早く、チェック物が待つ会社へ戻らなければならない。なのに僕は、電車に乗り込もうとする列を外れ、ホームの端に見えている階段に向かって歩きだしていた。

「会社、帰んないの？」

新宿方面行き、間もなく発車ですと告げる、鼻にかかったアナウンスの音に紛れて蒔田の声が聞こえた。その声に振り返らずに大きく答える。

「帰るよ。でもその前に、やんなきゃいけないことがあるだろ」

ヒビノナナが暮らす街へ向かう電車は逆方向だ。向かいのホームへ渡るための階段の一段目に足を掛けた時、誰かが僕を追い越した。蒔田だ。二段跨《また》ぎで上っていく、その猫背に思いをぶつける。

「相田望はなんで、『ＣＲＹ』を橘ひかりに託したのか。なんで橘ひかりは相田望の存在を隠し続けたのか。その答えが分かんないまま、ヒビノナナという漫画家が終わってしまうなんて……そんな最終回、僕は嫌だ！」

最上段まで上り終えた蒔田が、くるりと僕を振り返る。

「うん。伏線はぜんぶ回収しないとね。たとえ次号で打ち切りだって言われても」

漫画家デビューの許可を得るために母親に会いに来て以来となるタワーマンションに着いた時には、すっかり夜になっていた。蒔田が集合インターホンで、部屋番号をプッシュする。しばらくして、応答の気配があった。だけど何も言わないところを見ると、インターホンの向こうにいるのは橘ひかりなのだろう。

「谷村先生に会って来たよ」

　インターホンのカメラの前で蒔田が言った。

「死神ルイにそっくりだった。シワを全部ホワイトで消せばだけど」

　いつもならゲラゲラ笑って、悪態のひとつもついてるはずの橘ひかりは、この声を聞いているはずなのに、何も返してはこなかった。

「泣かない同盟の話も聞いた。小学生のセブンが悪者をやっつけたって……」

　蒔田が話し終えないうちに「お願い」と言う声が聞こえた。ひかりの声だった。

「望のことは秘密のままにしておいて。お願いします！」

　彼女のものとは思えない、切羽詰まった声だった。蒔田が「そっちの出番」という風に、ひょいと首をすくめてインターホンの前を僕に空けた。僕はカメラを見つめ、この向こうにいるだろう橘ひかりに問いかける。

「なぜ君が、『遺言執行人CRY』を託されることになったのか。なぜ君は、相田望さんのことを隠したまま、ヒビノナナとして『遺言執行人CRY』を連載し続けなきゃならなかったのか。教えてほしいんだ。それが分からないまま、僕は『CRY』もヒビノナナも終わらせたくない」

　何の返事もないまま、応答が途切れ、エントランスのドアが開いた。話してくれる気になったらしい。僕と蒔田は顔を見合わせ頷《うなず》くと、大理石のエントランスホールを橘ひかりが待つ部屋へと向かった。

「ロールキャベツ、食べる？」

だだっ広いリビングに通されるなり、沈黙を避けるみたいにひかりが訊《き》いた。いや、いいよと僕が言う前に、「セブンが作ったの？」と蒔田はすでに料理番組のセットみたいな洒落《しゃれ》たオープンキッチンで、鍋《なべ》の中を覗《のぞ》き込んでいた。

「まさか。家政婦さん」

「なら食べる」

さっそく皿に盛り始めてる蒔田を僕は放っておいた。眩《まぶ》しいくらいに真っ白な家具で揃えられたリビングだけじゃなく、この家の中に彼女以外の人の気配は感じられなかった。今日だけじゃなく、これが彼女の日常である気がして、母親の不在について僕は何も訊かなかった。

ひかりが座ったソファの前に腰を下ろし、話のきっかけを探しあぐねていると、チンとレンジが任務完了を報《しら》せた。蒔田がロールキャベツを温め終えたらしい。見ると、勝手に冷蔵庫まで開けている。呆《あき》れて見ていると、またレンジがチンと温め終了を告げた。蒔田がダイニングテーブルに、グラスと二リットルのペットボトルのお茶を置く。グラスは三つ。蒔田が何をしようとしてるか、やっと分かった。あのコンビニでの働きぶりを思い出させる妙に手際のいい蒔田によって、ダイニングテーブルの上にはあっという間に三人分の夕飯が並んでいった。

「いただきます」

蒔田が言って、僕も続いた。橘ひかりは黙ったままで箸《はし》を取った。その時、あ、と言いそうになり、慌てて言葉を飲み込んだ。不器用に箸を握る彼女の手の指先に、橘ひかりが出そうとしていた答えらしきものを見つけたからだ。蒔田もきっと、気づいてるはずだ。でも、そのことに触れないまま、僕らは黙々とロールキャベツとサラダと、クルミが入ったもっちりした丸いパンとを食べ続けた。

「ごちそうさまでした」

蒔田が手を合わせ、食器に手をかけた時、ひかりが「突然さ」と口を開いた。

「望が言いだしたんだ。去年の夏……ひかりに頼みがあるって」

蒔田はその手を止めることなく、だけど静かに食器を重ね、流しに運んでいく。

「『遺言執行人ＣＲＹ』を君に託したい。相田さんはそう言ったんだね」

頷く代わりに、橘ひかりが長い睫毛《まつげ》をわずかに伏せる。

「私、あの病院を退院してすぐ、デジタルで漫画を描く勉強を始めたんだ。パソコンなら、病室に持ち込むのは無理でも、病棟には図書室や教室があるし、そこで使うのは許されるかもって思ったから。それに、デジタルだと作業がすごく楽になるって分かったし。これなら、望でも今描いてる漫画を仕上げることができるかもしれないって。

もちろん、私も手伝うつもりだった。アシスタントになってあげるって、望に言ってたの。望、それ楽しそうだねって笑ってた。私がデジタル作画を覚えたのは、自分が漫画を描くためじゃなかった。全部、望のためだったんだ」

「なのに、去年の夏、相田さんは君に『ＣＲＹ』を仕上げてくれと言いだした」

「嫌だって言えなかった」

その理由は訊かなかった。その願いを受け入れるしかないほどに、相田望の容態は悪くなっていたんだろう。

「雑誌に載ってるの、見せたかったんだ。結局、間に合わなかったけど……望を漫画家にしてあげたかった。仕上げたのは私でも、話も画《え》も望が描いたんだから、これが雑誌に載れば望は漫画家になる夢を叶《かな》えたことになるって思った。その先のことなんて何も考えてなかったんだ。私、あんまり漫画の世界のこと分かってなかったし。とにかく、望の夢を叶えられれば、それで良かったから」

星野梨花も同じことを言っていた。相田望をめぐる二人の少女は、二人とも望の夢を叶えたいと願ったのだ。だけどひとつ、決定的に違う点がある。星野さんは相田望の名前で悠遊社に持ち込んだ。対して、橘ひかりは相田望のことを頑《かたく》なに隠し通そうとした。

「どうして君は相田さんの存在を隠し続けたの。作者についての一切を公表しないという契約書にサインさせたりして、君はヒビノナナの正体を隠そうと必死だった。僕は最初、それは君のお母さんの仕事に関わるからだろうと思ってた。でも、本当の理由はそうじゃないんだよね。教えてほしい。君はどうして、亡くなった相田さんの存在を隠したかったの」

食器を洗い終えた蒔田が僕の隣に座った。橘ひかりはポケットからスマホを出すと、数回タップして僕らの前に静かに置いた。スマホの画面には、耳まですっぽり覆う薄手のニットキャップを被《かぶ》った少女が映っていた。

目の前にいる橘ひかりのベリーショートの意味が分かった気がした。あの腰まであった長い髪が、いきなり男の子のように短くなった理由。いつだったかテレビのニュースで見たことがある、ヘアドネーション。病気治療の副作用で髪を失った人のための、髪の毛の寄付。そのニュース番組では、小児患者のための医療用ウィッグの寄付を続けているボランティアグループの活動を取材していた。橘ひかりのあの腰までの長い髪は、そのために伸ばしていたものだったんだろう。

小さな画面の中の少女は、ひと目で病床にあると分かるほど痩《や》せている。だけど、弱々しいその容姿のなかにあって、ふたつの瞳《ひとみ》だけは何か力強い光のようなものを残していた。この少女が、相田望。『遺言執行人CRY』の作者なのか。緊張する指で、画面中央の三角に触れた。小さなフレームの中で相田望が話し始める。

「『遺言執行人CRY』は、私が描いて、ひかりに託した。これは、その証拠です」

声の反響と薄暗く無機質な背景から、非常階段の踊り場だと分かる。階段の手すりにスマホを置いて撮影しているようだ。病室を抜け出し、こっそり撮ったのだろう。

「今、あなたが……あなた方が、かもしれないけど……この動画を観ているということは、ひかりが疑われているってことですよね。でも、私の存在を秘密にして、ヒビノナナというペンネームで発表するよう頼んだのは私です。絶対に、私のことを公表しないでと私がお願いしました。

理由は、本当は言いたくありません。でも言わないと、きっとあなた方は納得してくれないし、的外れな理由をねつ造して、私たちを理解したつもりになるって分かっているから、だから、本当のことを話します」

息をするのが苦しそうに、相田望が黙り込んだ。目を閉じて、微《かす》かに肩を上下させている。もういいと、無理はするなと言いそうになる僕らに、相田望はまた告白を再開し、橘ひかりがずっと一人で抱えてきた秘密を明かした。それは、たとえ百年、いや千年考えたって、僕には到底、たどり着けないだろう〝動機〟だった。

「私は、私の人生を『遺言執行人ＣＲＹ』の広告塔にされたくなかった。だって、そんなのズルイでしょう？　私の人生の打ち切りが早いせいで、漫画の寿命が延びるなんて」

相田望はそう言うと、ニヤと笑った。今にも倒れそうな病の少女が見せた、その不敵な笑顔を、呆然《ぼうぜん》と僕は見つめた。

そうか、そういうことだったのか。小さな四角いフレームの中の相田望に問いかける。

「君は、わずか十五歳でこの世を去ったという自分のプロフィールが、『遺言執行人ＣＲＹ』という作品に付加価値をもたらすことを知っていたんだね」

この世のあらゆるアートは、その作品自体の純粋な価値だけで評価されているとは限らない。創作した者のプロフィールやその作品にまつわる歴史など、付加価値によって大きく評価が跳ね上がっているものも数多く存在する。例えば早逝のロック歌手は永遠の青春のシンボルとなり、自ら命を絶った作家の物語はより悲劇的に読み解かれる。

相田望は自身の死後に『遺言執行人ＣＲＹ』がそうなることを恐れた。自分の死が、この『遺言執行人ＣＲＹ』という生と死をめぐる物語が商品として扱われる場で、大きな武器になることを彼女はよく理解していたから。そして、それは彼女に、いや、彼女たちにとって、最も嫌悪する武器だった。二人は、〝可哀そうな女の子〟という名の、その武器を使わないことを選んだのだ。それは彼女たち泣かない同盟にとっての正義であり、正々堂々、胸を張れる戦い方だったのだろう。

「約束は守って、私のことは秘密のままでお願いします。ひかりを責めな……」

相田望の声が、急に止まった。身を小さくし、耳を澄ましている。小さく、誰かが望を呼ぶ声が聞こえている。病室に姿が見えない彼女を、家族か病院のスタッフが探しているんだろう。呼んでる、と痩せっぽちの少女は声を潜めた。そして最後に、こんな言葉を残し、唐突に、相田望の動画は終わった。

「もう、いかなくちゃ」

その命が今、目の前で消えてしまいそうで、スマホを取ろうとこちらへ伸ばした彼女の手を、ぐいとこっちへ引き寄せたい衝動に駆られた。そんな僕の目の前で、画面がふっと暗くなる。

「バカみたいだと思うでしょ。誰にも分からないと思う。望の気持ちなんて」

うん、分からないよ。そう僕はひかりに返した。

「分かるなんて言えるわけない」

命を燃やして描いたものを、同情や憐《あわ》れみの涙目で読んでほしくない。それはきっと、あの地上よりも天上を身近に感じるだろうツインタワーの十一階の病室で暮らしていた、彼女たちにしか分からない感情なのだと思う。

「でも、これだけははっきり言える。僕はヒビノナナのコミックスの帯に『早逝の天才少女が遺《のこ》した生と死の物語』なんてコピーは、絶対に入れたくない」

そんな僕は間違っているのかもしれない。だけど、隣で黙っている蒔田だけは、こう思ってくれるだろう。眞坂さんは間違ってないよ。漫画編集者としてはね。商売人としては失格かもしれないけど。

「だから、私からもお願い。望のことは秘密にして。それと……ヒビノナナの終わりは、ちゃんとフェアにジャッジして決めてほしい。同情だけは、絶対やだ」

「もちろん、ちゃんとシビアに判断させてもらう。だけどその前に、ひとつお願いがあるんだ。相田さんが遺した『ＣＲＹ』の最終回を、見せてほしい」

そのうち分かる、と相田望が谷村先生に言った『遺言執行人ＣＲＹ』の結末を、僕は見せてくれと橘ひかりに頼んだ。相田望はどうして、橘ひかりが結末まで読者に届け切れると信じることができたのか。『ＣＲＹ』の最終回に、その答えを求めていた。いやそれよりも、命を燃やしながら描いた『遺言執行人ＣＲＹ』という生と死の物語を、相田望が最後にどこへ導いたのかを、見届けたかった。

僕らの前に積まれたネーム……いや、相田望が鉛筆で描いた漫画原稿は、ざっと見たところ八百ページ以上はありそうだった。コミックスにして四巻分ほどになる。一枚ずつ、手に取って読んでは、蒔田に回す。二人で黙々と読み進めた。そして、最終話の一ページ目にたどり着く。予想していた通り、ＣＲＹの最後の依頼人は、物語の冒頭から登場していた少女・ハルカだった。

「これって……」

そのハルカの台詞《せりふ》に手を止めた。ハルカが一日だけ学校へ行くことを許され、そこで一人の同級生に「友達になろう」と声をかけられるシーンだ。何も言わず、蒔田へ差し出す。その頁のハルカのふきだしの中には、相田望が星野さんに言ったというあの言葉が書かれていた。

人生はさよならのレッスンだから。友達と、先生と、恋人と、肉親と、情熱を傾けた仕事なんかとも、さよならするために人はそれらと出会うのよ。なんでそんなことするんだと思う？　練習なんだよ、練習。人生の最後にこの世界の全部とさよならするための、自分の人生とさよならするための、大切な練習。だって、練習しとかなきゃ、そんなの怖くて耐えられないでしょ？　私はまだ若いけど、小さな頃からたくさん練習を積んできたから大丈夫。上手にさよならできるはずなの。だから、バイバイ。会えて良かった。でも、もう二度と会わない。

やっぱり相田望は、ハルカに自分を投影していたのだろう。そのハルカの物語の結末を知りたくて、僕は逸《はや》る指でページをめくった。そして最後にたどり着いたシーンには、死の床にあるハルカの傍らに立つ死神ＣＲＹが描かれていた。

「今までさんざん、願い事も欲しいモンも何もないってツッパってたくせに。で、お前の叶《かな》えたい願いって何だ、言ってみろ」

ＣＲＹに訊《き》かれ、ハルカはこんなひと言を返す。

「忘れないで。私のこと」

ＣＲＹは答える。

「その依頼は引き受けられねえな。……だって、言われなくたって、俺は絶対、あんたのことを忘れないから」

言い終えたＣＲＹの瞳から、一滴の涙が落ちる。そこで、物語は終わっていた。死神ＣＲＹと一緒に、僕の目からも涙が落ちた。

「僕は、この最終話を届けたい。読者はもちろん、相田さんのことを大切に思っていた人たちにも。みんなに、この物語を最後まで読んでもらいたい」

星野梨花の顔が浮かんだ。人生はさよならのレッスンだという言葉にショックを受け、相田望に拒絶されたと感じている彼女に、本当はそうじゃなかったと、ハルカが言った最期の台詞が、相田望の本当の気持ちだったのだと伝えたいと思った。

「ヒビノさん、その指先を見る限り、君もそう思ってるってことでいいんだよね」

橘ひかりが、自分の手を見て、慌てて後ろに隠した。ひかりの指先は、うっすらと黒ずんでいた。たぶん僕らがこの部屋に入る前に、急いで手を洗ったんだろう。だけど、なかなか綺麗《きれい》に落ちてくれないのだ、インクや墨汁というやつは。特に、爪の周りは一度ついてしまうとなかなか落ちない。

「原稿チェーック」

クイズ番組の司会者がやるお決まりの台詞みたいに言いながら、一瞬早く蒔田が駆けだした。僕も負けじと後に続く。

「ちょっと何⁉」

ひかりが慌てて追ってきた。リビングダイニングを出て、玄関に続く廊下にある「☆HIKARI☆」のカラフルなネームプレートが掛かったドアを開ける。

「女子の部屋に勝手に入るなんて犯罪だしッ」

ひかりの抗議も無視して、僕と蒔田は部屋の中に足を踏み入れた。白で統一されたリビングダイニングとは全く違う、今時の女子高生らしく色があふれたカラフルな部屋の中には、壁際にふたつの机が並んで置かれていた。ひとつは片側に抽斗《ひきだし》が付いた木製の勉強机。そして、もうひとつはデスクトップパソコンやプリンターが置かれた漫画制作用だろう事務机。ふたつの机の上を目で探す。すると、やっぱりあった。勉強机の上に、インクやつけペン。だけど、肝心のあれがない。と思っていたら、蒔田が机の脇のゴミ箱から、それらを引き上げて机上に広げた。僕らが直しをお願いした、あのシーン。ひかりがその手で描いていた『遺言執行人ＣＲＹ』の原稿だ。それを見た僕らは一瞬、何が起きたか分からずに、呆然と目を見開いたまま、しばらくそのまま立ち尽くした。

「そういうことか」

やっと出た言葉がそれだった。続いて蒔田がハと短く、愉快な笑い声をあげた。僕らの目の前には、相田望が描いた端整なＣＲＹとは、全く違う彼がいた。星野梨花が仕上げたものとも全然違う。粗削りだけど、他の誰とも似ていない強烈な個性を持った、橘ひかりにしか描けないＣＲＹがそこにいた。

「画《え》が描けないからじゃない。君は、君の画しか描けないから、だからエシクスを使ったんだね」

胸に膨らんでいく興奮を抑え、僕は橘ひかりにそう訊いた。

「いくら望みたいに描こうとしても、できなかった。私が描くと、全部こうなっちゃうんだ。なら、機械に任せた方がいいと思った。マッキーからのダメ出しだって、その通りに直せばもっと良くなるって本当はちゃんと分かってたんだ。でも、私が手で描いたり、直したりしたら、望の漫画じゃなくなるから。そんなことしたら、それこそ盗作になっちゃうから。だから、二人の言うこと聞けなかった。本当のヒビノナナは望で、私はただの遺言執行人だから」

へ？　彼女の言葉に啞然《あぜん》とした。一番共感するキャラクターを訊いた時、落ちこぼれの遺言執行人だからＣＲＹが好きだと答えた彼女を思い出す。

「ヒビノさん、もしかして気づいてないの？　『ＣＲＹ』に出てくるハルカの病室番号117は、君たち泣かない同盟が暮らしていた11階の7号室からきてるんじゃない？　この117がヒビノナナというペンネームの由来だと思うんだけど」

「ひい、ふう、みい……って日本古来の数え方、知んないの？　11《いちいち》の7《なな》、11《ひいひい》の7、11《ひひ》の7。んでよく、ふたつの語がドッキングした時に後ろの語に濁点つくでしょ。ほら、木々とか日々とか。あんな感じでちょいと濁って、ヒビノナナ！」

　きょとんとした顔で聞いていた橘ひかりが、二度、目を瞬いた。

「気づくわけないじゃん！　望とひかりなら、普通ペンネームは新幹線か東海道でしょ」

　その言葉に僕も蒔田も呆《あき》れかえって、こりゃダメだと首を振った。

「セブンがここまでニブちんだと思わなかった。そのせいで俺たち、ここまで振り回されてきたってこと？」

「だって、望が言ったんだよ。ペンネーム、なんでヒビノナナなのって訊いたら、別に、テキトーって」

「ノゾミンはジャッキー・アマノだからね」

　蒔田は相田望にもニックネームをつけたようだ。

「何なの、ジャッキー・アマノって」

「天邪鬼《あまのじゃく》って言いたいらしいよ」

「意味わかんないんだけど」

その言葉通り、まだ話が見えていないらしく、橘ひかりは困り果てたように眉《まゆ》を八の字にして考え込んでいる。彼女にも分かるように説明が必要だ。

「君と相田さんが仲良くなったきっかけって、絵だったんじゃない？」

ひかりが目を丸くして僕を見た。なんで分かるの？と驚いた声をあげる。

「望は最初、全然話してくんなくて、一人で絵ばっか描いてたんだ。二人部屋なのに、同居人が話もしてくんないの。ひどくない？　で、望が検査で部屋を空けた時、望のノートにいっぱいラクガキしてやったんだ。ツンツンしてる望と寂しん坊の私とか。そっから仲良くなったんだよね」

やっぱり。谷村先生が言っていた、誰にも心を開かなかった相田望がなぜ、ひかりにだけは笑うようになったのか。それはきっと、相田望が橘ひかりを認めたからだ。星野梨花が相田望の絵を見て友達になりたいと願ったように、相田望はひかりの絵を見て、相手を価値ある存在だと認めることができたのだろう。

「相田さんは、君の絵がとても個性的だとその頃から知っていた。だから当然、君の手で仕上げられることによって『ＣＲＹ』が自分の画とは全然違うものになることも分かってた。その上で、君に託したんだよ。彼女は『遺言執行人ＣＲＹ』を二人の作品として発表するつもりだった。そうでなければ、ペンネームを二人のルームナンバーになんかしないからね」

ってこと」

「望とセブン、二人合わせてヒビノナナなの。セブンはただの遺言執行人じゃなかった
ひかりはぽかんとした顔で、僕らの話を聞いていた。それから、机上の原稿をまじまじと見て首を捻《ひね》り、また僕らに視線を戻す。

「じゃあ、あれは本気だったの？　ひかりの絵が好きだって。バカにしてんのかと思ってたんだけど」

「ジャッキー・アマノだって天邪鬼じゃない時くらいある。すごく大事なことだけは、ちゃんと真っすぐ伝えるんだ、ジャッキー・アマノは」

神の言葉でも告げるように蒔田が言った。迂闊《うかつ》にも、心に沁《し》みてしまった自分がそこにいて、それを無かったことにするために、「とにかく」と僕は話をまとめにかかった。

「君の画は、他の誰とも違う際立った個性を持ってる。それって」

「すごいことだから」

僕と蒔田の声が揃った。他の誰とも違う。それは、表現者にとって最上の称賛だ。漫画の世界にも実は、ファッションと同じように流行というものがある。流行《はや》りの絵柄やジャンルがあって、その流行りにのった作品がいくつも作られ、やがて消え、そしてまた、新たな流行が生まれていく。だけど、生涯を漫画家として生きていけるような人は皆、そんな流行に左右されない、唯一無二の自分だけの画柄を持っている。

今、目の前にある橘ひかりのＣＲＹには、数えきれないほどたくさんの漫画を見てき

た僕や蒔田でも新鮮だと感じる個性が、味があった。それに何より、ひかりのＣＲＹは生き生きと命を宿していた。今にも動きだして、僕らにこう言いそうだ。お前の願いを言ってみな。何でも叶《かな》えてやる。ただし、対価はしっかりもらうぜ。

相田望の画は美しく端正だ。誰もが上手《うま》いと褒めるだろう。だけど、ひかりの画には上手いとか下手とか以上に魅力がある。橘《ひ》ひかりの手で新たに命を吹き込まれることで、『遺言執行人ＣＲＹ』はもっと強く人の心を惹きつける面白い漫画になる。相田望はそれが分かっていたから、ひかりに『ＣＲＹ』を託したんだろう。

「やっと全部回収できたね」

『遺言執行人ＣＲＹ』にかけられた盗作疑惑。その最後の答えに、ようやく僕らはたどり着いた。これで全て解決だ。なのに、そう確信した直後、蒔田の言葉で僕は地獄に叩《たた》き落された。

「で、セブン、今日締め切りの原稿は？」

「…………」

ひかりが無言で蒔田に答える。二人は黙って見合った後、同時に僕の前で首を垂《こうべ》れた。

二人揃って、叱られる準備だ。

「何なんだよ、全く！」

「だって、とにかく手で描かなきゃって、いつもの作業はやってないし、望の描いた通りペン入れしようと頑張れば頑張るほど、どんどん分かんなくなって、全部ゴミ箱行きになっちゃうし……」

橘ひかりは一通り言い訳をした後、両手の指を折り、計算を始めた。

「今まで通りの原稿でいいなら……こないだ、手描きしないと終わりだって言われるまではいつものように進めてたから、全速力で今からやれば朝までにはなんとかできるはず！」

大急ぎで作業に入ろうと、ひかりが椅子を引く。だけど僕は「いいよ」と止めた。

「決めた。『ＣＲＹ』はしばらく休載にする！」

僕は二人に宣言した。ひかりの描くＣＲＹを見てしまった今、相田望の思いを知ってしまった今、エシクス任せの『遺言執行人ＣＲＹ』を掲載する意味なんて何もない。いや、それよりも僕は一号でも早く、橘ひかりが描いた新しい『ＣＲＹ』を読者に届けたかった。

「手描きになれば、今までとは制作時間も全然違ってくるからね。君はまだ高校生だし、これまでと同じページ数を今まで通りこなしていくのは難しいと思うんだ。それに、最初は作画が安定しなかったりして、余計に時間がかかってしまうだろうし。だから休載して、その間にある程度、描き溜《た》めておこう。相田さんの画を真似なくていい。君にしか描けないＣＲＹで連載は再開する」

「『ＣＲＹ』は終わらなくていいってこと？」

橘ひかりがふたつの目を輝かせる。

「そういうこと」

やったーと両手を上げて、橘ひかりがぴょんぴょん跳ねた。そんなひかりに莳田の方は、喜んでばかりもいられないんだけど、と口を尖《とが》らせている。

「超人気作品でも、休んじゃうと再開を待ち望んでくれるファンばっかりじゃなくて、読者離れが起きるもんなの。崖《がけ》っぷちの『ＣＲＹ』なんか、すぐに忘れ去られても全然仕方ないんだからね」

莳田の言う通りだ。休載することで、『遺言執行人ＣＲＹ』は挽回《ばんかい》のチャンスを得るけれど、同時に窮地にも立たされる。

「でも」

莳田がブルルッと身体《からだ》を震わせた。

「やってみるしかないよね」

今のはきっと武者震いだ。

やってみるしかない。莳田のその言葉に頷《うなず》いた。奇跡を起こすのはいつだって、人間が搭載している心という名のエンジンだ。橘ひかりのエンジンが、どこまで『ＣＲＹ』を走らせられるか。今は賭《か》けてみるしかない。

それからはもう、嵐のような慌ただしさだった。何せ、明日が校了の最終期限だというのに、校了作業を放り出したまま、気がつけばもう夜だ。おまけに、こんな土壇場で

『遺言執行人CRY』の休載を決めてしまった。いつもなら、落ちそうな原稿がある時は予め代原《だいげん》と落ちた場合の目次ページもダブルスタンバイしておくのだけど、今回は色々ありすぎて、すっかり頭から抜け落ちていた。代原のストックはあるはずだけど、今から選定しなくちゃいけないし、写植指定して……校了紙を作成して……これはけっこうギリギリだ。いや、大丈夫。きっと間に合う、間に合わせる。帰りのタクシーの中から編集部に電話して代原の手配を頼みながら、僕は心で自分にそう言い聞かせた。

その後の記憶はほとんどなく、気づくと僕はなんとかかんとか校了作業をやり終えて、翌日の夜を迎えていた。

「休載の天使に差し入れだよ」

机に突っ伏して放心していると、疲れた身体に染み入るような珈琲《コーヒー》の甘い香りが鼻先に漂ってきた。何が休載の天使だ、と体を起こし、紙コップの珈琲を蒔田から受け取る。見ると、終電がなくなりそうな時間なのに、編集部の面々はまだみんな残っていた。

「死神よりはマシじゃない？」

田島工務店先生の呟《つぶや》きを思い出し、苦笑する。

「はい、これ」

蒔田が僕のデスクにネームを置いた。

「田島工務店先生の次回作、これで行きたいんだけど」

『忍研失格』——タイトルを二度見した。にんけんしっかく。声に出して読む。

「ふざけてんの？」

訊《き》いた僕に、ふざけてるよ、と蒔田が答える。

「ふざけてるに決まってるよね。田島工務店先生だよ？　大真面目に、全力で、一生懸命、命がけで、ふざけてるに決まってる」

顔を見合わせて笑った。そうだった。田島工務店先生はそういう人だ。根っからのギャグ漫画家だ。

疲れてはいたけれど、期待にネームをめくり始めた。そして、すぐにその手が止まらなくなった。そして読み終えた時、不覚にも蒔田を抱きしめたくなった。

「面白いでしょ」

蒔田がエヘンと胸を反らす。面白い。そう言うのも悔しいくらい、面白かった。田島工務店先生を、あらためてスゴイと思った。だけど同時に、これを描かせた蒔田もスゴイ。これは間違いなく、蒔田の企画だろう。訊かなくても分かる。漫画編集者としての蒔田の、こういうセンスに僕は何度打ちのめされてきたことか。だから僕は、蒔田が大迷惑な変人でも、ずっとコイツを許してきたのだ。

『忍研失格』は田島工務店先生の今までの作品とは一線を画すものだった。田島工務店初となるエッセイ漫画だ。そこには、ネタをひねり出そうと地獄のようにもがき苦しんで、それでも描けずに原稿を落とし、自己嫌悪に陥る情けないオッサン漫画家の姿がさらけ出されていた。このオッサンが苦しめば苦しむほど、もがけばもがくほど、なぜかそれが笑えるのだ。ついこの間、打ち切りを告げられて、僕に殺害予告した時のエピソードも赤裸々に描かれている。お騒がせ担当編集者Mとのやり取りも、バカバカしいことこの上ないのに、なんだか最後は心がじんとあったかくなった。

「こっから、漫画家をめざす少年時代になってくの。卑屈でネガティブ全開のモテない少年が、漫画家を志し、デビューしてく青春時代編。思い出しながら描いてく間に、先生らしさを取り戻してくれるんじゃないかと思ってんだよね」

ちょっと恥ずかしそうに打ち明ける蒔田の顔を見た。田島工務店先生が、なんとかスランプを脱することができるよう、必死に考えたんだろう。やっぱり、夏目さんの担当を蒔田に頼んだのは間違ってなかった。改めてそう思う。蒔田なら、二十年もの長い長いスランプから、夏目さんを救い出してくれるはずだ。

「ねえ、その聖や黄桜たちのツッコミ、笑えるよね」

嬉《うれ》しそうに蒔田が言った。このエッセイ漫画には『にんけん！だもの』のキャラクターたちが登場していた。落ち込むオッサン漫画家を、『にんけん！』のヒロインたちが馬鹿にしたり、時に励ましたりしている。

「これで聖も黄桜も死ななくて済んだね」

そう、田島工務店先生は打ち切りが決まった時、ヒロインの聖や黄桜たちが殺されるくらいなら……という理由で、僕に殺害予告してきたのだ。

「でも、聖たちを登場させるのは俺が提案したんじゃないし、『にんけん！だもの』のキャラを生かしたいがための苦肉の策でも何でもないからね。なんかさ……」

「うん、分かってる。先生には見えてるんだろ、キャラクターたちが普段から」

蒔田が大きく目を瞠《みは》り僕を見た。

「なんで知ってんの？」

「知らないよ。けど、なんとなくそんな気がしてた。田島工務店先生は、自分が生み出した世界に生きながら、その世界を描く人だ」

言いながら、田島工務店先生とは違う、別の顔を思い出していた。真夜中のこのビルを足音もなく歩く夜間警備員・夏目さんの顔だ。

僕の頭の中で、夏目さんは『無限大少女アスカ』の世界を彷徨《さまよ》っていた。白と黒のモノクロで描かれた、誰もいない廃墟《はいきょ》のような街を、たった一人で、夏目さんは足音もなく歩いていく。

「自分が生みだした世界に生きながら、その世界を描いていく……なあ蒔田、もしかして――――」

言いかけて、やめた。その先は、僕が踏み込んでいい場所じゃない。僕は夏目さんの再起を蒔田に託したのだ。

「あ、そうだ忘れてた」

玩具《おもちゃ》のチンパンジーみたいに蒔田がパンと手を叩《たた》いた。

「担当作品のアニメ化だけでも大変なのに、田島工務店先生の新作とか、俺ご指名の持ち込みとか、『CRY』のリニューアルとか、俺もう最近、いっぱいいっぱいなんだよねー。だから、夏目氏の担当、辞めさせてくんない？」

はあ⁉　開いた口が塞《ふさ》がらなかった。

「漫画家さんから次々に担当を変えてくれって言われるお前が、担当を辞めさせてくれだって⁉　何の冗談だよ」

「夏目氏ってなんか面倒なんだもん。もう、手に負えないよ」

「面倒⁉　世界一面倒なお前が言うな！　手に負えない⁉　どの面下げて言ってんだ！」

「とにかくもうお断りなの。じゃ、後はよろしくね」

あっさり言ってスタスタ歩いていく背中を、僕はシッシッと追い払う。

「分かった、もういいよ。矢代くんに頼むから」

だけど振り返ったピンクの法被の副編は、すでに合掌してみせていた。

「すみませーん、旦那《だんな》。詰まりすぎてて完全に無理ですわ」

「じゃあ藤丸は？」

ふんわりウェーブがかかった髪を揺らして、藤丸紗月が首を振る。

「私も無理ですよ。これ以上は頑張れませーん」

「委員長！」

宮瀬が眼鏡のリムに指を当て、こちらを向いた。

「無理ですね」

「何だよみんな……じゃあ、パンダくん！　パンダくんやってみる？」

「え、ボ、ボクですか」

真っ赤になって焦るパンダくんを、蒔田が後ろから羽交い締めにする。

「パンダくんはすでにパンパンパンパンパンダくんだよ」

「そんなわけないだろ！　パンダくんは連載ひとつしかないじゃん！」

休載が決まった『ＣＲＹ』の代原は、パンダくんが担当する新人の読みきりになった。パンダくんの漫画編集者デビューだ、拍手！　でも、パンダくん担当の掲載作品はそれだけだ。なのに何がパンパンなんだ？　みんなのサポートが色々あるのは知っているけど、実績を上げないと正社員になれないパンダくんに断る理由なんてないはずだ。

「みんな無理だってさ。もう、眞坂さんがやるしかないんじゃない？」

蒔田がへらへら笑っていた。月刊ゼロ編集部のみんなが僕を見ていた。どの面も、今にも笑いそうなのを堪《こら》えてる。その顔を見てやっと気づいた。

「早く行けば？　今空いてるみたいよ、客間」

客間とは、エイジーナムの会議室群の一番奥にある漫画制作室のことで、デスクにコピー機、作業台など、漫画執筆に必要なものが一式揃っている。自分の仕事場じゃ仕事が進まない漫画家さんのために用意している、と言えば聞こえがいいが、要は監視下で描かせるためのカンヅメ部屋だ。

蒔田が何を言わんとしているるか、分かった瞬間、弾《はじ》かれるように編集部を飛び出した。

ちょうど扉が開いていたエレベータに乗り込み、なかなか数字が1にならない位置表示をじれったい気持ちで見つめながら下降する。ようやく一階に着き、扉が開くと同時に駆けだした。エントランスホールを走り、地下への階段を三段とばしのジャンプで駆け下りると、地下一階一番奥の警備員室をめざす。

「夏目さん！」

切れた息で警備員室に呼びかけた。返事も待たずに窓口から中を覗《のぞ》き込む。警備員室に人の姿はなかった。だけど、夏目さんはこのビルのどこかにいるはずだ。この真夜中のエイジーナムビルを、きっと足音もなく彷徨っている。夏目さんを探さないと。早く見つけないと。このままじゃ、夏目さんは今いる場所から永遠に出てこられなくなる。そんな気がして、僕は今来たばかりの廊下を駆け戻った。

エントランスホールからエレベータホールを過ぎて、非常階段へと走る。階段を駆け上り、一階からワンフロアずつ、僕は夏目さんを探してビル中を駆け回った。各誌の編集部がある下層フロアにはまだ灯りが見えるものの、それ以外の部署はすでに照明が落ちて、エイジーナムビルの上層階は眠りについたように暗く、静かだった。夏目さんが見つからないまま、僕は残る最後のフロアのドアを開けた。社長室をはじめ、役員の部屋がある最上階の真っ暗な廊下を進む。

「眞坂さん」

その声に振り返った。

「夏目さん」

「はい。どうしたんですか、こんなところで」

闇の中に、ぼんやりと影が見えた。その幽《かす》かな存在に向けて、まだ上がっている息で、僕は思いを伝え始める。

「僕はまた描けますか。僕はまだ漫画家ですか。夏目さんが神邉さんに訊《き》いたという、その二つの問いに、僕はこう答えましたよね。あなたはまだ漫画家です。また描けます、新しい次の世界を」

闇の中に溶け込むように立っている、夏目さんは輪郭さえも朧《おぼろ》げで、目を凝らしてもその表情は分からない。僕の声は届いているのか。分からないまま、話し続ける。

「でも、二十年もの年月を、夏目さんがどうして何も描けずにいたのか。どうして描けなくなったのか。それが分からないまま、本当はあんなこと言っちゃいけなかったんです」

ごめんなさい、という言葉を絞り出し、闇の中にいるはずの夏目さんに頭を下げる。

「あんなこと言ったくせに、僕は直木ナツメの再起を支えるなんて自分には無理だって、後になって怖気《おじけ》づいてしまったんです。だから、蒔田にあなたの今後を託しました。なのに、託したくせに、どうしても気になって仕方がなくて、ずっと考え続けてきました。どうして、あなたは描けなくなってしまったのか」

大きくひとつ息を吐いた。心を落ち着け、夏目さんに届くよう、言葉を区切りながら言う。

「今日やっと、ひとつの答えにたどり着きました。いえ、正解かどうかは、まだ分かりません。それでも、僕にはそれが、探していた答えであるように思えるんです」

夏目さん、とまだ暗い闇に呼びかける。

「あなたはまだ今も、『無限大少女アスカ』の世界を生きているのではないですか」

その問いに、夏目さんは何も答えてくれなかった。

「僕はいつもこう思っています。漫画家は、描きながら自身が描くその世界に生きている。その世界を生きることで、その世界を描いていけるのだと」

言いながら、さっき蒔田と話した時に浮かんだ情景が蘇《よみがえ》る。誰もいなくなった、時が止まったままの『アスカ』の世界を、夏目さんは行く当てもなく歩き続けていた。

「連載漫画は、なかなか作家の思うように連載期間を決められません。人気がなくなれば打ち切り。人気があれば、ここで終わった方がいいと作家が思っていても、引き伸ばして連載を継続しなきゃならない。アニメ化や実写化に左右されることも多い。『アスカ』もそれに翻弄《ほんろう》されたはずです。もしかして『無限大少女アスカ』は、描き切った、とあなた自身が納得できる最後じゃなかったのではないですか」

僕の問いかけに、夏目さんはやっぱり何も答えてはくれなかった。

「あなたは、『アスカ』の世界から出る扉を見失った。いえ、もしかしたら、全ての命を注ぎ込んで生み出した『無限大少女アスカ』という世界から、心のどこかで出ることを拒んでいるのではないですか。だから、描けないんじゃないですか。新しい、次の世界を」

僕が語りかけている先には、まだぼんやりとした闇しかなかった。それでも僕は、そこにいるはずの夏目さんに向かって、言葉を継ぎ続ける。

「アスカにさよならを言って、あなたが今いるその世界から、出てきてくれませんか。連載開始からずっと、今まであなたが生きてきた『無限大少女アスカ』という世界に、今日、別れを告げてくれませんか。さよならを言って、その世界から出てきてくれませんか！」

闇の中からふっと、淡墨のシルエットが浮かび上がった。夏目さんのふたつの目が、僕をじっと見つめていた。

「来てください」

僕は夏目さんを客間へと連れていった。作業台のある席に、一枚の原稿用紙を置く。エイジーナム出版のロゴと、月刊ゼロの名前が入った原稿用紙だ。机上には鉛筆もペンもインクも全て揃っている。その席の椅子を引く。

「ここで、『無限大少女アスカ』に別れを告げて、その世界から出てきてください。僕は、この扉の外で待ってますから」

そう言って、僕は部屋を出た。閉まったばかりの扉を見つめる。この僕に、今できることに、待つことだけだ。信じて待つ。それしかできない。だけど、こうも思う。信じて待つ者がいるのと、いないのとでは、きっと何かが違うはずだ。

信じて待つ者。それは錨《いかり》のようなものかもしれない。荒波の大海に漕《こ》ぎだす船が、積む錨。いい風が吹いている時は、その風を帆に受けて、船は自由に進んで行けばいい。だけど嵐に襲われた時、行くべき道を見失ってしまった時、疲れ果ててしまった時、船は積んでいる錨を下ろす。暗い海の底で錨は、船が流されてしまわないよう、岩にぶつかり沈んでしまわないよう、黙って船を守り続ける。無からひとつの世界を生み出すために創造の海に漕ぎだしてゆく漫画家や漫画原作者にとって、僕らはそんな錨のような存在であればいい。

そんなことを願いながら、廊下の壁に背をもたれて、夏目さんが出てきてくれるのをただ待った。時々、残業を終えた人たちが、お疲れ様ですと声をかけて帰っていく。そんな人もなくなった頃、壁の向こうで夏目さんがペンを執ったと直感した。もちろん見えないし、音が聞こえたわけじゃない。なのに、僕にはなぜか、夏目さんが原稿用紙にペンを走らせるのが分かった。夏目さんが描いている。命を注ぎ込むように、一心不乱に。自分の全てを差し出して、今、アスカに別れを告げようとしている。

ここだけ時が止まったみたいな、それまで経験したことがない不思議な時間の流れの中で、僕はじっと夏目さんを待ち続けた。そしてふと、夏目さんがペンを置いたのを感じた。見つめていたドアが開く。部屋から出てきた夏目さんは、僕と目が合うと、静かに、だけどしっかりと頷《うなず》いてくれた。

「思い出しました。描くって、すごく腹が減ること」

夏目さんが照れたように笑った。

「じゃあ、何か食べに行きませんか。その後、新作の打ち合わせでも」

「いいですね。でもその前に……警備の仕事に戻らないと」

アッと気づいて、二人で笑った。夏目さんが警備員の仕事中なのを、今の今まで忘れていた。すっかりサボらせてしまってすみません。僕が小さくなって謝ると、たまにはいいでしょうと夏目さんは屈託ない笑顔を見せた。

「だったら、僕は夏目さんの仕事が終わるまで、あのベンチで休ませてもらおうかな。校了明けで、実は死ぬほど眠いんです」

「どうぞ。お好きなだけ」

夏目さんが言って歩きだす。その瞬間、夏目さんの歩みが立てる足音に気がついた。夏目さんはすでに、足音を響かせて新しい次の世界へ向かっている。僕は夏目さんの隣に並び、小さいけれど力強く感じるその音と、同じリズムで歩き始めた。

本書は第3回角川文庫キャラクター小説大賞《大賞》を受賞した作品を、改稿の上、文庫化したものです。

この作品はフィクションです。実在の人物、団体等とは一切関係ありません。

次回作《じかいさく》にご期待下《きたいくだ》さい

問乃《といの》みさき

平成30年 4月25日　初版発行

発行者●郡司 聡

発行●株式会社KADOKAWA
〒102-8177　東京都千代田区富士見2-13-3
電話 0570-002-301（ナビダイヤル）

角川文庫 20898

印刷所●株式会社暁印刷　製本所●株式会社ビルディング・ブックセンター

表紙画●和田三造

ISBN978-4-04-106766-6　C0193

角川文庫発刊に際して

角川源義

第二次世界大戦の敗北は、軍事力の敗北であった以上に、私たちの若い文化力の敗退であった。私たちの文化が戦争に対して如何に無力であり、単なるあだ花に過ぎなかったかを、私たちは身を以て体験し痛感した。西洋近代文化の摂取にとって、明治以後八十年の歳月は決して短かすぎたとは言えない。にもかかわらず、近代文化の伝統を確立し、自由な批判と柔軟な良識に富む文化層として自らを形成することに私たちは失敗して来た。そしてこれは、各層への文化の普及滲透を任務とする出版人の責任でもあった。

一九四五年以来、私たちは再び振出しに戻り、第一歩から踏み出すことを余儀なくされた。これは大きな不幸ではあるが、反面、これまでの混沌・未熟・歪曲の中にあった我が国の文化に秩序と確たる基礎を齎らすためには絶好の機会でもある。角川書店は、このような祖国の文化的危機にあたり、微力をも顧みず再建の礎石たるべき抱負と決意とをもって出発したが、ここに創立以来の念願を果すべく角川文庫を発刊する。これまで刊行されたあらゆる全集叢書文庫類の長所と短所とを検討し、古今東西の不朽の典籍を、良心的編集のもとに、廉価に、そして書架にふさわしい美本として、多くのひとびとに提供しようとする。しかし私たちは徒らに百科全書的な知識のジレッタントを作ることを目的とせず、あくまで祖国の文化に秩序と再建への道を示し、この文庫を角川書店の栄ある事業として、今後永久に継続発展せしめ、学芸と教養との殿堂として大成せんことを期したい。多くの読書子の愛情ある忠言と支持とによって、この希望と抱負とを完遂せしめられんことを願う。

一九四九年五月三日